HAYMON taschenbuch 157

MIX
Papier aus verantwortungsvollen Quellen
FSC® C083411
www.fsc.org

Auflage:
4 3 2
2017 2016 2015

HAYMON tb **157**

Originalausgabe

www.haymonverlag.at

ISBN 978-3-85218-957-4

Umschlag- und Buchgestaltung nach Entwürfen von hœretzeder grafische gestaltung, Scheffau/Tirol
Umschlag: Eisele Grafik·Design, München
Satz: Da TeX Gerd Blumenstein, Leipzig
Coverfoto: Bigstock/arquiplay (Mauer, Sichtbeton)
Autorenfoto: Margit Steidl

Gedruckt auf umweltfreundlichem,
chlor- und säurefrei gebleichtem Papier.

Reinhard Kleindl

Gezeichnet

Kriminalroman

Reinhard Kleindl

Gezeichnet

Dienstag, 16 Uhr 10

Der Tag, an dem er es tun wollte, war ungewöhnlich sonnig für Anfang November. Er kam ins Schwitzen, als er die Utensilien schleppte, die er für seinen Plan benötigte, den Karton, die Gasflasche, das Maßband. Vor ein paar Tagen war es schon empfindlich kalt gewesen und es hatte geregnet. Es war wahrscheinlich der letzte schöne Tag in diesem Jahr. Bald würde es zum ersten Mal Frost geben und damit war der Herbst endgültig vorbei. Die Bäume hatten bereits das rote Herbstlaub abgeworfen und streckten ihre nackten Äste in den Himmel.

Er rastete, nachdem er alles in den Raum mit der Tafel und den weißen Tischen hinaufgetragen hatte, und sah aus dem Fenster. Unten gingen Leute vorbei, manche noch im T-Shirt, andere schon im Wintermantel. Es würde noch einige Wochen dauern, bis sie sich auf das neue Wetter eingestellt hatten. Er beobachtete sie eine Weile, dann begann er, den Raum, in dem er es später tun wollte, vorzubereiten. Einige Minuten lang rückte er Dinge hin und her, bis er sicher war, dass alles passte. Als er fertig war, genehmigte er sich einen großen Schluck aus seinem Flachmann und holte einen gefalteten Zettel aus seiner Hosentasche, um ein letztes Mal seine Liste und die Grundrissskizze zu kontrollieren. Die Säge, das Maßband, die Flasche, alles war am richtigen Platz. Er steckte den Zettel wieder ein, zog den rechten Gummihandschuh aus, um den Schlüssel aus der Tasche zu holen. Mit der Linken schloss er die Tür, sperrte ab und machte sich in der einsetzenden Dämmerung auf den Weg nach Hause, wo er die letzten Stunden warten würde, bis die Zeit gekommen war.

18 Uhr 30

Es wurde still in der Kantine des Landeskriminalamts. Rainer Swoboda schluckte einen halb gekauten Bissen von seinem Lachsbrötchen hinunter und hustete. Wilszek von der Tatortgruppe nahm einen großen Schluck Sekt, um sich vorzubereiten. Alle richteten den Blick auf Baumgartner. Chefinspektor Franz Baumgartner, der Leiter der Mordgruppe, sah seine Mitarbeiter mit den kleinen, ausdruckslosen Augen an und begann leise zu sprechen.

„Liebe Kollegen, ich darf euch gratulieren. Es war nicht einfach, aber dank unserer Konsequenz und unserer guten Zusammenarbeit hat die Sache ein gutes Ende gefunden. Dafür gab es auch Lob von ganz oben. Manche von euch haben es schon gehört, die Ministerin hat mich heute angerufen und mir persönlich gratuliert. Sie hat unsere innovativen Methoden gelobt – das waren tatsächlich ihre Worte – und betont, dass Cyberkriminalität in Zukunft einen immer höheren Stellenwert einnehmen wird. Ich persönlich denke ja, dass es selbstverständlich ist, dass wir alle uns zur Verfügung stehenden Mittel einsetzen, aber wenn jemand besonderes Lob verdient, dann ist es wohl Oliver Brink, der leider schon nach Hause gefahren ist. Es ist gut zu wissen, dass wir ihn auch in Zukunft wieder als Computerexperten holen können, wenn es nötig ist. So oder so, Lob ist uns natürlich lieber als Kritik, und ich denke, wir können zufrieden sein mit unserer Arbeit."

Da und dort zeigte sich ein Lächeln und Hoffnung keimte auf, dass es diesmal weniger schlimm werden könnte. Baumgartners Reden waren berüchtigt, fast so berüchtigt wie sein kaffeebraunes Jackett oder seine weißen Tennissocken in den abgetragenen Schuhen.

Wie seine Wachsfigurenfrisur mit dem präzise gezogenen Scheitel. Dabei besagten Gerüchte, dass er keine fünfundvierzig war.

Dann kam es.

„Das Wichtigste ist, dass wir die Ordnung wieder hergestellt haben. Diese Ordnung ist es, die erst dem Einzelnen seine Freiheit garantiert, eine eingeschränkte Freiheit, wie wir wissen, innerhalb bestimmter Regeln, aber die einzige, die möglich ist. Ihr müsst immer daran denken: Diese Ordnung, geschaffen durch die Gesetze der Republik Österreich, ist es, für die wir kämpfen. Die wir mit all unserem Einsatz erhalten und garantieren müssen. Vielleicht erinnert ihr euch daran, wenn ihr wieder einmal die Nacht durcharbeiten müsst und einen motivierenden Gedanken braucht. Ich kann daraus immer wieder Kraft schöpfen. Danke."

Stille. Jemand begann zu klatschen, hörte aber wieder auf, bevor die anderen einstimmen konnten. Baumgartner trank sein Glas leer – sein einziges an diesem Abend, so war es immer – und ging mit einem Käsebrötchen zur Seite. Langsam keimten die Gespräche wieder auf. Sie waren froh, dass sie es überstanden hatten. Das letzte Mal hatte er ihnen erklärt, dass Polizisten Vorbilder zu sein hätten und nicht zu schnell fahren oder falsch parken durften.

Caroline Meier nippte an ihrem Sekt. Sie lächelte still in sich hinein, während sie ihren Chef beobachtete. Dieser Mann hatte gerade einen der schwierigsten Fälle der jüngeren österreichischen Kriminalgeschichte gelöst, aber für ihn selbst schien das keine besondere Bedeutung zu haben. Für ihn ging ein ganz normaler Arbeitstag zu Ende.

Oder doch nicht ganz normal?

Sie hatte das Gefühl, dass irgendetwas anders war als sonst. Bei Baumgartner konnte man das immer schwer beurteilen. Manche hielten ihn für völlig gefühllos, aber das war natürlich Unsinn. Man musste nur genau hinsehen. Baumgartner war keiner, der eine Maske aufhatte oder seine Gefühle unterdrückte. Im Gegenteil.

Meier nahm sich noch ein Brötchen – Salami. Ihre Lieblingssorte, die mit dem Kürbiskernaufstrich, war aus. Der Hosenbund ihrer Jeans spannte bereits, doch sie widerstand der Versuchung, den Knopf zu öffnen. Sie schob sich an den Kollegen vorbei und stellte sich neben Baumgartner, der sein Brötchen kaute und ins Leere starrte.

„Gratuliere, Franz", sagte sie. „Das war dein Meisterstück. Damit hast du einige beeindruckt."

Er schien darüber nachzudenken. „Findest du? Es war am Ende viel zu einfach."

„Bist du nicht zufrieden?", fragte sie.

„Doch, natürlich." Er hob sein Brötchen, um noch einmal abzubeißen, hielt aber inne. „Mich ärgert nur, wie oberflächlich die Leute vom Ministerium sind, genauso wie die Medien. Du weißt, wie es bei dem toten Schüler im Stadtpark war. Dort haben wir wirklich erstklassig gearbeitet. Wir haben alle Möglichkeiten ausgeschöpft, und schnell waren wir außerdem, nur genutzt hat es nichts. Wer immer seinen Tod verschuldet hat, läuft immer noch unbehelligt durch die Stadt."

„Am Ende ist es ausgeglichen", meinte sie. „Man wird eben am Erfolg gemessen."

Er starrte in den Raum.

„Weißt du", sagte er nach einer Weile so leise, dass sie ihn kaum verstand, „manchmal habe ich das Gefühl, dass wir eigentlich machtlos sind."

„Wie meinst du das?", fragte Meier.

„Dass wir nur die erwischen, die es uns einfach machen. Die erwischt werden wollen. Nur jeder dritte Mord wird überhaupt entdeckt, wir alle kennen die Zahlen. Das Einzige, was uns rettet, ist, dass die Menschen im Grunde anständig sind. Sonst wären wir völlig überfordert."

Doch, etwas war anders, dachte sie.

„Klingt das komisch für dich, *Anstand*? Dieses Wort wird kaum noch verwendet heutzutage. Kennen es die jungen Leute noch?"

„Hattest du Streit mit Isabel?", fragte sie.

Er schüttelte den Kopf. „Keinen Streit. Du weißt, wir streiten nicht."

„Aber etwas passt nicht, hab ich recht?"

Da schwieg er. Sie hatte sich also nicht getäuscht.

Zufrieden biss sie von dem Salamibrötchen, das ihr nicht schmeckte. Sie wickelte die angebissene Hälfte in die Serviette und legte sie auf den weißen Besprechungstisch, an dem sie lehnten.

„Weißt du was", sagte sie, „ich feiere heute mit Klara die Matura ihres Sohnes. Warum kommst du nicht mit? Es gibt eine Kleinigkeit zu essen, und wir haben einen guten Wein."

„Ich will euch nicht stören."

„Du störst nicht."

Er antwortete nicht, und das war völlig ausreichend.

„So, Leute!", sagte Meier, zur Runde gewandt. „Trinkt aus. Die Brötchen könnt ihr euch einpacken, wenn ihr wollt. Es gibt noch einiges zu tun für morgen. Seht zu, dass ihr die fehlenden Berichte fertig macht. Ihr wisst, so etwas dauert ewig, wenn man es nicht gleich erledigt. Wir sehen uns morgen in der Früh."

Die Leute von der Tatortgruppe warfen sich vielsagende Blicke zu, als Meier ihren Chef hinausgeleitete wie eine Mutter ihr Kind. Man witzelte gern über die sonderbare Beziehung der beiden. Sie wussten nichts von Meiers Privatleben, von ihrer bunten Patchworkfamilie, und das war auch gut so. Sie zog es vor, das bei der Polizei nicht an die große Glocke zu hängen.

20 Uhr

Baumgartner wirkte friedlich, als er in der Wohnung seiner Kollegin am Esstisch saß. Sie wohnte in Sankt Peter, am anderen Ende der Stadt, doch um diese Uhrzeit hatten sie keinen Stau mehr gehabt und waren zügig durchgekommen, trotz Baumgartners defensiver Fahrweise. Caroline Meier und ihre Freundin Klara aßen, tranken und lachten, während Baumgartner hin und wieder an seinem Weinglas nippte, ohne dass sich dessen Inhalt merklich verringerte.

Es hat ihn doch härter erwischt als sonst, dachte Meier. Sie machte sich Sorgen um ihn. Sie war sich nicht sicher, ob ihm bewusst war, wie wichtig Isabel für ihn war.

So eine schöne Frau. Sie war überrascht gewesen, als Baumgartner sie einander vorgestellt hatte. Ein Kauz wie er und diese Frau – sie verstand noch immer nicht, wie das ging. Da hatte es sicher mehrere Interessenten gegeben. Aber sie hatte sich für ihn entschieden.

Genauso wie Sukitsch, der ihm die Leitung der Mordgruppe übertragen hatte, nachdem Kampl in Pension gegangen war. Das hatte auch niemand verstanden. Viel zu jung, hatte es geheißen. Doch Sukitsch hatte ihn gegen seine eigenen Vorgesetzten in Schutz genommen und am Ende recht behalten. Es hatte sich gelohnt und Baumgartner war, spätestens seit dem letzten Fall, der international Aufsehen erregt hatte, vielen Leuten ein Begriff. Der Erfolg war allerdings trügerisch. Er grübelte wieder. Das war kein gutes Zeichen. Baumgartner war nicht so stark, wie sie alle glaubten.

Außerdem sind wir alle müde, dachte sie. Nicht nur er, auch ich. Vor allem ich.

Sie war froh, dass dieser Fall erledigt war. Dass der Druck nun nachließ.

„Franz, du bist so still. Was ist los?"

Klaras Frage ließ sie aus ihren Gedanken aufschrecken.

„Es ist nur der Herbst", antwortete er. „Jedes Jahr das Gleiche."

„Ja, furchtbar, nicht wahr? Man kommt von der Arbeit nach Hause und es ist stockdunkel. Ich kann froh sein, wenn ich in der Mittagspause die Sonne sehe! Da muss man ja depressiv werden."

Er lächelte und Meier sah, dass er in Gedanken ganz woanders war. Sie überlegte, wie sie ihn aufheitern konnte, doch da verwickelte Klara sie wieder in ein Gespräch und brachte sie zum Lachen.

Übertreib nicht, Caroline, ermahnte sie sich. Er ist erwachsen. Und außerdem ist er dein Chef. Bei Ersterem war sie sich allerdings manchmal nicht ganz sicher.

„Ich bin so froh, dass Sven jetzt fertig ist mit dieser Schule", begann Klara. „Im Nachtermin hat es dann doch noch geklappt. Sein Klassenvorstand war ein richtiger Vollidiot. Hat ständig von Disziplin geredet. Ich hab geglaubt, ich hätte mich verhört, als er damit beim Elternsprechtag kam. Der Herr *Doktor*. Sein Titel war ihm total wichtig. In Biologie! Das finde ich wirklich lächerlich in Österreich."

Sie lachte.

„Was findest du lächerlich?“, fragte Baumgartner.

„Dass die Leute solchen Wert auf Titel legen!“

„Na ja, so ein Titel steht für eine gute Bildung“, erwiderte Baumgartner. „Das ist etwas Wichtiges, finde ich.“

„Ja, vor zwanzig, dreißig Jahren! Schau es dir heute an! Überall Quereinsteiger, Schulabbrecher. Flexibilität ist viel wichtiger. Und selbstbewusstes Auftreten.“

„Ja, aber ob das etwas Gutes ist?“

„Willst du lieber die alten Hierarchien? Wo die Leute funktionieren müssen, sich unterordnen? Und dafür kriegen sie dann den Titel, quasi als Stempel. Das ist doch faschistoid, wenn du mich fragst.“

Sie ist heute gut drauf, dachte Caroline Meier. Normalerweise lässt sie sich leichter provozieren. Heute sieht sie wieder aus wie eine Kriegerin. Mit ihren kurzen Haaren und der strengen Brille.

„Habt ihr eigentlich schon bei der Kraftwerksinitiative unterschrieben?“, erkundigte sich Klara.

Baumgartner schien verwirrt. „Was für ein Kraftwerk?“

„Das Wasserkraftwerk, ihr wisst schon. Die Staustufe in der Mur.“

„Man kann für das Kraftwerk unterschreiben?“, fragte Baumgartner.

Klara machte ein Gesicht, als hätte sie etwas falsch verstanden.

„Wie geht es eigentlich Sven auf seiner Maturareise?“, begann Meier.

Da klingelte Baumgartners Telefon. Sofort wurde es still. Er hob ab und am anderen Ende begann jemand zu reden, abgehackt. Meier versuchte zu verstehen, was gesagt wurde, doch es gelang ihr nicht.

„Hmm“, brummte er. „Wann?“

Er nickte. „Verstehe. Gib mir noch mal die genaue Adresse.“

Er holte seinen Terminkalender aus der Tasche und machte eine Notiz.

„Danke“, sagte er und legte auf.

Baumgartner packte Telefon und Kalender wieder ein.

„Was Berufliches?“, fragte Klara, der die Spannung ihrer Freundin nicht entgangen war.

„Mord“, antwortete er.

Während Klara erschrak, erstarrte Meier.

Baumgartner stand auf und nahm sein Jackett von der Sessellehne.

„Franz, ich glaube, ich hab echt schon zu viel getrunken“, sagte Meier.

„Ja, ich weiß. Bleib nur hier, ich mach das. Ich kann noch fahren. Lass dein Handy eingeschaltet und sieh zu, dass du morgen früh bereit bist.“

Er sandte ihr ein undefinierbares Lächeln, dann verschwand er.

21 Uhr 10

Das Erste, was ihm auffiel, war die Plane vor der Tür. Eine durchsichtige Plastikplane, wie sie Wilszek von der Tatortgruppe verwendete, sorgfältig ausgebreitet. Was hatte die hier zu suchen?

Er befand sich in einem Gebäude der Karl-Franzens-Universität, das er nicht kannte. Hier waren das Mathematik- und das Anglistikinstitut untergebracht, wie man ihm erklärt hatte. Es war ein moderner Bau, der kühl wirkte neben den klassizistischen Nachbargebäuden. Große Flächen aus weiß gestrichenem Putz und Beton beherrschten die vier Stockwerke hohe Halle mit dem Glasdach, durch die sich eine Stiege diagonal bis ganz nach oben zog.

SR 11.32 stand auf einem Schild neben der Tür im dritten Stock, die angelehnt war. Baumgartner wunderte sich über den scharfen Geruch, der in der Luft lag. Er kannte diesen Geruch, aber er wusste nicht, woher.

Er stieß die Tür mit dem Ellbogen auf und betrat den verstörendsten Tatort seiner bisherigen Karriere.

„Baumgartner, bleib wo du bist!", zischte eine Stimme von innen und ließ ihn im Türrahmen stehen bleiben. Es war Wilszek, der unter Flüchen irgendetwas sagte, das Baumgartner nicht verstand. Der Raum beanspruchte seine ganze Aufmerksamkeit.

Es gab wenig, das Baumgartner überraschen konnte. Er registrierte die Dinge mit der Ruhe eines Chirurgen. Gerade diese Gelassenheit gegenüber dem Unmenschlichen, die seine Kollegen manchmal schockierte, weil sie sie als Gefühlskälte interpretierten, konnte man auch für eine Stärke halten. Es stimmte: Er hasste oder liebte die Menschen nicht übermäßig, was er auf Anfrage auch zugab. Wenn man ihn allerdings fragte, warum er sich dann so für sie einsetzte, verstand er die Frage nicht.

Er war gebannt von dem Bild, das sich ihm bot, und versuchte, es zu verstehen. Es gelang ihm nicht. Jemand hatte auf den Boden erbrochen. Nun erkannte er den Geruch wieder.

„So eine Schweinerei, Baumgartner", sagte Wilszek, der im Overall der Spurensicherung zu ihm an die Tür kam. Er war gebückter als sonst. Martina Holzer kniete hinten im Raum auf dem Boden und sammelte mit einer Pinzette Haare ein. Waren sie nicht normalerweise zu dritt?

„Wenn einer die Nerven nicht hat für den Job, dann soll er es bleiben lassen."

Wilszeks Ton war härter als gewöhnlich. Baumgartner ließ seinen Blick über die Wand mit der riesigen vertikalen Blutspur wandern, die im kalten Licht der Neonröhre eine unnatürliche Farbe hatte.

„Versprich mir eins, wenn du kotzen musst, geh vor die Tür. Bist du allein?"

Baumgartner nickte. Nun verstand er. Einem von Wilszeks Mitarbeitern war schlecht geworden. Deshalb die Plane.

Er konnte es ihm nicht verdenken.

Wilszek reichte ihm weiße Überschuhe. „Da, für die Füße. Und bleib auf dem Weg. Hier, von der Tür, neben der Toten vorbei."

Sie traten ein.

„Ich denke, einen Suizid können wir ausschließen", stellte Wilszek fest, ohne über seinen Witz zu lachen. „Etwas Derartiges habe ich noch nie gesehen."

Baumgartner lief ein Schauer über den Rücken und er verstand sofort, dass Wilszek recht hatte.

„Was haben wir?", fragte er und sein Blick blieb wieder an der Blutspur hängen. Das Blut war mit großer Geschwindigkeit gegen die Wand gespritzt, das war ihm sofort klar. Und nicht nur Blut. Auf dem Boden lag eine Frau mit dem Gesicht nach unten. Zu sagen, sie lag auf dem Bauch, war aber auch nicht ganz korrekt, denn die untere Hälfte ihres Körpers war um 180 Grad verdreht, sodass die Zehen nach oben zeigten. Die Leiche war auf Höhe der Brust beinahe zur Gänze durchtrennt.

Da entdeckte Baumgartner die Handkreissäge, und ihn fröstelte. Daneben stand eine große Flasche, aus der ein träger weißer Dunst entwich.

„Hat sie noch gelebt?“, fragte Baumgartner. „Als er –“

„Nein“, unterbrach ihn Wilszek. „Zumindest glaube ich nicht, dass sie bei Bewusstsein war. Er hat sie erdrosselt, mit einem Seil oder etwas Ähnlichem. Wenn du mich fragst, war das die Todesursache. Ganz sicher kann ich es natürlich nicht sagen. Das muss Steger bestätigen. Siehst du die Flasche? Ich habe nicht gleich verstanden, was das sein soll. Beinahe hätte ich meinen Finger hineingesteckt. Flüssiger Stickstoff! Das verwendet man, um biologische Proben zu kühlen. Gibt es sicher hier irgendwo auf der Uni.“

„Aber warum – “

„Keine Ahnung.“

Wilszek wirkte ratlos.

„Ehrlich, Franz, ich bin froh, dass ich nicht in deiner Haut stecke. Sobald ich hier fertig bin, nehme ich Urlaub.“

Sie wussten beide, dass das nicht ging.

„Anzeichen für einen Kampf?“, fragte Baumgartner. „Hat sie sich gewehrt?“

„Nein, überhaupt keine“, antwortete Wilszek. „Ich bin fast sicher, dass er sie betäubt hat. Wie, kann ich noch nicht sagen. Die Würgemale sind sehr scharf umgrenzt, siehst du? Und sonst keine Hämatome.“

„Wer hat sie gefunden?“

„Eine Studentin.“

„Um diese Uhrzeit?“

„Das musst du den Kollegen fragen, der als Erster am Tatort war. Blaschek heißt er.“

Baumgartner nickte. „Wo ist er?“

„Unten, glaube ich. Woher soll ich das wissen? Ich glaube, er wollte den Hausmeister suchen.“

Da erkannte Baumgartner in dem Chaos, dass die Tote etwas trug, das blau war und eine Schürze sein konnte. Sie war an den Rändern zerfetzt und fast schwarz vom Blut. Eine Putzfrau?

Baumgartner wandte sich ab. Man konnte in die Bauchhöhle hineinsehen.

„Wie lange ist sie schon tot?“, fragte er.

„Nicht lange“, antwortete Wilszek. „Das Blut ist noch nicht ganz getrocknet.“

„Irgendwelche Anzeichen für Missbrauch?“

Wilszek zuckte mit den Schultern. „Ihre Hose hat sie an.“

Baumgartner nickte und bemühte sich, jedes Detail zu registrieren, und während er wie gewohnt sorgfältig vorging, war ihm, als hätte ihm jemand einen kalten, glatten Stein in den Magen gelegt.

21 Uhr 50

Baumgartner war froh, in der Heinrichstraße, gleich um die Ecke, ein Café gefunden zu haben, das noch offen hatte. Das „Einstein“ war gut besucht, aber die Musik war nicht zu laut.

Er bestellte einen großen Braunen und holte ein Notizbuch aus der Innentasche seines Jacketts. Vor dem Institutsgebäude wartete die Studentin, die die Leiche entdeckt hatte, und auch der Rektor hatte ihn sprechen wollen, doch er ignorierte sie und hielt sein übliches Procedere ein. Er musste so schnell wie möglich eine Beschreibung des Tatorts festhalten, solange der Eindruck noch frisch war.

Auch wenn er diesmal das Gefühl hatte, dass ihn das Bild ohnehin noch länger verfolgen würde.

Er schlug eine neue Seite auf und begann, sie schnell mit kleinen, sauberen Druckbuchstaben zu füllen.

Tote liegt in Seminarraum 11.32 im dritten Stock des Mathematikinstituts der Karl-Franzens-Universität Graz, ca. 1.60 groß, schlank. Dunkle Haare, Pferdeschwanz. Trägt vermutlich eine blaue Schürze. Liegt zwischen Tischen und Katheder, in der Nähe der an den Gang grenzenden Mauer, Kopf Richtung Fenster gewandt. Körper auf Höhe des Brustbeins zu zwei Dritteln durchtrennt. Oberkörper liegt mit dem Gesicht nach unten, Becken und Beine mit dem Gesäß nach unten. Daneben eine elektrische Handkreissäge, noch angesteckt, mit Verlängerungskabel, beides neu. Blut und Gewebereste auf der Säge, Blut und Gewebereste auf Katheder und Wand.

Baumgartner musste absetzen und zwang sich, einen Schluck von dem Kaffee zu trinken, der gebracht worden war, ohne dass er es gemerkt hatte.

Daneben eine offene Flasche mit flüssigem Stickstoff, geschätzte 50 l. Keine Anzeichen für sexuellen Missbrauch. Tod wahrscheinlich durch Erdrosseln, Tatwaffe noch nicht gefunden.

Baumgartner legte seinen Stift beiseite und nahm noch einen Schluck Kaffee.

Vielleicht wusste die Studentin etwas zu berichten. Er fand, dass er sie lange genug hatte warten lassen.

Baumgartner legte ein paar Münzen auf den Tisch und verließ das Lokal.

22 Uhr 5

Als er zum Institutsgebäude zurückkam, sah er vor sich im Licht der Laternen eine bunte Ansammlung von Menschen. Sie bewegten sich klamm und hektisch und erzeugten Dunstwolken, wenn sie sich unterhielten. Ein klarer Sternenhimmel war zwischen den Bäumen sichtbar und versprach eine kalte Nacht. Er zog den Kopf ein und näherte sich, während er überlegte, was er als Erstes tun sollte.

„Baumgartner, gut, dass Sie da sind!“, rief ein Polizist in Uniform, den er nicht kannte.

„Blaschek?“

Der Polizist kam auf ihn zu und reichte ihm die Hand. „Richtig.“

Blaschek war ein kleiner, unaufgeregter Streifenpolizist, der ihm in knappen Worten erzählte, wie er nach dem Notruf hergefahren war und hier die Studentin getroffen hatte, die ihn dann nach oben geführt hatte. Das Mädchen saß ein wenig abseits auf einer Parkbank, trug einen dünnen Mantel und hatte die Arme um den Oberkörper geschlungen.

Baumgartner dankte ihm. In diesem Moment kam Gregor Wolf um die Ecke und beschleunigte seine Schritte, als er ihn sah.

„Sie können jetzt fahren“, sagte er zu Blaschek. „Den Rest schaffen wir allein.“

„Etwas noch“, meinte dieser. „Ich habe den Hausmeister ausfindig gemacht. Er kommt hierher.“

„Danke.“

Blaschek verabschiedete sich mit einem Nicken.

„Wie sieht es aus?“, erkundigte sich Wolf, Baumgartners Stellvertreter als Leiter der Mordgruppe. Er hatte den Reißverschluss seiner Lederjacke bis zum Kinn geschlossen.

Als hätte sich ein Loch zur Hölle aufgetan, dachte Baumgartner und ärgerte sich im selben Moment über den Gedanken.

„Sieh es dir selber an. Wilszek ist oben.“

Wolf kratzte sich an der Wange. Dort prangte ein großes Pflaster. Vor fast einer Woche hatte er sich so übel beim Rasieren geschnitten, dass er genäht werden musste. Er gähnte und machte sich auf den Weg. Im selben Moment dachte Baumgartner, er hätte ihn warnen sollen, doch jetzt war es zu spät. Stattdessen versuchte er, sich zu konzentrieren.

Das Mädchen, die Studentin.

Er wollte gerade zu ihr hinübergehen, als er hinter sich eine bekannte Frauenstimme hörte.

„Herr Baumgartner, einen Moment!“

Baumgartner seufzte. Das Letzte, was er jetzt brauchte, war die Presse.

„Stimmt es, Sie haben die Leiche einer Frau gefunden?“

„Sie sind zu früh“, stellte er fest, ohne sich umzudrehen. „Kommen Sie später wieder.“

„Wann?“

„Das weiß ich noch nicht.“

Sie ließ nicht locker. „Es soll sich um außergewöhnliche Umstände handeln, stimmt das? Mein Chef hat den Redaktionsschluss extra noch um eine Stunde verschoben.“

Baumgartner wandte sich um. Sie trug eines ihrer bunten Kleider, eine kurze Jeansjacke und noch höhere Schuhe als sonst. Er wunderte sich, dass sie nicht fror.

„Sie sind doch im Mailverteiler, nicht wahr? Dann bekommen Sie ohnehin die Presseaussendung. Warten Sie noch eine Stunde.“

„Kommen Sie schon!“, sagte sie beschwörend. „Geben Sie mir irgendwas! Sagen Sie mir nicht, dass das umsonst war. Ich bin extra hergefahren.“

Er sah sie an. „Das tut mir leid für Sie, aber wir wissen noch nichts. Wenn Sie jetzt berichten, riskieren

Sie eine Ente. Rufen Sie mich morgen Vormittag an, dann weiß ich mehr."

Sie wirkte enttäuscht, fragte aber nicht weiter nach. Sie sah sich um und Baumgartner befürchtete kurz, dass sie sich ein anderes Opfer suchen würde, doch schließlich räumte sie das Feld.

Wallner war manchmal lästig, aber Baumgartner konnte ganz gut mir ihr, vielleicht zu gut. Lass dich nicht ausnutzen, hatte Meier gesagt. Aber sie schrieb passable Artikel und hielt sich meistens an die Fakten. Mit ihr konnte man arbeiten, wenn man etwa eine Bitte nach Hinweisen aus der Bevölkerung platzieren wollte. „Graz Kompakt" hatte eine große Reichweite.

In diesem Moment kam ein schweres Motorrad über die gepflasterten Wege gefahren und manövrierte zwischen den Leuten hindurch. Der Fahrer stellte die Maschine neben einer Reihe von Fahrrädern ab, klappte den Ständer aus und nahm den Helm ab. Es war Steger, der Gerichtsmediziner. Baumgartner mochte ihn nicht. Steger trug einen schwarzen Anzug und teuer aussehende Schuhe. Er hängte den Helm auf den Lenker und kontrollierte seine Frisur im Seitenspiegel, dann kam er auf sie zu.

„Baumgartner, dass man Sie wieder einmal trifft! Wie lange ist es her – drei Tage?"

Er lachte laut und begrüßte ihn mit einem festen Händedruck. „Neues Jackett? Steht Ihnen gut!"

„Sie ist oben", sagte Baumgartner und wandte sich ab. Er ging zu der Bank, auf der die Studentin saß.

„Wie geht es Ihnen?"

Sie wirkte gefasst. „Geht schon, danke."

„Wie heißen Sie?"

„Margit Lang."

„Mein Name ist Baumgartner. Ich bin vom Landeskriminalamt und leite die Untersuchung. Es tut mir leid, ich kann mir vorstellen, dass das alles sehr unangenehm für Sie ist. Ich habe nur ein paar Fragen, dann können Sie gehen.“

Sie nickte, ohne ihn anzusehen.

„Wie haben Sie sie gefunden?“, fragte Baumgartner.

„Ich wollte gerade nach Hause gehen, da habe ich im Seminarraum Licht gesehen“, erklärte sie. „Ich dachte, dass Carina noch da ist. Sie lernt manchmal dort. Ich habe die Tür aufgemacht, und dann war da überall Blut.“

„Was haben Sie dann gemacht?“

„Ich bin zurück auf den Gang und habe überlegt, was ich machen soll. Dann habe ich gedacht, dass ich nachsehen muss, was da passiert ist und ob jemand verletzt ist.“

„Sie sind hineingegangen?“

„Ja“, sagte sie und sah ihm in die Augen. „War das falsch?“

„Nein“, beruhigte er sie. „Wir müssen es nur wissen, für die Spurensicherung.“

„Ich habe sie liegen sehen“, fuhr sie fort. „Ich bin sofort raus und runter ins Freie. Dann habe ich die Polizei gerufen.“

„Ist Ihnen dabei jemand aufgefallen?“, fragte Baumgartner. „War jemand in der Nähe?“

„Nein, ich kann mich nicht erinnern.“

„Die Außentür war nicht abgesperrt?“

Sie schüttelte den Kopf. „Nein, die war offen.“

„Was war davor?“, fragte er weiter. „Was haben Sie da gemacht?“

„Ich war einen Stock höher, auf dem Gang. Wir haben am Institut keinen Studierraum, deshalb sitzen wir an den Tischen auf den Gängen.“

Baumgartner nickte. „Haben Sie da etwas gesehen oder gehört?“

„Klar“, bestätigte sie. „Es waren Leute im Haus.“

„Wie lange?“

„Ich weiß nicht. Bis acht ist immer irgendwer hier.“

„Ist Ihnen irgendwas Besonderes aufgefallen?“

Sie zögerte. „Da war dieses Geräusch. Ich wusste zuerst nicht – “

„Eine Säge vielleicht?“, bohrte Baumgartner nach.

Sie sah ihn an, dann schien sie zu verstehen und zog die Schultern hoch. „Möglich.“

„Wann war das?“

„Um dreiviertel neun.“

Er holte seinen Notizblock heraus und hielt die Uhrzeit fest.

„Müssen Sie das Institut jetzt sperren?“, fragte sie.

Baumgartner sah von seinem Notizbuch auf. „Warum?“

„Ich habe übermorgen eine wichtige Prüfung. Ich darf da auf keinen Fall durchfallen.“

„Können Sie nicht zu Hause lernen?“, fuhr Baumgartner sie an. Im selben Moment bereute er, das gesagt zu haben. Das Leben ging weiter, und er dachte daran, wie spät sie noch auf dem Institut gewesen war.

„Der Seminarraum wird noch länger gesperrt sein“, antwortete er milder, „aber ich denke, dass Sie morgen wieder ins Haus dürfen.“

Sie nickte. Hinter sich hörte er eine laute Stimme.

„Danke für Ihre Hilfe“, sagte er. „Falls Ihnen noch etwas einfällt, rufen Sie mich bitte an.“

Er gab ihr seine Karte und wandte sich ab.

„Ich sage Ihnen, ich kann mir nicht erklären, wie das passiert ist. Ich habe die Tür abgesperrt, das tue ich immer!“

Der große Mann im schmutzig grauen Mantel musste der Hausmeister sein.

„Aber Sie wussten, dass noch jemand im Gebäude war?“, fragte Wolf, der etwas Verbissenes hatte, das zuvor noch nicht dagewesen war.

„Ich mache jedes Mal meinen Rundgang“, erklärte der Mann. „Manche Studenten haben einen Schlüssel, die können selber raus. Ich vermute, dass einer von denen vergessen hat, die Tür abzusperren. Oder die Putzleute.“

„Kommen Sie, da gehen doch ständig Leute aus und ein“, sagte Baumgartner.

Der Hausmeister schluckte.

„Niemand wird Ihnen einen Vorwurf machen, weil Sie die Tür nicht abgesperrt haben.“

„Aber ich sage Ihnen doch –“

„Im Moment müssen Sie etwas anderes für mich tun“, unterbrach ihn Baumgartner. „Wir vermuten, dass es sich bei der Toten um eine Frau aus dem Putztrupp handelt. Kennen Sie die Putzleute?“

Er nickte eifrig. „Sicher. Manchmal sind sie um neun noch nicht fertig.“

„Ich würde gern wissen, ob Sie die Frau kennen. Ist es in Ordnung, wenn Sie einen Blick auf ihr Gesicht werfen?“

Die Augen des Hausmeisters wurden größer.

„Sie müssen keine Angst haben. Sie sieht ganz friedlich aus“, sagte Baumgartner. Es reichte, wenn er ihm das Gesicht zeigte.

„Gut, in Ordnung.“

Baumgartners Handy klingelte.

Es war Meier.

„Hallo. Was gibt’s?“

„Was ist passiert?“, fragte sie.

„Wir haben alles im Griff", antwortete er knapp. „Komm morgen auf die Universität zum Mathematikinstitut."

„Ist es schlimm?"

Baumgartner zögerte.

„Morgen um sieben", sagte er und legte auf.

Zwei müde wirkende Angestellte der „Bestattung Graz" kamen mit einem Metallsarg aus dem Gebäude. Baumgartner kannte sie vom Sehen. Der eine hatte große Blutflecken auf den Ärmeln seiner Jacke. Es musste schwierig gewesen sein, sie in den Leichensack zu heben.

„Einen Moment!", rief Baumgartner. Er sah sich um und stellte zufrieden fest, dass niemand fotografierte. Er fragte sich, ob Wallner eine gute Journalistin war.

Er ließ den Sargdeckel wegheben und sorgte dafür, dass der Leichensack nur ein kleines Stück geöffnet wurde. Dann winkte er den Hausmeister herbei.

Dieser näherte sich langsam. Als er in den Sack sehen konnte, nickte er und wirkte erleichtert.

„Die ist vom Putztrupp. Ich glaube, sie heißt Krasniqi."

Baumgartner holte sein Notizbuch hervor und schrieb den Namen auf. „Vorname?"

„Sara. Ohne *h*."

Baumgartner notierte, klappte das Notizbuch zu und gab den Männern ein Zeichen, dass sie den Sarg wieder zumachen konnten.

„Kann ich jetzt gehen?", fragte der Hausmeister.

„Ja. Aber bitte halten Sie sich zu unserer Verfügung."

„Geht in Ordnung, Herr Kommissar."

„Chefinspektor", sagte Baumgartner und wandte sich Wolf zu.

„Sag Wilszek, ich lege mich eine Stunde hin. Morgen bin ich wieder ansprechbar. Um sieben."

„Was soll ich tun", fragte Wolf. „Soll ich hierbleiben?"

„Mach dir das mit ihm aus", antwortete Baumgartner. „Es reicht, glaub ich, wenn du auf Abruf bereit bist."

Er holte sein Telefon heraus und wollte gerade im Landeskriminalamt anrufen, für eine erste Presseaussendung, als Wilszek aus dem Gebäude stürmte.

„Franz, schau dir das an! Das musst du sehen!"

Er hatte noch seinen Overall und die weißen Überschuhe an, die nach wenigen Schritten schmutzig waren. In der Hand hielt er einen flachen Plastiksack, in dem etwas war, das aussah wie ein Stück Papier.

Baumgartner ging ihm entgegen und betrachtete den kleinen Zettel hinter der transparenten Kunststofffolie.

„Was ist das?"

„Lies!", sagte Wilszek.

Da sah Baumgartner, dass dort etwas geschrieben stand.

23 Uhr 50

Müde betrat Baumgartner seine Wohnung in der Jakob-Gschiel-Gasse, einen Kilometer nördlich vom Landeskriminalamt. Das Licht war ausgeschaltet und als er es aufdrehte, sah er, dass ein Paar von Isabels Schuhen fehlte.

Baumgartner ging in die Küche, ließ sich ein Glas Wasser ein. Er legte sein Jackett ab, setzte sich mit seinem Notizbuch an den Esstisch und begann, alle Fakten zu notieren, die er heute erfahren hatte.

Als er fertig war, klappte er das Buch zu und lehnte sich zurück. Er sah Isabels letzten Einkaufszettel auf dem Kühlschrank kleben. *Milch,* stand dort, *Nudeln, Waschmittel.* Er stand auf, öffnete den Kühlschrank und fand zwei Milchpackungen. Die hatte sie also noch gekauft. Baumgartner ging nachsehen, wie viel Wäsche er hatte, und fand drei Hemden und zwei Hosen. Unterwäsche war genug da. Er ging zurück und sah nochmals in den Kühlschrank. Ob er für die nächsten Tage genug zu essen hatte? Vielleicht sollte er von jetzt an besser ins Gasthaus gehen.

Eine Stunde später lag er im Bett und hatte einen sauren Geschmack im Mund. Er fühlte sich erschlagen und war doch unfähig zu schlafen.

Ein Mord zerstört immer mehr als das Leben eines Menschen, dachte er. Er zerstört die schöne Oberfläche des Alltags der Leute. Es gibt so viele Dinge, die in den Menschen schlummern, die zum Teil gesagt, aber nicht ausgeführt, gedacht, aber nicht gesagt werden, oder aber den Menschen gar nicht bewusst sind. Der Anstand verbietet es – oder einfach die gesellschaftlichen Konventionen. Manchmal fehlt womöglich nur der Mut, eigene Entscheidungen zu treffen, Neuland zu betreten. Baumgartner befürchtete, dass oft wirklich nur der letzte Grund den Gewaltausbruch verhinderte.

Ein Mord ist immer auch etwas Mutiges, dachte er. Wie viele Leute hatten die Nerven, das zu tun, was er heute gesehen hatte? So jemand bricht mit allen gesellschaftlichen Konventionen und befreit sich. Diesen Mut fürchten und bewundern die Leute. Sie spüren eine kompromisslose Ehrlichkeit, eine ehrliche Botschaft.

Die er verstehen musste.

Ihm fiel auf, dass das seltsame Gefühl im Magen immer noch da war. Es war schwächer geworden, aber nicht verschwunden. Das Gefühl war gekommen, als er versucht hatte, zur Routine überzugehen. Normalerweise war die Routine etwas Tröstliches, etwas, woran man sich festhalten konnte. Baumgartner befürchtete, dass das diesmal nicht funktionieren könnte.

Der Täter hatte ihnen eine Nachricht hinterlassen. Dieser Gedanke, dass er getötet hatte, um etwas mitzuteilen, ließ den Stein so schwer werden, dass es schmerzte.

Als er den Zettel in dem Plastiksack entgegengenommen hatte, war ihm sofort klar gewesen, warum Wilszek so aufgeregt war. Darauf stand, sorgfältig mit dem Computer ausgedruckt, ein einziger Satz:

dies ist noetig um auf | die wirklichkeit |
aufmerksam zu machen

Mittwoch, 6 Uhr

Baumgartner schreckte aus dem Schlaf hoch. Er brauchte einen Moment, um sich zu orientieren, dann drückte er den Wecker ab, der ein vertrautes, schreiendes Piepen von sich gab.

Draußen war es noch völlig dunkel. Er musste sich überwinden, um die Füße unter der Decke hervorzuschieben und auf den kalten Parkettboden zu stellen. Er rieb sich die Augen. Isabel war nicht gekommen.

Wenige Minuten später saß er bei einer Tasse Kaffee am Küchentisch und hörte dem Geräusch des Kühlschranks zu. Der heiße Milchkaffee wärmte ihn, und er gab sich diesem Gefühl hin. Die Zeitung lag zusammengefaltet neben ihm auf dem Tisch. Der neue Fall war zuerst nur eine dumpfe Ahnung und es dauerte einige Minuten, bis die Details vor seinem inneren Auge wieder erschienen. Er trank seinen Kaffee in einem Zug leer, zog den Mantel an und machte sich auf den Weg, froh, dass er so etwas wie Tatendrang verspürte.

7 Uhr

Als Baumgartner auf der Universität eintraf, hatte sich eine erste Ahnung von Helligkeit über den Platz vor dem Mathematikinsititut gelegt und hinter einigen Fenstern brannte Licht. Baumgartner mochte diesen frischen Geruch wenn es noch sehr früh war, doch heute roch es anders, mehr nach altem Rauch und Autoabgasen. Der Verkehr auf der benachbarten Heinrichstraße schwoll bereits an. Geduckte Gestalten kamen vorbei und drehten sich steif nach der Absperrung um, die Wilszek vor dem Institutstor angebracht hatte.

Meier wartete vor dem Eingang, fest in ihren Mantel eingewickelt.

„Warst du schon oben?“, fragte er.

Sie nickte. Ein kaum merkliches Zittern fuhr durch ihren Körper.

„Weißt du schon, was du tun willst?“, erkundigte sie sich.

Er dachte kurz nach, dann sagte er:

„Der Hausmeister hat die Tote identifiziert. Sie heißt Sara Krasniqi. Wir müssen das noch bestätigen. Schau bitte nach, ob sie vermisst wird und besorg mir ihre Daten, nächste Angehörige, Wohnadresse. Wilszek wird eine Liste von Leuten brauchen, die in diesem Gebäude aus und ein gehen. Wir müssen sie fragen, ob sie freiwillig ihre Fingerabdrücke hergeben. Das soll Gregor machen. Am Nachmittag machen wir eine erste Besprechung. Fünfzehn Uhr. Sag den anderen Bescheid.“

„Geht in Ordnung“, antwortete sie und wandte sich ab, um zu telefonieren. Sie schien froh, dass sie etwas zu tun hatte. Er wusste, dass sie ein schlechtes Gewissen hatte, weil sie gestern nicht mehr gekommen war. Er hätte ihr gesagt, dass es keinen Grund dafür gab. Sie wusste das, deshalb sagte sie nichts.

Widerwillig näherte er sich dem Eingang, schlüpfte unter der Absperrung hindurch und ging hinauf zum Tatort, wo Wilszek noch immer am Arbeiten war. Ein junger Mann war diesmal mit dabei. Die große Blutspur an der Wand hatte sich braun verfärbt und erinnerte nun an die Reifenspur eines Autos, das durch Schlamm gefahren war. Wilszeks Assistenten beschäftigten sich mit den Wänden, während er selbst in einer Ecke kniete. Das bedeutete, dass sie beinahe fertig waren. Wilszek arbeitete sich immer spiralförmig von der Leiche aus in den Raum vor.

„Wie sieht es aus?“, fragte Baumgartner. „Habt ihr was?“

Er richtete sich mühsam auf.

„Was glaubst du? Ein Seminarraum eben. Ich würde sagen, wir haben Fingerabdrücke und DNA von so ziemlich allen Mathestudenten. Du wirst mir von allen Proben besorgen müssen.“

„Rede mit Gregor, der macht das.“

Wilszeks Augen waren nur noch schmale Schlitze. Er blinzelte oft, so, als blendete ihn das schwache Morgenlicht von den Fenstern, und lachte leise.

„Gregor und hundert Mathematiker. Das wird sicher witzig.“

„Erklär ihm einfach genau, was du brauchst“, sagte Baumgartner.

Sie schwiegen.

„Was ist hier passiert?“, fragte Baumgartner. Es klang, als ob er mit sich selbst sprach.

„Das musst du herausfinden, Franz. Ich kann es dir nicht sagen.“

„Sag mir trotzdem, was du denkst.“

Wilszek ließ seinen Blick durch den Raum schweifen. „Er muss der Frau aufgelauert und sie dann irgendwie betäubt haben“, meinte er. „Ich bin mir ziemlich sicher, dass es keinen Kampf gab. Die Sache lief recht friedlich ab, wenn man das so nennen kann. Ich glaube nicht, dass jemand etwas gehört hat.“

„Vielleicht hat er sie gekannt?“, schlug Baumgartner vor.

„Möglich. Aber sie hätte sich trotzdem gewehrt.“

Baumgartner nickte. „Und dann?“

„Dann kommt der Teil, den ich nicht verstehe.“

„Hast du Müllsäcke gefunden oder irgendetwas Ähnliches?“

„Zum Einpacken, meinst du? Tut mir leid, keine Müllsäcke. Es ging beim Zerschneiden nicht um den Transport. Ich glaube, er wollte sie liegenlassen. Sonst wäre ja auch die Nachricht sinnlos."

„Also aggressive Mutilitation", stellte Baumgartner fest.

„Ich fürchte, davon musst du ausgehen. Er wollte etwas mitteilen. Nicht nur mit der Nachricht, auch mit dem Schnitt."

Das bestätigte nur Baumgartners Befürchtung. „Was ist mit dem Stickstoff?"

„Das ist interessant! Damit kannst du den Raum der Verdächtigen eingrenzen. Die Frage ist nicht nur, wer Zugang dazu hatte. Mich würde auch interessieren, wer auf so eine Idee kommt und warum. Dafür braucht man bestimmte Vorkenntnisse."

Baumgartner stand da, die Hände in den Taschen seines Mantels, und starrte auf den Boden.

„Gut", sagte er. „Wir treffen uns am Nachmittag um drei. Wär gut, wenn du auch vorbeikommst und den anderen das erzählst, was du mir gerade gesagt hast. Vielleicht hast du ja bis dahin noch ein paar interessante Spuren für uns."

„Mach ich", antwortete Wilszek. „Dann werd ich einmal schauen, dass ich ein paar Stunden Schlaf kriege."

„Tu das. Bis später", sagte Baumgartner und ging.

Als er vor die Tür trat, entdeckte er dort neben Meier die große Gestalt von Mario Sukitsch, dem leitenden Beamten des Landeskriminalamts – seinen Chef. Er schien seine Haube vergessen zu haben, seine Glatze war gerötet von der Kälte. Er trug wie immer seinen Leatherman außen am Gürtel.

„Guten Morgen, Franz. Wie sieht es aus?"

Meier ging zur Seite, um zu telefonieren, und Baumgartner erklärte ihm, was sie wussten. Sukitsch nahm es konzentriert auf.

„Gut", sagte Sukitsch. „Hast du alles, was du brauchst?"

„Ja, derzeit schon."

„Wenn du irgendwelche Hilfe benötigst, sag mir Bescheid."

„Was meinst du?", fragte Baumgartner.

Sukitsch tippte ihm mit dem Zeigefinger auf die Brust.

„Du weißt, dass diese Sache nicht vergleichbar ist mit dem, was du bisher gemacht hast. Das muss dir klar sein! Ich bin lange dabei, aber ich glaube nicht, dass ich so etwas schon einmal gesehen habe. Etwas Derartiges gibt es normalerweise nicht in Graz."

„Warum sollte es etwas Derartiges in Graz nicht geben?", entgegnete Baumgartner.

Sukitsch sah ihn belustigt an.

„Ich sage ja nur, wenn du Sondermittel brauchst, externe Spezialisten, irgendwas, dann kläre ich das. Ich regle das mit dem Staatsanwalt. Du konzentrierst dich ganz auf den Fall."

Er legte ihm die Hand auf die Schulter.

„Du machst das!", sagte er.

Meier kam zurück.

„Ich habe eine Adresse."

Baumgartner holte sein Notizbuch heraus.

„Elisabethinergasse 22", diktierte sie. „Gabriele Koren. Eine Wohngemeinschaft, hat man mir gesagt."

Er klappte geräuschvoll sein Notizbuch zu.

„Ich fahr hin", sagte er.

Baumgartner saß beim Sorger in der Annenstraße und aß ein kleines Frühstück. Sein Notizbuch hatte er offen vor sich liegen, ohne etwas hineinzuschreiben. Er dachte über Sukitschs Bemerkung nach.

Sein Chef hatte recht. Etwas grundlegend Neues war an diesem Fall. Etwas Absurdes, Fremdes, dachte er unwillkürlich. Etwas, das nicht hierher passte in dieses verträumte Städtchen im äußersten Südosten des deutschsprachigen Raums, dem man mediterranen Charme nachsagte.

Nebenbei ärgerte er sich über die Art, wie Sukitsch es gesagt hatte. Als ob er seiner Aufgabe nicht gewachsen wäre. Und doch kannte er Sukitsch gut genug, um zu wissen, dass dieser seine Gründe hatte.

Ihm fiel sein erstes Gespräch mit Oberst Sukitsch ein. Er war ungewöhnlich nervös gewesen. Normalerweise reagierte er Ranghöheren gegenüber nicht so. Einmal hatte er der Innenministerin die Hand geschüttelt. Dabei war er ganz ruhig gewesen.

Baumgartner hatte gehört, dass Sukitsch in seiner Jugend als Türsteher gearbeitet hatte, bevor er zur Polizei gekommen war. Vielleicht war es das. Diese Leute gaben einem immer das Gefühl, etwas Unrechtes getan zu haben.

Oberst Mario Sukitsch hatte ihn unter den dicken Knochenwulsten, auf denen seine Augenbrauen thronten, gemustert. Er hatte laut Baumgartners Biografie vorgelesen: Volksschulzeit, Unfalltod der Eltern, die Jahre, die er bei seinem Großvater gelebt hatte, die Zeit im Internat und der Wechsel in die Hauptschule. Dann hatte er die Mappe zugeklappt. Seine Glatze hatte geglänzt, als er sich zurückgelehnt und die Arme verschränkt hatte, wobei die Adern auf den Unterarmen wie Kabel hervorgetreten waren.

„Worum geht es Ihnen, Baumgartner?“, hatte Sukitsch plötzlich gefragt. „Ich habe hier Ihre Zeugnisse, die sind gut. Ich bin sicher, Sie können ein wertvoller Mitarbeiter sein. Aber mich würde interessieren, warum Sie sich das antun wollen. Haben Sie romantische Vorstellungen von der Polizeiarbeit?“

Baumgartner war überrascht gewesen von dieser Frage.

„Nein, habe ich nicht“, hatte er ruhig geantwortet. „Ich bin seit drei Jahren in der Polizeiinspektion Köflach.“

„Sehen Sie sich die amerikanischen Krimis an, es stimmt vieles, was dort gezeigt wird. Die Polizisten, die sich mit Gewaltverbrechen auseinandersetzen, sind oft einsame, frustrierte Menschen, viele von den wirklich guten zumindest. Nur eines ist anders: Es werden viel weniger Fälle wirklich aufgeklärt als im Fernsehen. Und es ist viel mehr Arbeit. Mich würde interessieren, ob Sie das wirklich wollen. Haben Sie gute Gründe für Ihre Entscheidung?“

Baumgartner war Sukitschs Blick ausgewichen. Ihm war dieses Verhör unangenehm gewesen, mehr noch, er war verärgert gewesen.

„Ich will etwas Sinnvolles tun“, hatte er gesagt.

„Sinnvoll für Sie selbst oder für die anderen?“

Baumgartner hatte ihn angesehen. „Wenn es für die anderen sinnvoll ist, ist es auch für mich sinnvoll.“

Sukitschs Miene war unergründlich gewesen.

„Sind Sie ein Gutmensch“, hatte er weitergefragt, „wollen Sie die Welt retten?“

Baumgartner hatte die Zähne zusammengebissen.

„Sie etwa nicht?“, hatte er entgegnet.

Sukitsch hatte gelacht.

„Reden wir weiter von Ihnen. Ist es das? Sie wollen die Welt zu einem besseren Ort machen? Das ist herzig, Baumgartner. Aber es muss Ihnen klar sein, dass Sie nichts Wesentliches bewirken können, schon gar nicht bei der Polizei."

„Wo sonst, wenn nicht hier?", hatte Baumgartner zurückgegeben, lauter, als er beabsichtigt gehabt hatte.

„Alles, was Sie tun, wird nur ein Tropfen auf dem heißen Stein sein. Und Sie werden oft Grenzfälle erleben, wo Sie nicht mehr wissen, was richtig ist. Sie werden unangenehme Dinge tun müssen. Das Recht setzt man nicht immer durch, indem man nett zu den Leuten ist. Manchmal muss man bereit sein, Opfer zu bringen. Man wird selbst Gewalt anwenden müssen, und wissen Sie was, es wird Ihnen vielleicht Spaß machen. Haben Sie darüber schon einmal nachgedacht?"

„Ich will einfach meine Arbeit machen", hatte Baumgartner gesagt, „ohne mich dafür rechtfertigen zu müssen."

Sukitsch hatte genickt. „Sie sind wirklich ein Gutmensch. Sie werden damit einfahren, Baumgartner, das kann ich Ihnen jetzt schon sagen."

„Heißt das, Sie nehmen mich nicht auf?"

„Doch, das tue ich."

Oberst Sukitsch war aufgestanden und hatte ihm die Hand gereicht. Baumgartner hatte sie ergriffen, ohne recht zu verstehen, was das alles sollte.

„Willkommen bei der Mordgruppe."

Das war vor drei Jahren gewesen. Inzwischen war Baumgartner zum Leiter der Mordgruppe aufgestiegen. Und die Prophezeiung des Chefs war nicht eingetreten.

Baumgartner hatte das seltsame Gespräch nie wirklich verstanden. Entgegen seinem rauen Auftreten hatte sich Sukitsch als besonnen und fair erwiesen und Baumgartner immer unterstützt. Seine Warnung hatte er aber nie zurückgenommen und manchmal setzte er in Baumgartners Gegenwart noch diesen forschenden, belustigten Blick auf.

Er sollte das ernst nehmen, was Sukitsch gesagt hatte. Wahrscheinlich brauchte er wirklich Hilfe bei diesem Fall. Es gab Anzeichen, dass keines der sonst üblichen Motive vorlag. Keine Rache, keine Eifersucht, sondern etwas ganz anderes.

Vielleicht brauchte er einen Psychologen. Womöglich war es das, was Sukitsch sagen wollte.

Gerd Schaffer war gerade in den USA auf einem Kongress und würde seinen Aufenthalt wohl nicht abbrechen wegen dieser Sache, erst recht nicht nach den Differenzen, die es gegeben hatte, obwohl das auch schon wieder zwei Jahre her war. Schaffer trauerte immer noch Kampl nach, zu dem er ein besonderes Verhältnis gehabt hatte. Vielleicht sollte Baumgartner die Gelegenheit nutzen und stattdessen Vera Königshofer hinzuziehen. Darüber sollte er nachdenken.

Er trank seinen Kaffee aus und machte sich auf den Weg in den Bezirk Gries.

Baumgartner parkte seinen Dienstwagen in der Elisabethinergasse vor einem türkischen Friseurladen und trat hinaus in die immer noch eisige Morgenluft. Ein torfiger Dunst wie von einem Fischteich stieg vom Mühlgang auf, dessen Wasserstand geringer war als sonst. Aus einem Lokal gegenüber, auf dem neben der Aufschrift „Kulturverein Ghana“ noch Reklametafeln einer Spielhalle prangten, drang Gelächter und Geschnatter in einer afrikanischen Sprache. Zwei dunkelhaarige Burschen auf zu großen Fahrrädern querten die Straße und riefen einander mit kehligen, heiseren Stimmen Dinge zu, die er nicht verstand. Baumgartner wich ihnen aus und machte sich auf den Weg.

Gries war ihm angenehmer als die Universität, trotz seines schlechten Rufs. Er hatte eine Schwäche für diese vernachlässigten Teile der Stadt. Die Viertel, wo die Leute weniger begütert waren und sich verschiedenste Kulturen mischten, die einander alle gleich fremd waren. Wenn etwas vernachlässigt wurde und dabei nicht schlimmer war als Gries, hatte das etwas Beruhigendes. Es sagte ihm, dass er als Polizist nicht ständig dahinter sein musste, um die Ordnung sicherzustellen.

Er sah die Gasse entlang. Er glaubte, zwei neue Kebabbuden zu entdecken, die letztes Mal noch nicht dagewesen waren. Die Stadt verändert sich, dachte er. Hier sieht man es am besten.

Er fand das Haus, dessen ausgebleichte gelbe Fassade von schwarzen Wasserstreifen durchzogen war, die von den Regenrinnen der Balkone nach unten führten. Die Eingangstür war offen. Die gesuchte Wohnung befand sich im zweiten Stock. Er läutete, und nach wenigen Sekunden wurde aufgemacht.

Das Erste, was ihm auffiel, war der Geruch. Wie ein orientalischer Gewürzladen, dachte er. Er glaubte, einige unbenennbare Düfte zu erkennen, die man nur in indischen Restaurants erlebte, und außerdem Weihrauch.

Das Mädchen, das vor ihm stand, war klein und schlank, mit kurzen Beinen und runden Hüften, um die sie ein fein gemustertes Tuch in Erdfarben geschlungen hatte. Aus ihren Jeans ragten nackte Füße, die so gebräunt waren wie die Arme in dem ärmellosen Batikshirt. Sie hatte lange, unregelmäßig dicke Dreadlocks, die hinter dem Kopf zusammengebunden waren – so viele, dass der Rest des Körpers noch kleiner wirkte. Auf dem runden Gesicht war ein offenes Lächeln.

„Ja?“, sagte das Mädchen.

„Grüß Gott, mein Name ist Baumgartner, ich bin vom Landeskriminalamt.“

Er zeigte seinen Ausweis. Sie beugte sich vor, um ihn genauer zu betrachten.

„Bin ich hier richtig bei Sara Krasniqi?“

„Ist leider nicht da“, antwortete sie.

Baumgartner bemühte sich um einen ruhigen, höflichen Ton. „Darf ich kurz reinkommen?“

Sie sah ihn prüfend an, dann trat sie zur Seite.

Baumgartner betrat einen winzigen, dunklen Vorraum. Er folgte ihr in die Küche, wo ein Topf dampfend auf dem Herd stand. Sie nahm einen Kochlöffel und rührte um. Die Wand war bunt bemalt, in warmen Farben. Die ganze Wohnung sah abgewohnt aus und war liebevoll eingerichtet: Es gab selbst gebastelte Kerzen, einen Aschenbecher aus einer Bierdose, einen Ikea-Sessel und zwei andere, die mindestens 20 Jahre alt waren und die man rot gestrichen hatte. Auf einem Regal hingen verstaubte Faschingsgirlanden.

„Sie sind die Mitbewohnerin von Frau Krasniqi?“, fragte Baumgartner.

Sie lachte, drehte sich zu ihm um und reichte ihm eine warme, schlaffe Hand.

„Gabi Koren.“ Ihre Stimme hatte etwas Singendes.

Sie ahnt nichts, dachte Baumgartner. Er überlegte, wie er beginnen sollte.

„Wo ist Sara?“

„Ich weiß nicht“, antwortete sie. „Sie ist gestern nicht nach Hause gekommen.“

Baumgartner nickte. Nun drehte sie sich um.

„Was wollen Sie von Sara? Stimmt irgendetwas nicht?“

„Das wissen wir noch nicht sicher“, erklärte Baumgartner. „Wir müssten mit ihren Angehörigen sprechen. Haben Sie da einen Kontakt?“

„Sara hat keine Angehörigen“, sagte Koren bestimmt.

„Wie meinen Sie das?“, hakte Baumgartner nach.

„Sie stammt aus dem Kosovo. Sie hat keinen Kontakt mehr dorthin.“

„Und in Graz gibt es niemanden?“

Sie rührte in ihrem Topf. „Wir haben nur uns“, sagte sie.

„Dann muss ich Sie bitten, mit mir mitzukommen.“

„Warum?“

Baumgartner zögerte. „Wir haben eine tote Frau gefunden. Es könnte sich dabei um Frau Krasniqi handeln.“

Nun sah sie ihn scharf an. Suchend.

„Das kann nicht sein“, stellte sie fest und wandte sich wieder ihrem Topf zu.

„Warum?“

Sie ignorierte die Frage.

„Können Sie mir ihr Zimmer zeigen?“, fragte Baumgartner vorsichtig.

Koren wurde wachsam. „Was wollen Sie dort?“

„Ich will mich umsehen.“

Sie schien zu überlegen.

„Ich muss sonst einen Durchsuchungsbefehl besorgen“, erklärte Baumgartner. „Das dauert und ist eine Menge Aufwand. Es wäre leichter, wenn Sie mir einfach sagen, wo das Zimmer ist, und ich werfe einen kurzen Blick hinein. Ist das in Ordnung?“

Sie verschränkte die Hände und schien einen Moment zu überlegen. Dann nickte sie.

„Aber greifen Sie nichts an!“

„Wo?“, fragte er.

Sie ging an ihm vorbei in den Vorraum und zeigte ihm eine braune Tür. Baumgartner wartete, bis sie zurück zum Herd ging, und trat ein.

Hier roch es bewohnt, dachte er. Wie ein Raum, der zu wenig gelüftet wurde. Das Zimmer war winzig, bot kaum Platz für ein Bett und einen Schreibtisch, auf dem ein alter Laptop stand. Es wirkte neutraler als die Küche. Was sofort auffiel, war ein halbes Dutzend Stofftiere auf dem Bett, die alle im Kreis auf einer alten Tagesdecke saßen und Baumgartner anstarrten. Dazwischen ein roter, herzförmiger Ikea-Polster, aus dem links und rechts zwei Arme wuchsen. Er schloss die Tür wieder.

Als er zurück in die Küche kam, hatte sie ihr Lächeln wiedergefunden.

„Stellen Sie bitte den Herd ab“, sagte er. „Sie müssen mitkommen.“

Sie rührte weiter. „Warum?“

Baumgartner wusste nicht, was er sagen sollte. Weil deine Freundin in der Mitte auseinandergesägt wurde?

Sie überlegte und schaltete die Herdplatte ab.

„Von mir aus“, sagte sie.

„Außerdem brauchen wir ein Foto von Ihrer Freundin“, fügte Baumgartner hinzu. „Haben Sie eines?“

Sie fischte einen kleinen Rahmen von einem Regal über dem Esstisch, nahm das Foto heraus und hielt es ihm lächelnd hin.

„Danke.“

Sie gingen in den Vorraum, wo Koren einen roten Filzmantel und einen grünen Schal vom Haken nahm. Sie schlüpfte in zu große Wollsocken und braune, hohe Lederschuhe.

„Sie wirken nervös", sagte sie plötzlich, als sie wenig später neben ihm im Auto saß. „Viel negative Energie."

Er brauchte einen Moment, bis er verstand, was sie gesagt hatte. „Wie meinen Sie das?"

„Sie sollten sich das anschauen lassen. Man kann krank werden davon. Ich habe nämlich einen Blick dafür. Ich mache Energiearbeit, müssen Sie wissen."

Er nickte und wartete, bis die Ampel grün wurde. Beim Losfahren gingen ihm kurz die Reifen durch.

9 Uhr 15

Nach fast 20 Minuten Schweigen im Stop-and-go des Frühverkehrs erreichten sie das Landeskriminalamt in der Straßganger Straße. Baumgartner rollte mit seinem Dienstwagen durch die Nebeneinfahrt in der Grottenhofer Straße und nickte dem Portier zu, der gestresst aussah. Seit einigen Monaten war hier der provisorische Haupteingang, weil an der Straßganger Straße das neue Gebäude errichtet wurde. Es war an der Zeit: Der Komplex aus den Siebzigern, in dem sie derzeit saßen, wurde langsam etwas muffig. Er erinnerte an die drei Grazer Kasernen, die sich alle in unmittelbarer Nachbarschaft des Landeskriminalamts befanden. Als Baumgartner nach dem Wehrdienst in der Gablenz-Kaserne in die Polizeischule übersiedelt war – nur ein Stockwerk unter seiner jetzigen Kanzlei – hatte er deshalb auch das ungute Gefühl gehabt, weiterhin Soldat zu sein. Erst als sich der schulische Erfolg eingestellt hatte, durch seine klare Auffassungsgabe und sein überraschendes Abschneiden am Schießstand, war das Gefühl gewichen und hatte einer Zufriedenheit Platz gemacht, die er bis dahin nicht gekannt hatte. Erst zu diesem Zeitpunkt war er endgültig sicher gewesen, dass er Polizist werden wollte.

Baumgartner ging mit Koren im Schlepptau zum Lift, vorbei an verblichenen, großformatigen Fotos von polizeiinternen Sportveranstaltungen – Schwimmen, Pistolenschießen, Bergsteigen. Sie fuhren in den dritten Stock, umrundeten einen großen Lichtschacht, der sich bis hinab ins Erdgeschoß erstreckte, passierten Sukitschs Tür und betraten gemeinsam die Kanzlei der Mordgruppe.

Baumgartner bat Koren, auf einen der Stühle in der Nähe des Eingangs Platz zu nehmen. „Bitte, warten Sie hier."

Wolf sah von seinem Tisch auf. Vor ihm lag seine Glock 19, zerlegt in ihre Einzelteile, zwischen einem guten Dutzend eng beschriebener gelber Post-its. Seine Hände bewegten sich präzise, fast liebevoll, als er mit einem Tuch das schwarze Plastik rieb. Baumgartner sah sich nach Meier um, die telefonierte. Als sie ihn sah, nahm sie das Telefon vom Ohr und hielt die Sprechmuschel zu.

„Franz, Steger fragt, wo du bleibst. Er will mit der Obduktion beginnen."

„Sag ihm, er soll warten", befahl Baumgartner.

„Er sagt, er hat eine Gruppe Studierende, die zusehen will. Er kann sie nicht warten lassen."

„Studenten?", fragte Baumgartner.

Sie zögerte. „Was soll ich ihm sagen?"

„Dass er warten soll."

Meier nickte.

Baumgartner wandte sich Wolf zu. „Wie läuft es bei dir? Hast du die Liste für Wilszek?"

„Die Sekretärin des Instituts schreibt sie gerade zusammen“, antwortete Wolf und baute seine Dienstwaffe zusammen. „Ich warte auf die Mail.“

Baumgartner drehte sich um und ging zurück zu Koren, die etwas verloren dort saß und aus den Augenwinkeln zu Wolf und seinem Putzritual hinüberspähte.

Da drehte sich Baumgartner noch einmal um. „Gregor? Schick mir einen Streifenwagen zur Gerichtsmedizin. Am liebsten diesen Blaschek, wenn er Zeit hat.“

Wolf wartete auf eine Erklärung und als er keine erhielt, nickte er.

Baumgartner wandte sich an Koren. „Kommen Sie, gehen wir.“

„Wohin?“, fragte sie.

„Sie müssen uns bei der Identifizierung helfen.“

9 Uhr 55

„Warten Sie draußen“, sagte Baumgartner und trat in den Seziersaal. Dort stand bereits eine Gruppe junger Leute mit weißen Kitteln um einen metallenen Tisch, auf dem die nackte, blasse Leiche lag. Das Blut hatte man abgewaschen, nur noch die Ränder der klaffenden Wunde waren rot.

Steger war auch da. Er entdeckte Baumgartner.

„Da sind Sie ja. Darf ich vorstellen –“

„Kommen Sie her“, unterbrach ihn Baumgartner schroff.

Er zögerte und entschuldigte sich bei seinen Studenten.

„Was soll das?“, fuhr Baumgartner ihn an.

„Was meinen Sie?“, fragte Steger.

„Was ist mit den Studenten hier?“

„Sie machen bei mir eine Vorlesung“, erklärte Steger. „Einführung in die Gerichtsmedizin.“

„Schicken Sie sie nach Hause“, sagte Baumgartner.

Steger sah ihn kühl an. „Das sind die Gerichtsmediziner von morgen. Wir müssen in die Zukunft investieren. Ob Sie das verstehen, ist mir ehrlich gesagt egal. Sie bleiben.“

Die Männer schwiegen. Baumgartner hatte die Fäuste geballt.

„Sie haben mit der Obduktion zu warten, bis ich Zeit habe“, sagte Baumgartner. „Sonst mach ich Sie zur Schnecke, das schwöre ich.“

Steger hob beschwichtigend die Hände. „Ist ja gut. Nun haben Sie Zeit, oder?“

Da wich die Anspannung aus Baumgartners Körper.

„Schicken Sie die Studenten hinaus und decken Sie die Leiche ab. Sie können sie später wieder hereinholen. Ich hab jemanden da, der sie vielleicht identifizieren kann.“

Steger warf einen Blick auf seine Studenten, die bereits untereinander tuschelten, seufzte und ging mit ausgebreiteten Armen auf sie zu.

„So, meine Damen und Herrn, ich muss Sie kurz noch einmal nach draußen bitten. Ja, ich weiß, es dauert alles länger als geplant. Ich fürchte, Hofstätter muss seine Vorlesung heute ausfallen lassen.“

Baumgartner ging hinter der Gruppe her, um Koren zu holen. Als sie den Seziersaal mit seinem weißen Neonlicht und dem eigentümlichen Geruch von der Konservierungslösung für Körperpräparate betrat, schien sie noch kleiner zu werden.

„Kommen Sie“, sagte Baumgartner leise. „Es dauert nicht lange. Sie haben es gleich hinter sich.“

Kurz befürchtete er, sie könnte sich umdrehen und hinauslaufen, aber sie blieb tapfer und näherte sich dem Tisch, unter dem sich die Form der nackten Leiche abzeichnete.

„Ich werde die Decke wegziehen, damit Sie das Gesicht sehen können."

Sie sagte nichts, starrte nur die Leiche an. Da ging Baumgartner hin und schlug die Decke zurück. Sie stieß einen abgehackten Schrei aus. Baumgartner sah, wie sie zurückwich. Er war sich sicher, dass sie ihre Freundin erkannt hatte. In ihren Augen waren Tränen. Nach zwei Schritten stolperte sie über ihre eigenen Füße und fiel nach hinten auf den Boden. Baumgartner deckte das bläuliche Gesicht wieder zu und eilte zu ihr, um ihr aufzuhelfen. Er nahm ihren Arm und wollte sie wieder auf die Beine ziehen, doch sie blieb sitzen und begann laut zu schluchzen.

„Es tut mir leid", sagte Baumgartner und wusste nicht, ob es glaubwürdig klang. „Bitte, Frau Koren. Kommen Sie, gehen wir hinaus."

Sie schlang die Arme um seine Füße und vergrub das Gesicht in seine Hose. Baumgartner wusste nicht, was er tun sollte. Er hatte Angst, sie könnte ihn umwerfen.

„Frau Koren, bitte beruhigen Sie sich!"

Da kam Blaschek mit einem Kollegen durch die Tür herein. Koren heulte hemmungslos.

„Bitte, Blaschek", flehte er, „helfen Sie mir. Bringen Sie sie nach Hause."

Dieser eilte herbei und befreite Baumgartner vorsichtig aus ihrer Umarmung. Er richtete sie auf, doch ihre Knie klappten zusammen. Zu zweit stützten Blaschek und sein Kollege das Mädchen und trugen es hinaus.

Baumgartner versuchte vergeblich, die dunklen Tränenflecken auf seiner Hose wegzuwischen, als Steger wieder hereinkam, gefolgt von seinen Studenten.

„So, ich denke nun können wir beginnen, nicht wahr?“

Irgendjemand kicherte. Baumgartner sagte nichts. Gut gelaunt erklärte Steger das Procedere einer Obduktion und ließ sich manche Details von seinen Studenten ergänzen.

„So, sehen wir uns die Tote einmal an. Was fällt Ihnen auf?“

Einige meldeten sich zu Wort. Der Schnitt wurde beschrieben, die zerfransten, aber geraden Wundränder. Jemand erriet, dass eine Säge verwendet worden war. Jemand anderer bemerkte die dunklen, scharfen Würgemale.

„Gut, sehr gut!“, lobte Steger. „Sie sehen, wie aufschlussreich bereits so eine oberflächliche Betrachtung ist. Es muss alles protokolliert werden, jedes Detail kann den Ermittlern helfen. Bedenken Sie: Es ist nicht Ihre Aufgabe zu entscheiden, was wichtig ist und was nicht. Das ist die Verantwortung des Chefinspektors.“

Er warf Baumgartner einen Blick zu.

„Gut, wenn es keine weiteren Details gibt, können wir mit der eigentlichen Obduktion beginnen.

„Entschuldigen Sie“, meldete sich ein blondes Mädchen im Hintergrund, dessen schmales Gesicht fast so blass war wie die Haut der Leiche. Alle drehten sich nach ihr um. Sie errötete.

„Ja?“, fragte Steger.

„Es ist wahrscheinlich kompletter Blödsinn. Es kann eigentlich nicht sein.“

Ihre Stimme war fester, als ihr Gesichtsausdruck vermuten ließ.

„Was kann nicht sein?“, wollte Baumgartner wissen. Etwas in ihm hatte Alarm geschlagen.

„Der Schnitt. Er ist genau rechtwinklig zur Körperachse. Glaube ich.“

Steger lächelte. „So ist das, wenn man jemanden zerschneiden will. Das ist der kürzeste Weg.“

Einige lachten. Baumgartner sah, dass sie noch nicht fertig war. Sie sah sich hilfesuchend um und als sie seinen Blick fand, fuhr sie fort.

„Es ist gar nicht der kürzeste Weg. Der wäre an der Taille. Außerdem wäre es leichter, unterhalb der Rippen zu schneiden. Der Mörder hat aber die letzte Rippe noch angesägt.“

„Reden Sie weiter!“, ermutigte sie Baumgartner.

Sie zögerte.

„Sie glauben, es gibt einen besonderen Grund, warum er hier gesägt hat?“

Steger lächelte immer noch und senkte den Blick.

„Sagen Sie es“, drängte Baumgartner.

„Der Goldene Schnitt“, sagte sie.

Plötzlich war es still im Seziersaal.

„Das ist eine schöne Idee“, meinte Steger. „Aber wissen Sie, in der Praxis –“

„Was ist der Goldene Schnitt?“, fragte Baumgartner.

„Ein besonders ausgewogenes mathematisches Längenverhältnis“, erklärte Steger. „Zwei unterschiedlich lange Strecken. Die kurze verhält sich zur langen wie die lange zur Summe der beiden.“

Baumgartner dachte kurz darüber nach.

„Was hat das für einen Sinn?“

„Hier? Gar keinen. Der Goldene Schnitt hat historische Bedeutung. Ein Sinnbild für Perfektion, schön anzuschauen. Finden Sie in alten Gemälden oder im Grundriss von Gebäuden.“

„Messen Sie nach“, befahl Baumgartner.

Steger holte ein Maßband aus der Tasche und drückte es einem Studenten neben sich in die Hand.

„Bitte.“

Es wurde still, als der Student sich ans Messen machte. Nur das Tappen seiner Schritte auf dem Fliesenboden war zu hören.

„Eins fünfundsechzig groß.“

„Messen Sie genau“, sagte Steger und lächelte die blonde Studentin an. „Wir wollen sichergehen, dass wir uns nicht täuschen, nicht wahr?“

„Gut, also eins fünfundsechzig Komma fünf. Und der Schnitt –“

Er maß.

„Ein Meter und zwei Zentimeter.“

„Genau?“, fragte Steger.

Er nickte.

„Es stimmt“, flüsterte die Studentin.

„Sind Sie sicher?“, fragte Baumgartner.

Steger sah in die Runde. „Kann das irgendwer nachrechnen?“

„Sie hat recht.“ Jemand im Hintergrund hielt sein Smartphone in die Luft. „Fast auf den Millimeter.“

„Na, dann müssen wir gratulieren, nicht wahr?“, meinte Steger. Sein Lächeln war nicht mehr ganz so breit wie vorher. „Können wir jetzt beginnen?“

Baumgartner blieb, bis die Obduktion beendet war, doch seine Gedanken kreisten nur noch um die Entdeckung der Studentin. Sie hatte etwas gesehen, das ihm entgangen war. Vielleicht sollte er ihre Kontaktdaten aufschreiben.

Der Goldene Schnitt. Ein mathematisches Verhältnis. Was hatte das zu bedeuten?

11 Uhr 20

Als Gabi Koren endlich aus dem Polizeiauto ausgestiegen war und über die Straße zu ihrer Wohnung ging, waren ihre Schritte schnell. Die kalten Hände hatte sie zu Fäusten geballt.

Sie hatten ihr etwas angetan.

Warum hatte sie geahnt, dass so etwas passieren würde? Und warum hatte sie nichts unternommen? Sie hätte Sara beschützen müssen. Ihre Sara.

Sie stolperte über die Gehsteigkante und sah sich um.

Was sollte sie jetzt tun? Ihr war, als ob diese Männer ihr im Nacken saßen. Sie spürte, wie sich ihr Magen zusammenzog bei dem Gedanken.

Sie blieb unwillkürlich stehen.

Sie musste Robert um Rat fragen. Das war die Lösung.

Sie sperrte die Wohnungstür auf und nahm ihr Handy aus der Tasche.

11 Uhr 35

„Vera?"

„Franz!" Sie zögerte und ihre Stimme wurde sofort kühler. „Lange nichts gehört. Wie geht es dir?"

„Gut", antwortete er. „Vera, ich habe etwas, wo ich deine Hilfe brauche."

„Gibt es einen neuen Fall?", fragte sie ernst.

„Ja. Einen Mord. Es ist alles noch sehr unklar, mehr sage ich dir gar nicht. Es wäre mir recht, wenn du dir dein eigenes Bild machst."

„Warum ich? Arbeitest du nicht normalerweise mit Schaffer?"

„Schon. Aber diesmal hätte ich gerne dich."

Eine Pause entstand. Sie schien zu überlegen. „Ist gut“, sagte sie. „Schickst du mir, was du hast?“

„Ja, ich schreibe dir eine Mail. Heute Nachmittag um drei haben wir die erste Besprechung. Es wäre am besten, wenn du bis dahin in Graz wärst.“

„Ich soll nach Graz kommen? Gleich?“

„Tut mir leid, ich weiß, es ist kurzfristig.“

„Ist es so schlimm?“, fragte sie.

„Lies dir den Bericht durch“, sagte er. „Und gib mir Bescheid, ob du es schaffst, in Ordnung?“

„Schick mir erst einmal, was du hast.“

„Mach ich. Bis später.“

„Bis später, Franz.“

Baumgartner nahm einen tiefen Atemzug. Er wusste, sie würde kommen. Eine Kriminalpsychologin von ihrem Kaliber verstand, wann sie gebraucht wurde.

Eine Kellnerin mit etwas zu fruchtigem Parfum servierte gerade das Gulasch, als ein neuer Anruf kam.

Wallner.

Er hatte keine Lust abzuheben, doch dann fiel ihm ein, dass er ihr Informationen versprochen hatte. Wie sollte er die Sache handhaben? Er überlegte, was diese Geschichte für die Medien bedeutete. Ein brutaler Mord, ein mathematisches Längenverhältnis und eine unverständliche Botschaft. Das würde nicht nur in Österreich Wind machen.

Es war vermutlich genau das, was der Mörder wollte. Aufmerksamkeit, nicht nur von ihm, auch von der Allgemeinheit.

Das Handy hörte nicht auf zu klingeln. Dampfend stand der Teller vor ihm.

Er musste mit den anderen besprechen, welche Strategie sie verfolgen wollten. Es könnte wichtig sein, gewisse Details zurückzuhalten.

Baumgartner hob ab.

„Frau Wallner? Tut mir leid. Ich kann Ihnen noch nichts sagen."

„Sie haben gesagt –"

„Es geht noch nicht", unterbrach er sie.

„Herr Baumgartner, mein Redakteur will eine Geschichte! Sie müssen mir doch irgendwas sagen können."

„Tut mir leid. Wir haben um drei eine Besprechung. Sie haben die erste Aussendung bekommen? Die Pressekonferenz gibt es morgen."

Er hörte sie schnauben. Sie wollte Informationen aus erster Hand.

„Ich habe jetzt keine Zeit", behauptete Baumgartner. „Ich melde mich wieder bei Ihnen. Schönen Tag noch, Frau Wallner."

Er legte auf, bevor sie noch etwas sagen konnte.

14 Uhr 30

Baumgartner saß an seinem Schreibtisch und schrieb an dem Abschlussbericht für den letzten Fall. Stegers Obduktionsbericht, der neben ihm lag, hatte er durchgelesen, jetzt versuchte er, jene Arbeiten zu erledigen, die liegen geblieben waren angesichts der Dringlichkeit der Ereignisse. Er konnte sich nicht konzentrieren und brauchte für jeden einzelnen Satz Minuten. Wilszek war gekommen. Er sah ein wenig munterer aus als noch am Morgen, trotz der dunklen Ringe unter seinen Augen. Wolf und Wilszek tranken Kaffee und unterhielten sich leise über Rennräder.

Ein Telefon klingelte. Meier hob ab. „Ja“, sagte sie. „Okay.“

Sie wandte sich an Baumgartner. „Franz? Der Staatsanwalt lässt sich entschuldigen.“

Weil Sonnleitner noch nicht weiß, was wir wissen, dachte Baumgartner.

„Vielleicht solltest du trotzdem kurz mit ihm telefonieren vor der Pressekonferenz“, fügte sie hinzu.

„Ist gut“, sagte er. „Hast du schon etwas von Königshofer gehört?“

„Nein, noch nicht.“

Baumgartner öffnete seinen Mailaccount, doch sie hatte noch nicht zurückgeschrieben. Er überlegte, noch einmal anzurufen. Vielleicht hatte sie Stress und kam nicht dazu, ihre Mails abzurufen. Es war wirklich wichtig, dass sie kam, dachte Baumgartner.

Wieder wandte er sich seinem Bericht zu, doch die Gedanken drifteten ständig ab. Wir müssen noch einmal in Krasniqis Wohnung, dachte er. Dort war ein Laptop.

Als er das nächste Mal auf die Uhr sah, war es fünf vor drei. Rainer Swoboda, das älteste Mitglied der Gruppe, war auch schon da. Er sah auf und fand Meiers Blick.

„Sollen wir anfangen?“, fragte sie.

Baumgartner stand auf und sah Wilszek an. „Hast du alles?“

Dieser hob einen braunen Umschlag in die Höhe.

„Gut“, sagte Baumgartner, „gehen wir. Holt noch jemand Sukitsch?“

Wolf ging zu Sukitschs Kanzlei, während die anderen ins Besprechungszimmer wechselten.

„Liebe Kollegen, es tut mir leid für uns alle, aber jetzt sind wir schon wieder hier. Ich weiß, einige von euch haben sich auf ihren Urlaub gefreut, und ihr hättet ihn auch verdient gehabt. Ich will euch nichts vormachen, es sieht nicht einfach aus. Ich glaube nicht, dass sich diese Sache schnell erledigen lässt. Am besten stellt ihr euch schon einmal darauf ein."

Er sah in die Runde. Müde Augen wichen seinem Blick aus. Mehrere von ihnen hatten gestern noch gefeiert. Baumgartner hatte das Gefühl, sich entschuldigen zu müssen, dass sie alle Details nochmals durchgingen. Aber er musste sie alle auf den aktuellen Stand bringen.

„Gut, an die Arbeit. Stefan?"

Wilszek erhob sich. Er öffnete den Umschlag und holte einen Stapel farbiger Computerausdrucke heraus, die er Meier gab. Sie sah sich mit steinerner Miene das erste Bild und gab es an Wolf weiter.

„Man könnte es für einen Scherz halten, wenn es nicht so makaber wäre."

Wilszek berichtete, was er herausgefunden hatte. Er beschrieb die Lage der Leiche, die Blutspuren, die Flasche mit dem Stickstoff, das Fehlen eines Kampfes. Inzwischen hatte man auch die Tatwaffe gefunden, einen starken Bindfaden. Schließlich erwähnte Wilszek die Nachricht und zeigte auf den Ausdruck, der gerade in Wolfs Händen war.

„Und all das mitten auf dem Universitätsgelände", schloss er. „Der Mann hat wirklich Nerven."

Als er fertig war, nickte Baumgartner und Wilszek setzte sich.

In diesem Moment ging die Tür auf und Vera Königshofer kam herein.

„Guten Tag“, sagte sie, etwas außer Atem. Neben den müden Polizisten war sie eine imposante Erscheinung. Sie trug einen Wintermantel mit Pelzkragen, goldene Ohrringe und war geschminkt, als ob sie ins Theater gehen wollte. Baumgartner fragte sich, ob die langen, glatt gekämmten Haare gefärbt waren. Als sie sich neben ihn setzte, erfüllte ein dezenter Duft eines altmodischen Parfums den Raum.

Baumgartner stand auf.

„Ich spreche wohl für uns alle, wenn ich sage, etwas Derartiges haben wir noch nie gesehen. Ich meine, warum tut jemand so etwas? Ich gebe Stefan recht, auch für mich ist der Tatort völlig unverständlich, und das Seltsamste wisst ihr noch gar nicht. Wenn jemand anderer Ansicht ist, soll er es mir bitte erklären. Trotzdem müssen wir irgendwo anfangen.“

Er hob ein paar zusammengeheftete Zettel auf, die er mitgebracht hatte.

„Stegers Bericht ist gerade erst fertig geworden, ich weiß nicht, wer ihn schon gelesen hat, deshalb werde ich euch sagen, was wir gesehen haben. Bei der Toten handelt es sich um Sara Krasniqi. Sie wohnt in einer Wohngemeinschaft in Gries und arbeitet an der Uni als Putzfrau. Ihre Mitbewohnerin, Gabriele Koren, hat sie identifiziert. Angeblich gibt es keine Angehörigen, aber das müssen wir noch prüfen. Koren sagt, sie stammt aus dem Kosovo. Ich habe mit dem Außenministerium telefoniert, die kümmern sich darum.

Was die Obduktion angeht, hat Stefan recht: Es gibt keine Zeichen für Gewaltanwendung vor dem eigentlichen Mord, also kein Kampf. Das legt nahe, dass sie betäubt wurde. Wie, wissen wir noch nicht. Dafür müssen wir das toxikologische Gutachten abwarten. Wir haben aber etwas anderes gefunden. Sagt euch der Begriff des *Goldenen Schnitts* etwas?"

Alle sahen nun Baumgartner an. Meier bat ihn zu erklären. Nur Königshofer war nicht überrascht, er hatte sie per Mail informiert.

Als Baumgartner fertig war, erfüllte dumpfes Schweigen den Raum. Wolf hatte seine Hand zur Faust geballt.

„Wie seid ihr denn darauf gekommen?", wollte Wilszek wissen.

„Eine von Stegers Studentinnen, Gudrun Zoller. Wir haben also eigentlich relativ viel in der Hand. Trotzdem: Die Frage nach dem Motiv ist derzeit noch völlig unklar. Angesichts der ungewöhnlichen Situation habe ich Frau Dr. Königshofer um Hilfe gebeten. Ihr habt wahrscheinlich von ihr gehört, sie ist Psychiaterin in Innsbruck und arbeitet als Fallanalytikerin. Sie wird uns helfen, ein Täterprofil zu erstellen. Ich denke, das ist in diesem Fall angebracht."

Meier und Wilszek nickten.

„Gut. Wie sollen wir die Sache angehen? Wie gesagt, ich persönlich bin ziemlich ratlos. Ich bin also offen für Ideen. Was haben wir?"

„Die Nachricht", sagte Wolf.

„Du meinst, sie ist das Motiv?", fragte Meier. „Aber wir verstehen sie nicht. Ich zumindest. Du etwa?"

„Sie zeigt uns trotzdem etwas über den Täter."

„Du meinst die Kleinschreibung?", warf Wilszek ein.

„Zum Beispiel", bestätigte Wolf. „Sieh es dir noch einmal genau an."

Wilszek nahm den transparenten Umschlag mit der Nachricht noch einmal in die Hand und betrachtete ihn.

„Du hast recht! Er verwendet keine Umlaute."

„Das könnte darauf hindeuten, dass er eine englische Tastatur verwendet", sagte Wolf.

„Englische Lyrik, oder was?", lachte Wilszek, doch niemand stimmte ein.

Er legte den Umschlag wieder hin und verschränkte die Arme.

„Der Täter will etwas von uns, das ist klar", schaltete sich Baumgartner ein. „Es geht um Aufmerksamkeit. Deshalb diese Inszenierung und deshalb hat er auch einen so öffentlichen Platz gewählt. Die Uni, das ist ein Symbol, wie dieser Goldene Schnitt. Aber ich glaube nicht, dass wir uns darauf einlassen sollten. Ich finde es wichtiger, dass wir uns zuerst das Umfeld des Opfers ansehen. Wir sollten das behandeln wie einen ganz normalen Fall und uns nicht verrückt machen lassen."

Wolf schüttelte den Kopf. „Das Problem ist: Ich glaube nicht, dass er die Frau gekannt hat. Eine Putzfrau und Mathematik, das passt nicht zusammen. Mein Gefühl sagt mir, er hat sie willkürlich ausgewählt."

Meier hatte einmal gesagt, dass Wolf ziemlich intelligent war für jemanden, der Paintball-Spiele spielte und die falsche Partei wählte. Das hatte ihn auch bei der Fremdenpolizei ausgezeichnet, bevor er wegen seiner Fähigkeiten zur Mordgruppe gewechselt war.

„Wir sollten aber auch nicht außer Acht lassen, dass die Position des Schnitts Zufall sein könnte", gab Wolf zu bedenken. „Oder auch ein Ablenkungsmanöver. Habt ihr daran gedacht? Vielleicht geht es um etwas völlig anderes! Sie stammt immerhin aus dem Kosovo."

„Und?", fragte Meier.

„Krasniqi – ist das muslimisch? Es könnte sich um eine Familienfehde handeln, oder um einen Bandenkrieg. Diese Leute bringen oft ihre Probleme mit nach Österreich."

Meier verschränkte die Hände. „Das glaube ich nicht", sagte sie.

Wolf verharrte einen Moment lang völlig regungslos. Dann antwortete er mit demonstrativer Ruhe: „Ich halte das für sehr realistisch. Wir sollten sehen, welche Banden aus dem Osten derzeit hier aktiv sind. Hat jemand von euch einen Überblick?"

„Der Schnitt", unterbrach ihn Meier, „das ist viel zu aufwendig für ein Ablenkungsmanöver. Und für einen Zufall ist er viel zu präzise. Ich kann mich außerdem an keine Probleme mit kosovarischen Banden erinnern in letzter Zeit."

„Wir können diese Option nicht ignorieren, nur weil sie unangenehm ist", erklärte Wolf.

„Damit hat das überhaupt nichts zu tun", gab Meier zurück.

„Ich bin da anderer Meinung", entgegnete Wolf. „Vielleicht kennt sich ja sogar jemand aus ihrer Familie mit Mathematik aus! Man sollte nicht dem Vorurteil auf den Leim gehen, dass diese Leute alle dumm sind." Er sah Meier mit schmalen Augen an.

„Wir müssen all dem nachgehen, solange wir es nicht ausschließen können", sagte Baumgartner. „Gregor, du kümmerst dich darum."

Meier und Wolf starrten die Tischplatte an. Baumgartner fiel auf, dass Königshofer noch nichts gesagt hatte, seit sie da war.

Er wandte sich an sie. „Was sagst du, Vera?"

Dann erst bemerkte er, dass er sie geduzt hatte. Er konnte nicht sagen, ob es jemanden aufgefallen war. Alle konzentrierten sich auf sie.

„Ich weiß nicht", begann sie. „So etwas habe ich noch nie gesehen."

„Das ist alles?", fragte Wolf. Sie sah Baumgartner an.

„Ich habe die Berichte gerade erst im Flieger durchgelesen und muss sie erst mit alten Fällen vergleichen. Aber ich habe wenig Hoffnung, dass ich Parallelen finden werde."

„Warum glauben Sie das?", wollte Baumgartner wissen.

Sie ließ sich Zeit, bevor sie antwortete.

„Normalerweise kommt bei so einem brutalen Tötungsdelikt immer etwas mit an die Oberfläche, Muster im Täterverhalten, die auf ein Bedürfnis schließen lassen, dass der Täter befriedigt. Er reagiert sich ab und gibt uns Einblicke in seine emotionale Welt, Hinweise zur Täter-Opfer-Beziehung, die Ansatzpunkte für ein Profil bieten. Das charakterisiert manche Täter wie ein Fingerabdruck. So etwas haben wir hier nicht. Keine Depersonifizierung des Opfers, kein sexueller Missbrauch. Inszeniert und dennoch chaotisch. Der Täter ist aalglatt, lässt sich nicht in die Karten schauen. Am ehesten hat es etwas Religiöses."

„Sie meinen, Okkultismus, Esoterik?", fragte Wolf.

„Möglich. Vielleicht reden wir auch von mehreren Tätern. Eine satanistische Gruppe. Aber das ist zu diesem Zeitpunkt unseriös. Dann noch der Stickstoff. Wir wissen nicht, was es damit auf sich hat. Ich werde einige Tage brauchen, bis ich mehr sagen kann."

„Trotzdem, Satanismus. Dem müssen wir nachgehen", stellte Baumgartner fest.

„Da ist noch etwas", warf Wilszek ein. „Habt ihr den Obduktionsbericht gelesen?"

Baumgartner sah ihn fragend an.

„Vom Bauch fehlt ein Stück Haut.“

„Ich habe es gesehen“, sagte Baumgartner. „Glaubst du, das bedeutet etwas?“

„Das wird vom Sägen stammen“, bemerkte Wolf.

Das Bild hing schwer im Raum.

Wilszek ließ nicht locker. „Habt ihr den Bericht da?“

Baumgartner reichte ihm die Bögen. Wilszek blätterte sie durch und fand die Stelle.

„Fünfzehn Quadratzentimeter“, las er vor und alle wussten, was er meinte. Das war womöglich zu viel, um nur vom Sägen zu stammen.

„Gut, Stefan“, sagte Baumgartner.

Er sah in die Runde.

„Wir haben jetzt eine Menge Details gesammelt. Wichtig ist die Frage, in welche Richtung wir gehen wollen. Caroline hat recht, wir müssen sehen, wie wir am einfachsten den Täterkreis eingrenzen können, ohne uns mit der Gedankenwelt des Täters auseinanderzusetzen.“

Er wandte sich an Wolf. „Wie steht es mit den DNA-Proben von den Studenten?“

„Ich habe es von der Institutsleitung ausschreiben lassen. Bis morgen Abend haben alle Fingerabdrücke und eine Speichelprobe abzugeben. Freiwillig, versteht sich.“

„Geht das nicht schneller?“

„Das ist nicht realistisch, Franz. Auf dem Institut gehen über 300 Leute aus und ein. Wir können froh sein, wenn wir die Hälfte erwischen.“

Baumgartner nickte. Sie wussten, was das hieß: zu viele, um den Täterkreis einzugrenzen. Er konnte sich einfach vor der Abgabe der Probe drücken, ohne Verdacht zu erregen. „Wie steht es mit der Säge?“

„Das kann ich mir ansehen", sagte Meier. „Ich werde schauen, wo man die in Graz kaufen kann."

„Gut. Dann wäre noch der Stickstoff. Kannst du das auch machen?"

„Wird erledigt." Sie schien erleichtert, einfache Aufgaben ergattert zu haben.

„Gregor, du nimmst Rainer mit", fuhr Baumgartner fort. „Wir brauchen Zeugen. Jemand muss etwas gesehen haben. Findet heraus, wer von den Studenten zu dieser Zeit in der Gegend war. Ich werde auch bei der Pressekonferenz um Hinweise bitten. Außerdem müssen wir alles über Sara Krasniqi wissen. Vielleicht hat er sie doch gekannt. Ihr müsst Krasniqis Kollegen von der Reinigungsfirma befragen. Fragt, ob sie Angehörige, Freunde hatte, einen Partner vielleicht. Was hat sie in ihrer Freizeit gemacht? Wer hat sie zuletzt gesehen. Fragt, ob sie Feinde hatte, ob sie Kontakt mit den Studenten hatte, und was euch sonst noch einfällt. Überprüft die Aussagen der Koren."

Wolf machte sich Notizen und hielt plötzlich inne. „Blöde Frage – hat Krasniqi ein Handy dabeigehabt?"

Kurze Stille.

„Ich habe keines gefunden", sagte Wilszek.

„Wir müssen in ihrer Wohnung nachsehen", stellte Baumgartner fest. „Guter Punkt, Gregor."

Baumgartner sah in die Runde. Sukitsch saß ruhig da, mit verschränkten Armen.

„Mario, fällt dir noch etwas ein, das du sagen willst?"

Sukitsch schüttelte den Kopf. „Nein. Wir machen es, wie du sagst."

„Ich hoffe, dass wir auf diesem Weg etwas finden. Das wäre am einfachsten", sagte Baumgartner. „Trotzdem, wir müssen uns wohl mit dieser *Wirklichkeit* auseinandersetzen, von der er gesprochen hat. Vielleicht kann mir auf der Uni jemand erklären, was das mit dem Goldenen Schnitt auf sich hat. Sie sollten mit mir kommen, Frau Dr. Königshofer."

Sie nickte.

„Und du, Stefan, du gehst mit deinem Team in Krasniqis Wohnung. Womöglich hat Gregor recht und sie kannte ihren Mörder nicht, aber ich will sichergehen. In ihrem Zimmer steht ein Computer."

„Ist gut", sagte Wilszek. „Ich brauche nur die Adresse."

„Kriegst du. Und pass auf, sie hat eine Mitbewohnerin."

Wolf lachte, die anderen sahen ihn fragend an.

„Die ist sehr misstrauisch", erklärte Baumgartner. „Es ist, glaube ich, besser, nicht mit ihr zu diskutieren. Wenn es nicht anders geht, musst du dir einen Durchsuchungsbefehl besorgen. Aber probier es zuerst so."

Wilszek sah Baumgartner verständnislos an.

„Sie macht Energiearbeit", sagte Baumgartner und wandte sich wieder den anderen zu.

„Bleibt noch die Frage, wie wir mit den Medien umgehen sollen. Wie viel geben wir preis?"

Königshofer hob die Hand.

„Wenn ich etwas sagen darf?"

Baumgartner nickte.

„Das ist für die Medien ein großes Ding. Sie werden darauf anspringen, wenn man das mit dem Goldenen Schnitt freigibt. Also eine Menge Aufmerksamkeit und in dem Fall wird es Trittbrettfahrer geben, die diese Aufmerksamkeit für sich in Anspruch nehmen wollen."

„Sie meinen, falsche Geständnisse?"

Sie nickte. „Das vielleicht auch. Aber in erster Linie falsche Zeugen. Wichtigtuer."

„Sie sind also dafür, diese Information zurückzuhalten? Dafür müssen wir den Staatsanwalt fragen", sagte er in Sukitschs Richtung.

„Nein, das meine ich nicht", unterbrach sie ihn. „Ich würde das schon publizieren, aber die Sache mit der Nachricht würde ich zurückhalten."

Sie schwiegen. Alle verstanden, dass das eine mögliche Strategie war.

„So können wir die Wichtigtuer erkennen", stellte Wolf fest. „Wobei ich mir nicht sicher bin, ob man die Sache mit dem Goldenen Schnitt an die Medien geben sollte."

„Ich weiß, was du meinst", sagte Baumgartner. „Sie werden eine Sensation daraus machen. Dagegen können wir nichts tun."

„Die Sache hat noch einen Vorteil", bemerkte Königshofer. „Der Täter will offensichtlich Aufmerksamkeit, und indem wir Teile der Information zurückhalten, entsteht ein falsches Bild. Das wird ihn provozieren."

Sie schwiegen. Irgendwo brummte ein Netzgerät.

„Das hieße aber, dass wir ihn womöglich zu Folgetaten anstiften", gab Meier zu bedenken.

Baumgartner sah Königshofer an.

„Möglich", sagte sie. „Aber für solche Spekulationen ist es zu früh. Dazu kann ich hoffentlich in Kürze Genaueres sagen."

Baumgartner seufzte bei sich, so, dass es die anderen nicht sehen konnten.

„Gut, dann sind wir hier fürs Erste fertig. Macht euch an die Arbeit."

Alle packten ihre Sachen und wanderten hinaus, nur Baumgartner und Königshofer blieben zurück.

„Wie geht es dir, Franz?“, fragte sie.

„Gut“, meinte er nach einer kurzen Pause.

„Ich habe den Abend in Wien nie wirklich vergessen können“, sagte sie.

Baumgartner schwieg.

„Glaubst du wirklich, er wird es wieder tun?“, fragte er.

„Du willst seine Nachricht auf jeden Fall zurückhalten?“

Er nickte.

„Er wird enttäuscht sein. Ich denke, er könnte darauf reagieren.“

„Ich brauche so bald wie möglich ein Täterprofil“, sagte er. „Hast du genug Informationen dafür?“

„Ich werde es versuchen. Wird ziemlich vage sein. Mach dir keine zu großen Hoffnungen.“

Baumgartner seufzte und reckte sich.

„Ich muss mich jetzt auf die Pressekonferenz vorbereiten.“

Sie stand auf.

„Gut. Ruf mich an, wenn du etwas brauchst.“

Als Königshofer ging, blieb Baumgartner allein im Raum zurück. Auf dem Tisch lag die Fotografie von der Nachricht neben einem Foto von Krasniqi.

Er ging zu der Pinnwand und nahm ein halbes Dutzend Computerausdrucke herunter, die noch vom letzten Fall stammten. Er warf sie in den Papierkorb und hängte Krasniqis Foto auf.

Baumgartner sah das Bild an. Sie hatte ein unscheinbares Gesicht, etwas zu stark geschminkt und mit einem selbstsicheren Lächeln. Sie hatte es offensichtlich nicht leicht gehabt, dachte er, aber sie schien hungrig auf das Leben gewesen zu sein. Warum hat er sie nicht leben lassen?

„Was willst du?“, fragte Baumgartner in die Stille hinein.

Er versuchte, ihn vor sich zu sehen, den Mann, den sie suchten. Oft half es, das erste Bild festzuhalten, das auftauchte. Das Unterbewusstsein war ein mächtiges Werkzeug. Was war da? War er alt oder jung, dick oder dünn? War er hässlich oder sah er gut aus?

Es half nichts. Vor ihm stand ein Mann, der am ehesten ihm selbst ähnelte. Nur das Gesicht blieb leer, eine verschwommene Fläche.

„Was willst du?“

18 Uhr 15

Baumgartner war froh, als die Pressekonferenz vorbei war und die Journalisten den Besprechungsraum verließen. Ob es eine gute Idee gewesen war, den Namen von Gudrun Zoller preiszugeben, Stegers Studentin? Er hatte sich spontan dazu entschlossen, weil er dachte, sie könnte es vielleicht später für ihre Karriere nutzen, aber nun war er sich bei der ganzen Sache nicht mehr so sicher.

Er packte seine Akten ein und wollte gerade gehen, als er Wallner entdeckte. Sie war also doch da gewesen. Dabei hatte sie keine einzige Frage gestellt.

„Baumgartner, jetzt bleiben Sie stehen!“

Er drehte sich um. Ihr Gesicht war rot vor Zorn.

„Was haben Sie gegen mich, Baumgartner? Habe ich Ihnen irgendwas getan?“

„Warum sollte ich etwas gegen Sie haben?“, fragte er.

„Sie haben mir versprochen, dass ich von Ihnen etwas exklusiv bekomme!“, sagte sie und umklammerte den Träger ihrer Tasche mit beiden Händen.

„Habe ich das?“

„Ja, am Abend vor der Universität!“

„Tut mir leid, das war wohl ein Missverständnis“, sagte Baumgartner. „Ich habe Ihnen gar nichts versprochen.“

„Sie haben gesagt, Sie geben mir Bescheid, wenn Sie etwas wissen!“, beharrte sie.

„Ich habe Ihnen Bescheid gegeben“, entgegnete er. „Deshalb machen wir Pressekonferenzen. Ist noch irgendwas unklar?“

Ihre Augen glänzten.

„Glauben Sie, mir macht das Spaß? Wissen Sie, wie schlecht bezahlt dieser Job ist?“

„Es tut mir leid“, sagte Baumgartner, weil ihm sonst nichts einfiel. „Ich mache auch nur meine Arbeit.“

Er sah zu, wie sie sich umdrehte und mit großen Schritten davonstolzierte, dann ging er zurück in die Kanzlei der Mordgruppe, wo noch seine Tasche stand. Auch Wolf packte gerade seine Sachen. Meier saß noch am Schreibtisch und brütete über irgendetwas.

Wolf verabschiedete sich und als Meier sicher war, dass niemand sie hörte, sprach sie Baumgartner an.

„Franz – wie geht es eigentlich Isabel?“

„Ich weiß es nicht“, antwortete er, als er die Schnallen seiner Tasche schloss.

Sie nickte und wartete, ob er noch etwas sagen würde, doch es kam nichts.

„Ich gehe heute mit Klara ins Kino“, sagte sie. „Vielleicht magst du mitkommen?“

Er lächelte und seine Augen wurden klein.

„Danke, aber ich glaube, ich bin zu müde."
„Na dann, schönen Abend", sagte sie.

18 Uhr 30

Doris Wallner parkte ihren Kia mit qietschenden Reifen in der Griesgasse vor dem Redaktionsgebäude von „Graz Kompakt". Sie nahm ihre Tasche so schwungvoll vom Beifahrersitz, dass ein Stapel Papier herausfiel und die Blätter über die Straße wirbelten. Sie sah ihnen nach, hängte die Tasche um und ging hinein.

So hatte sie sich das nicht vorgestellt. Sie liebte diesen Job. Sie liebte ihn wirklich. Deshalb wollte sie ihn gut machen. Doch niemand schien sich für gute Artikel zu interessieren. Die Zeitungen ebenso wenig wie die Leser. Und am allerwenigsten dieser Polizist. Dabei hatte die Polizei andauernd schlechte Presse. Und dann wunderten sie sich darüber!

Niemand bezahlte ihr den Aufwand, den sie betrieb. Sie tat das aus purer Leidenschaft. Und dann wurde sie noch schikaniert dafür.

Sie hatte es satt.

Dann würde sie eben schlechte Artikel schreiben. Sollte Horst ruhig einmal sehen, dass es nicht selbstverständlich war, was sie ihm tagtäglich lieferte.

Sollte er sie eben rauswerfen, wenn ihre Artikel ihm nicht passten!

Sie stieß die Tür auf und ging an ihren Platz, ohne zum Chefredakteur hinüberzusehen.

„Nein, ich habe keine Story für dich", zischte sie.

„Was ist denn los?", fragte er.

„Lass mich in Ruhe."

18 Uhr 35

Als Baumgartner mit dem Auto nach Hause fuhr, fiel ihm plötzlich der Blumenladen in der Kärntnerstraße ein, wo er immer einkaufte.

Sie ist noch nie länger als zwei Tage weggeblieben, dachte er.

Er drehte an der nächsten Kreuzung um und fuhr Richtung Süden, wo er direkt vor dem Laden einen Parkplatz fand. Als er sich dem Eingang näherte, sah er von innen eine junge Frau mit einem Schlüsselbund auf die Tür zugehen.

„Entschuldigung, sperren Sie schon zu?“, fragte Baumgartner durch die Scheibe.

„Ja, eigentlich schon.“

„Könnte ich noch ganz schnell? Ich brauche nicht lange.“

Sie sah ihn müde an, trat zur Seite, ließ ihn ein und versperrte die Tür hinter ihm.

Im Laden waren die meisten Lichter schon aus. Baumgartner stand vor einer Reihe von fertig gebundenen kleinen Sträußen aus orangen und lila Blumen mit herzförmigen Preisschildern. Sein Blick wanderte zwischen ihnen hin und her. Er rechnete die Preise im Kopf in Schilling um und fand sie ziemlich teuer.

„Haben Sie nichts Schöneres?“, fragte er.

Die Verkäuferin, die gerade die Anrichte sauber machte, auf der die Sträuße gebunden wurden, sandte ihm einen genervten Blick.

„Dort drüben“, meinte sie und zeigte mit dem Finger auf ein riesiges Gesteck, das aussah wie ein Kranz für eine Beerdigung. Baumgartner wandte sich wieder den kleinen Sträußen zu. Er nahm einen lila Strauß und ging zu der Verkäuferin.

Eigentlich haben wir überhaupt nicht gestritten, dachte er, als er die Stiege hinaufging. Wir haben diskutiert, über wichtige Dinge.

Sie bleibt nie länger als zwei Tage weg.

Er sperrte die Tür auf.

Ihre Schuhe waren nicht da. Auf dem Boden lag, zwischen Werbesendungen, ein weißer Umschlag.

Baumgartner legte den Strauß auf den Küchentisch und hob den Umschlag auf, der nicht zugeklebt war. Darin war ein Brief, handgeschrieben mit einer feinen Füllfeder.

Lieber Franz,
ich hoffe, es geht dir gut. Ich bin zu Hause bei meinen Eltern. Ich weiß noch nicht, wann ich zurückkomme. Ich muss nachdenken. Bitte melde dich nicht.
Isabel

Baumgartner legte den Brief neben den Strauß auf den Tisch.

Draußen fuhr knatternd ein Moped vorbei. In einer Wohnung über ihm zog jemand die Klospülung.

Baumgartner dachte daran, Caroline anzurufen und tastete in seiner Tasche nach dem Handy. Er nahm die Hand wieder aus der Tasche, hob einen Sessel auf und stellte ihn vor den Kühlschrank. Oben stand eine alte Weinflasche, die Isabel einmal als Reserve gekauft hatte, für Gäste. Sie war von einer fettigen Staubschicht überzogen und entglitt ihm beinahe, als er sie herunterhob. Baumgartner stellte sie auf den Tisch, holte Öffner und ein Glas, legte alles neben die Flasche und setzte sich.

Dort saß er dann. Seine Gedanken wanderten von Isabel zu dem Fall, zu Wallner, zu Meier und suchten sich etwas zum Festhalten, doch da war nichts.

Er musste an Vera Königshofer denken, doch er drängte ihr Bild beiseite.

Ich sollte mich wieder beim Fußballverein melden, dachte er. Die brauchen immer Schiedsrichter. Warum habe ich eigentlich aufgehört? Ich brauche einen Ausgleich.

Schließlich blieben seine Gedanken bei dem unbekannten Täter hängen. Er war sich nun sicher, dass es etwas Religiöses war, wie sie gesagt hatten. Und der Gedanke ließ den Stein in seinem Magen wieder erscheinen, den er schon fast vergessen gehabt hatte. Er veränderte, mit der Freiheit eines Objektes, das nicht real ist, ständig seine Temperatur und sein Gewicht. Baumgartner dachte an das, was Sukitsch gesagt hatte. Dass er diesmal Hilfe brauchen würde.

Und da verstand er, dass dieses Gefühl in Wirklichkeit Angst war.

„Was willst du?", fragte er in die Stille hinein.

21 Uhr 40

einen menschen zu toeten, schrieb er, *ist eine uerberraschend intensive erfahrung | selbst als mensch der die welt bis ins detail versteht | der sie jahrelang analysiert hat und sieht wie sie funktioniert und warum sie sich nicht zum guten veraendern laesst | der die relativitaet des todes verstanden hat und warum die angst davor nur als zeichen von einfaeltigkeit verstanden werden kann | selbst als solcher mensch ist man ueberrascht von den tiefen verwirrenden gefuehlen die damit einhergehen | fuer einen moment fuehlt sich die welt groesser an | unmittelbar | real | nicht wie eine summe von assoziationen zwischen identifizierten mustern | zum glueck sind diese gefuehle nicht von dauer und verblassen schnell*

Er legte das Blatt zur Seite und lehnte sich zurück.

Es ging ihm schon bedeutend besser. Er war jetzt wieder ruhiger. Sein Appetit war zurückgekommen und schlafen konnte er auch wieder. In den letzten Wochen hatte er es manchmal mit der Angst zu tun bekommen, so verwirrt war er gewesen. Die Gedanken hatten sich im Kreis gedreht und ihm war klar geworden, dass er etwas tun musste.

Er war auf dem Weg zurück ins Leben, das spürte er. Bald würde er bereit sein, wieder die Gesellschaft der Menschen zu suchen. Vielleicht konnte er dann sogar das hinter sich lassen, was er getan hatte.

Die Gesellschaft der Menschen ...

Sein Blick wanderte zu den Modellen geometrischer Körper aus Holz, die auf einem Regal zur Rechten des Fernsehers standen. Ein Tetraeder, ein Oktaeder, ein Dodekaeder, ein Ikosaeder. Er sollte sie wieder einmal neu polieren und die Proportionen nachmessen. Wenn man das nicht regelmäßig machte, verzog sich das Holz und sie verloren ihre Form. Es handelte sich nur um Bruchteile von Millimetern, die niemandem außer ihm aufgefallen wären, aber für die Abweichung von der Perfektion war das Maß nicht entscheidend; nur, ob sie existierte oder nicht.

Es war die Maserung des Holzes, die ihn so faszinierte. Es handelte sich um Wurzelholz, das sich zu winden schien unter den glatten Flächen. Umso befriedigender war das Polieren. Leben und Perfektion bildeten einen Widerspruch. Im Grunde war Perfektion nur möglich, wenn das Leben zurückgedrängt wurde. Manchmal ließ es sich mit dem Leben gar nicht vereinbaren. Schließlich war dieses Holz auch tot. Ursprünglich wollte er die Körper aus Knochen schnitzen lassen, aber davon hatte man ihm abgeraten.

Er schenkte sich ein letztes Mal Whisky nach und trank das Glas in einem Zug leer.

Seine Holzmodelle musste er für eine Weile in Ruhe lassen, das verstand er. Die letzten Monate hatte er viele Stunden damit verbracht, sie zu studieren, die Maserung des Holzes zu betrachten, wie sie von der Symmetrie der Körper gebrochen wurde. Doch nun hatte er verstanden, dass er die Perfektion gut genug studiert hatte. Es war das Lebendige, das ihm fremd war. Nun ging es darum, das Lebendige von Neuem zu studieren und lieben zu lernen.

Der Porno mit den etwas zu jung aussehenden Mädchen war fast durchgelaufen und er schaltete den DVD-Player ab. Er stand auf und dimmte das Licht. Er drehte die Musik lauter, eine alte Kuschelrock-CD, die ihm langsam doch irgendwie gefiel, und ging zum Sofa, wo das Päckchen lag, das er in der Drogerie gekauft hatte. Er packte das Parfum aus, öffnete die Flasche und hielt sich den Schraubverschluss unter die Nase. Ob es gut war, konnte er nicht sagen – er war noch am Lernen, was diese Dinge anging –, aber ihm gefiel es. Irgendwie ehrlich und unschuldig in seiner Plumpheit. Er ließ ein paar Tropfen davon auf den hölzernen Würfel neben sich fallen, auf den er die Haut geklebt hatte. Anfangs war sie zu feucht gewesen, deshalb hatte er sie mit dem Föhn ein wenig getrocknet. Nun war es besser.

Er hatte Tierhaut probiert, von einem Schwein, doch egal, wie gut er sich vorbereitete, es war nicht dasselbe.

Mit den Fingerspitzen strich er sanft über die weiche Fläche.

Donnerstag, 9 Uhr 30

Der Herbst wurde kälter. Der Wind schnitt in die Gesichter der Menschen auf den Straßen und man wartete auf den ersten Schnee, obwohl der Gedanke noch etwas Unwirkliches hatte. Man wünschte sich, dass sich eine weiße Decke auf den kalten Staub legte, den der Wind in Wirbeln über die Gehsteige trug.

Baumgartner rieb sich die Hände, als er mit Königshofer das Mathematikinstitut betrat. Das Gebäude war wieder geöffnet, und alles ging seinen gewohnten Gang.

Sie suchten das Büro des Institutsleiters, der sie erwartete.

„Guten Tag, ich bin Professor Kaufmann. Sie hatten angerufen, nicht wahr? Chefinspektor Baumgartner?“

„Richtig. Grüß Gott. Das ist Vera Königshofer. Sie ist Kriminalpsychologin.“

Sie schüttelten sich die Hände. Der Professor trug Jeans und einen Pullover und hatte etwas Jugendliches, trotz seiner hängenden Schultern und der grauen Haare. An der Wand hing ein Poster mit der Aufschrift „Let epsilon be zero“, bei dessen Anblick Königshofer kurz schmunzelte. Daneben, deutlich kleiner und näher am Schreibtisch, ein gelbes Stück Papier mit aufgeklebten Fotos und Buntstiftzeichnungen. Die Fotos zeigten eine Frau und drei Kinder.

„Bitte, setzen Sie sich“, sagte Kaufmann. „Wie kann ich Ihnen helfen?“

Die beiden ließen sich auf den knarrenden Holzstühlen gegenüber dem aufgeräumten Schreibtisch aus hellem Holz nieder.

„Wir ermitteln im Fall des Mordes, der sich hier am Institut ereignet hat“, erklärte Baumgartner.

Kaufmann nickte ernst.

„Ich weiß nicht, wie genau Sie über die Umstände Bescheid wissen“, fuhr Baumgartner fort. „Haben Sie heute Zeitung gelesen?“

„Ja. Ich erinnere mich – der Goldene Schnitt. Meinen Sie das?“

„Genau“, bestätigte Baumgartner. „Deshalb sind wir hier.“

Kaufmann legte die Ellbogen auf den Tisch und verschränkte die Finger.

„Bitte.“

„Was wissen Sie darüber?“, fragte Baumgartner. „Über den Goldenen Schnitt?“

Kaufmann dachte nach.

„Weniger, als Sie vielleicht vermuten. Ein besonderes Längenverhältnis. Es erscheint als Grenzwert in den Fibonacci-Zahlen. Ich erzähle das in meiner Einführungsvorlesung für Zahlentheorie, das kommt immer gut an. Eigentlich ist das auch schon alles, was ich weiß. Besser, Sie fragen Professor Berger, der hat letztes Semester die Vorlesung zur Geschichte der Mathematik gehalten. Ich muss schauen, ob er heute schon im Haus ist. Seine Vorlesung ist nachmittags.“

Baumgartner und Königshofer sahen sich an.

„Es geht weniger um Details“, sagte Baumgartner. „Haben Sie irgendeine Idee, warum jemand so etwas tun könnte?“

Kaufmann lachte abgehackt.

„Warum sollte ich?“

„Es handelt sich um ein mathematisches Verhältnis, nicht wahr?“, setzte Baumgartner nach.

„Ich würde sagen, es handelt sich eher um etwas Historisches“, erklärte Kaufmann. „Die Sache ist uralt, das hat heute kaum noch Bedeutung.“

„Sie meinen also nicht, dass es ein Mathematiker gewesen sein könnte?"

„Warum das?"

Baumgartner wurde ungeduldig. „Wer kennt dieses Konzept überhaupt?", fragte er. „Dafür braucht es eine ganz spezielle Vorbildung."

„Unsinn. Das lernt man am Gymnasium. Schauen Sie auf Wikipedia, dort finden Sie alles darüber."

„Trotzdem, ich dachte –"

„Wir wollen feststellen, was uns der Täter damit sagen will", übernahm Königshofer. „Vielleicht gibt es einen religiösen Hintergrund?"

„Das ist möglich", sagte Kaufmann mild. „Sogar wahrscheinlich, finde ich. Ich kann das schlecht beurteilen."

„Fällt Ihnen nichts ein?", drängte Baumgartner. „Welche Bedeutung könnte das haben?"

„Nein, tut mir leid. Ich bin da der Falsche. Vielleicht versuchen Sie es auf der Theologie?"

Sie sollten das ein wenig ernster nehmen, dachte Baumgartner, angesichts der Tatsache, dass Sie eine zersägte Leiche an Ihrem Institut hatten. Doch er sprach es nicht aus. Stattdessen sagte er:

„Wen von der Theologie könnten wir fragen?"

Da lächelte Kaufmann undefinierbar.

„Siebert, ein *Numerologe*. Fragen Sie den. Da bekommen Sie auch Ihre *religiöse* Komponente."

Baumgartner sah ihn fragend an.

„Jedenfalls kann ich ausschließen, dass es ein Mathematiker ist, den sie suchen", stellte Kaufmann fest.

„Warum?"

„Weil unsere Konzepte weit weg vom Leben der Menschen sind, im positiven Sinn, selbst so ein schön plakatives Ding wie der Goldene Schnitt. Sie haben keine tiefere Bedeutung, höchstens einen Nutzen für die Physik oder die Computerwissenschaften. In der populären Literatur wird das gerne anders dargestellt, aber wir hier wissen das. Sie suchen jemanden, der das nicht weiß."

Als sie wieder vor dem Institut waren und sich orientierten, klingelte Baumgartners Telefon.

Es war Steger.

„Ja?"

„Baumgartner! Was fällt Ihnen eigentlich ein? Solche Dinge haben Sie mit mir abzusprechen!"

Baumgartner trat einen Schritt zur Seite.

„Was? Wovon reden Sie?"

„Es ist ja rührend, dass Sie sich so um meine Studenten kümmern, aber finden Sie nicht, dass ich da ein Wörtchen mitzureden habe?"

Baumgartner brauchte einen Moment, bis er begriff.

„Es ist wegen Zoller?", sagte er. „Ich dachte, sie hätte sich die Anerkennung verdient. Es kann ihre Karrierechancen später verbessern. Ich habe mir nichts dabei gedacht. Ist es ein Problem?"

„Ach, Sie haben sich nichts dabei gedacht? Das ist ja toll."

„Ich dachte, Sie wollen Ihre Studenten unterstützen", meinte Baumgartner.

„Natürlich unterstütze ich meine Studenten!" Steger schnappte nach Luft. „Was unterstellen Sie mir eigentlich?"

„Tut mir leid, ich wollte Sie nicht vor den Kopf stoßen."

„Baumgartner, Sie sind ein weltfremdes Arschloch", sagte Steger und legte auf.

Baumgartner sah sein Handy an, schüttelte den Kopf und steckte es ein. Königshofer sah ihn fragend an.

„Wo ist nun die Theologie“, fragte er.

„Da entlang.“ Königshofer zeigte auf das große Gebäude vor ihnen. „Siebert sitzt im Hauptgebäude.“

Die Institutsräume der Theologen waren erfüllt vom warmen Geruch eines Wohnzimmers, in dem zu viele Leute saßen. An den Wänden hingen vergilbte Fotos von hutförmigen Galaxien, mit darüber gelegten Bibelzitaten. Sie fanden das Büro von Siebert und traten ein.

Die Frau, die sich zu ihnen umdrehte, war keine 25, hatte lange, blonde Haare, fein geschnittene Züge mit einer schmalen Nase und eine Figur, dass Baumgartner sich dazu zwingen musste, den Blick abzuwenden. Sie sah ihn mit klugen Augen an.

„Ist Professor Siebert da?“, fragte Baumgartner.

„Nein, tut mir leid“, antwortete die Frau. „Der ist krank. Kann ich Ihnen helfen?“

Baumgartner entdeckte einen Ring an ihrem Finger. Ein Ehering?

„Ja, vielleicht. Wir sind von der Polizei. Ich bin Chefinspektor Baumgartner, das ist Frau Dr. Königshofer. Wir suchen jemanden, der sich mit dem Goldenen Schnitt auskennt.“

Sie lächelte. „*Sectio Aurea*? Das geometrische Verhältnis?“

„Genau“, sagte er. „Was wissen Sie darüber?“

Sie rollte mit ihrem Bürosessel zu einem Bücherregal hinter ihr und zog ein dickes, in graues Leinen gebundenes Buch heraus.

„Soweit ich weiß, geht das auf Euklid zurück. *Proportio habens medium et duo extrema*. Hier, da steht es.“

Sie zeigte ihnen das Zitat im aufgeschlagenen Buch.

„Was bedeutet das?“, fragte Baumgartner.

„Es geht um zwei Längen. Die Summe der beiden verhält sich zur größeren Länge wie die größere zur kleineren.“

Sie versuchte, die Längen mit ihren Fingern darzustellen. Als sie merkte, dass es sinnlos war, lächelte sie.

„Was gibt es sonst noch?“

„Einen Zusammenhang mit den Fibonacci-Zahlen.“

„Das wissen wir schon.“

„Dann sind da noch die platonischen Körper. Deshalb hat man den Goldenen Schnitt auch als *Göttliches Verhältnis* bezeichnet.“

Baumgartner wurde hellhörig. „Warum das?“

„Platon hat die nach ihm benannten Körper den Elementen zugeordnet“, erklärte sie. „Demnach wäre der Goldene Schnitt ein Grundprinzip im Aufbau der Welt – der Schöpfung. Ein zentrales Element im Bauplan Gottes.“

Sie blätterte und zeigte ihnen eine andere Textpassage.

„Da, ein Franziskanermönch hat im 16. Jahrhundert ein Buch darüber geschrieben. *De Divinia Proportione*. Im 19. Jahrhundert hat man in Renaissancemalereien nach dem Goldenen Schnitt gesucht und ihn auch überall gefunden.“

„Warum?“, wollte Königshofer wissen. „Hatte das ästhetische Gründe? Oder ging es um versteckte Botschaften?“

Die junge Frau schüttelte den Kopf. „Weder noch. Wahrscheinlich hat man sich getäuscht.“

„Wie das? Man hat ihn doch gefunden!“

„Das ist wie in der Zahlenmystik: Wenn Sie intensiv genug suchen, können Sie überall Muster finden. Sie können aus dem Geburtstag Ihrer Oma und dem

Todestag Buddhas das heutige Datum ausrechnen, oder umgekehrt."

Baumgartner nickte abwesend. Er hatte es nicht verstanden.

„Ach", sagte Königshofer, „Sie meinen, wie in der Schulklasse, wo häufig zwei Leute am gleichen Tag Geburtstag haben?"

„Ja, ich glaube, das ist dasselbe."

„Und der Goldene Schnitt, der hat auch eine Bedeutung für die Zahlenmystik?", fragte Baumgartner.

„Nicht für die Zahlenmystik", antwortete die Frau, „aber eine mystische Bedeutung hat er, das stimmt."

„Tatsächlich?"

„Ja, schon allein, weil er im Pentagramm vorkommt."

Baumgartner und Königshofer sahen sich an. Sie wussten, was das heißen konnte.

„Worum geht es eigentlich?", erkundigte sich die junge Frau. „Wenn Sie es sagen können. Ich muss zugeben, ich bin neugierig!"

„Sie haben von dem Mord gehört, auf dem Mathematikinstitut?"

Sie schüttelte den Kopf. „Nein. Wann war das?"

„Vorgestern."

„Wirklich? Tut mir leid, ich lese kaum Zeitung."

„Jemand hat eine Frau ermordet und die Leiche zersägt", sagte Baumgartner.

„Im Goldenen Schnitt?"

Die Frau und legte die Finger auf den Mund. Der Ring glitzerte. Baumgartner nickte.

„Wer könnte so etwas tun?", fragte er.

Sie lachte humorlos.

„Auf jeden Fall jemand, der ziemlich wahnsinnig ist", stellte sie fest.

„Sie haben also keine Ahnung, wofür das Symbol in diesem Zusammenhang stehen könnte? Denken Sie nach! Wofür steht der Goldene Schnitt?“

Sie sah auf ihr Bücherregal.

„Der Schnitt ist ein sehr abstraktes Symbol, sehr neutral. Er steht für Ästhetik, ohne Wertung. Ohne Bezug zur Ethik, zu Gut oder Böse. Eine abstrakte Schönheit jenseits des Alltäglichen. Ich kann mir nicht vorstellen, was er konkret damit sagen will.“

Schönheit? Baumgartner dachte an den Tatort.

„Könnten Sie mir die Textpassagen kopieren, die Sie uns da gerade gezeigt haben? Und alles, was wir sonst noch über den Goldenen Schnitt wissen müssen.“

„Ja, kein Problem.“

10 Uhr 50

„Das habe ich befürchtet“, sagte Baumgartner. „Es hat uns keinen Schritt weitergebracht.“

Sie standen vor dem Gebäude. Studenten mit Mappen unterm Arm eilten an ihnen vorbei und mussten links und rechts ausweichen.

„Ich werde etwas essen gehen“, meinte Baumgartner.

„Und ich werde mich ans Täterprofil setzen. Ich habe ein Gefühl für die Sache bekommen, glaube ich. Ruf mich an, wenn du was Neues hast.“

Er nickte.

Als Königshofer weg war, beschloss er, Gregor Wolf zu suchen, der irgendwo auf dem Mathematikinstitut sein musste.

Baumgartner ließ das klassizistische Hauptgebäude hinter sich und hielt auf das Physikinstitut zu, das im selben Stil gehalten war. Er wusste nicht, wie heutige

Architekten darüber dachten, aber für ihn als Laien hatte das große Haus mit den Säulen etwas Erhabenes. Es war ein prunkvolles Symbol für den Wert der Bildung in der Gesellschaft.

Hast du deshalb die Universität ausgewählt? Andere Orte wären einfacher gewesen. Warum hast du gerade hier so ein Schlachtfeld hinterlassen? Doch nicht nur, weil sie hier geputzt hat!

Grübelnd erreichte er das Mathematikinstitut und fand Wolf im Seminarraum genau einen Stock unter dem Tatort.

Er saß an einem der Tische, wie immer inmitten eines kryptischen Systems von Post-its. Swoboda war nirgends zu sehen. Der Mann, der Wolf gegenübersaß, hatte rastlose Augen, eine Halbglatze und einen Bierbauch, vor dem er seine Finger verschränkt hatte. Er drückte zu, dass die Fingernägel rot waren, was ihm nicht aufzufallen schien.

„Wir haben hier also zwei Serbinnen, einen Nigerianer, einen Iraner und eine Österreicherin", sagte Wolf.

„Der Schwarze ist Österreicher", entgegnete der Mann.

Wolf sah von seinen Notizen auf.

„Sind das alle?", fragte er.

„Sie sind alle angemeldet", erklärte der andere. „Rufen Sie im Büro an. Meine Sekretärin gibt Ihnen die Unterlagen."

„Sonst gibt es niemanden?"

Die Finger des Mannes waren jetzt weiß.

„Wir ermitteln hier in einem Mordfall!", sagte Wolf lauter. „Wir müssen alles über Krasniqi wissen. Wer hat an diesem Tag mit ihr gearbeitet?"

„Niemand", entgegnete der Befragte. „Sie war allein."

„Das Riesenhaus? Nur sie allein?"

Wolf schüttelte den Kopf. „Wissen Sie, was Sie für Probleme kriegen, wenn wir draufkommen, dass Sie uns anlügen? Können Sie sich das vorstellen?“

„Wir müssen es wissen“, schaltete sich Baumgartner ein. „Wie Ihr Unternehmen organisiert ist, interessiert uns nicht. Aber jemand hat eine Ihrer Angestellten ermordet. Wollen Sie die Fotos sehen?“

„Der lügt uns doch an“, sagte Wolf. „Wir sollten die Kollegen von der Finanz einschalten.“

„Gregor, lass ihn. Das bringt gar nichts.“

Wolf senkte den Blick. Seine Kiefermuskeln arbeiteten.

Der Mann presste die Lippen aufeinander.

„Sie war allein gestern Abend“, wiederholte er.

„Ist gut“, sagte Baumgartner.

Wolf übernahm.

„Ich muss Ihren Angestellten jetzt ein paar Fragen stellen, einzeln. Verstehen alle Deutsch? Auch ihr Österreicher?“

„Frau Dragica nicht“, antwortete der Mann. „Aber ihre Schwester übersetzt.“

Wolf seufzte.

„Ich habe hier alles im Griff“, sagte er zu Baumgartner.

11 Uhr 15

„Ja, klar führen wir diese Säge. Davon verkaufe ich fünf Stück in der Woche.“

Meier schrieb sich die Zahlen auf.

Der Verkäufer im großen Baumarkt in der Conrad-von-Hötzendorf-Straße erklärte ihr, dass das Gerät in jedem Baumarkt in Graz zu haben sei und dass man besser ein Markenprodukt nehmen sollte, wenn man es mehr als einmal verwenden wollte.

Meier bedankte sich für die Auskunft und ging zurück zum Auto.

Viel zu wenig, dachte sie. Das hilft uns gar nicht weiter.

Statt weitere Baumärkte aufzusuchen, beschloss sie, die Hersteller für flüssigen Stickstoff anzugehen. Die erste Adresse auf ihrer Liste war auf dem Köglerweg. Sie startete ihren Dienstwagen und fuhr los.

Sie erkannte den Betrieb sofort an den hohen, weißen Gasbehältern, auf denen das Firmenlogo prangte. Als sie eintrat, begrüßte sie ein Verkäufer hinter einer Theke übertrieben freundlich. Er trug eine Brille, die ihm zu groß war, und blinzelte oft. Sein Ton änderte sich auch nicht, als sie erklärte, dass sie von der Polizei war. Sie zeigte ihm das Foto von der Stickstoffflasche, die sie am Tatort gefunden hatten, und er lachte.

„Wo haben Sie denn die her?"

„Gibt es solche bei Ihnen?", fragte Meier.

„Nein, schon lange nicht mehr. Das ist ein Museumsstück! Solche hat man früher im medizinischen Bereich verwendet."

„Aber ist es möglich, dass von diesen noch welche in Krankenhäusern oder auf der Universität im Umlauf sind?"

Er nickte eifrig. „Ganz sicher sogar."

„Und man könnte zu Ihnen kommen und sie befüllen lassen."

„Selbstverständlich!", bestätigte er. „Aber ich würde Ihnen raten, eine neue zu kaufen."

„War in letzter Zeit jemand da mit so einer Flasche?"

Er lächelte nachsichtig. „Nein, daran würde ich mich erinnern."

„Gibt es noch andere Verkäufer hier?", fragte sie.

„Ich glaube nicht, dass jemand mit so einer Flasche bei uns war."

Meier hatte unwillkürlich das Bild des Tatorts vor Augen und zwang sich, ruhig zu bleiben.

„Ich lasse Ihnen dieses Foto und meine Karte da", sagte sie. „Zeigen Sie es allen Mitarbeitern, die im letzten Monat flüssigen Stickstoff verkauft haben könnten. Rufen Sie mich an, wenn Sie fertig sind. Ist das möglich?"

„Selbstverständlich", antwortete er. Doch die Art, wie er lächelte, ließ ihre Hoffnung schwinden, dass etwas dabei herauskommen könnte.

Auf ihrer Liste standen noch zwei weitere Hersteller für Flüssiggas. Sie fuhr zu beiden hin, doch auch dort hatte niemand etwas gesehen. Sie hinterließ zwei weitere Fotos und Visitenkarten.

Als sie wieder im Auto saß und zurück zum Landeskriminalamt fuhr, kreisten ihre Gedanken wieder einmal darum, dass sie sich einen anderen Job suchen sollte.

11 Uhr 20

Wilszek war zufrieden. Er verstaute ein gutes Dutzend kleiner Plastiksäckchen in einer Tasche. Haare, Hautschuppen, Zehennägel. Holzer zog gerade das Leintuch und die Bettwäsche ab. Das UV-Licht hatte zwar keine frischen Spuren von Sperma gezeigt, doch vielleicht konnten sie im Labor etwas finden. So oder so: Wenn Krasniqi etwas mit einem Studenten gehabt hatte, würden sie es erfahren.

Er fragte sich, wovor ihn Baumgartner eigentlich gewarnt hatte. Diese Koren war höflich und zuvorkommend, hatte ihm etwas zu trinken angeboten und machte insgesamt einen aufgeräumten Eindruck. Baumgartner war ein exzellenter Polizist, aber manchmal hatte er seine Eigenarten. Vor allem in letzter Zeit schien ihn etwas zu beschäftigen. Private Probleme? Es war schwer vorzustellen, dass Baumgartner ein Privatleben hatte. Davon erzählte er nie etwas. Wilszek musste unwillkürlich an die Ehe seiner Großeltern denken und grinste dabei.

Er und Holzer hatten ihre Arbeit fast beendet. Sie packten die Proben ein, die sie genommen hatten, zogen die Schutzkleidung aus und verabschiedeten sich von Koren.

Nur eines verstand er nicht: Wo war dieser Computer, von dem Baumgartner gesprochen hatte?

11 Uhr 30

Baumgartner saß im überfüllten Gasthaus „Zu den 3 Goldenen Kugeln“ in der Heinrichstraße zwischen Studenten und wartete auf seine Leberknödelsuppe. Zuvor war er in einem anderen Restaurant gewesen, nur um festzustellen, dass man dort keine Suppen servierte, woraufhin er sich bei der jungen Kellnerin beschwert hatte, was das für ein Gasthaus sein solle, wo man keine Suppe bekam.

Er hatte das Notizbuch noch vor sich liegen, doch seine Aufzeichnungen waren schnell erledigt gewesen. Er hatte verzweifelt versucht, etwas Wesentliches in dem Gehörten zu entdecken, das es wert war, aufgeschrieben zu werden, doch es war ihm nicht gelungen. Als die Suppe kam, aß er nur die Hälfte und legte den

Löffel beiseite. Er rief die Kellnerin und bestellte das Wiener Schnitzel ab. Sein Magen fühlte sich nicht gut an.

Da brummte sein Handy auf der Tischplatte. Es war Wilszek.

„Ja?"

„Baumgartner, ich bin jetzt fertig mit Krasniqis Zimmer."

Er hielt sich ein Ohr zu, um besser zu verstehen. „Gut. Irgendwas Interessantes?"

„Ja, vielleicht", sagte Wilszek. „Sie hatte womöglich einen Freund."

„Tatsächlich?"

„Ja. Wir haben verschiedene Haare in ihrem Bett gefunden und außerdem ein gebasteltes Herz aus Karton."

„Gut", sagte Baumgartner. „Was ist mit dem Computer?"

„Das wollte ich dir sagen: Baumgartner, da ist kein Computer!"

„Bist du sicher? Ein Laptop, er stand auf dem Schreibtisch."

„War der Tisch sauber, als du ihn gesehen hast?", fragte Wilszek.

„Nein, da lag überall Staub."

„Nun, jetzt ist er sauber."

Baumgartner verstand.

„Ich kümmere mich darum. Treffen wir uns später in der Kanzlei. Ich will, dass du mir zeigst, was du gefunden hast."

„Gut", antwortete Wilszek.

Hastig packte Baumgartner das Notizbuch ein und warf dabei fast sein Glas um.

Es war ein Fehler gewesen, Koren zu vertrauen. Er wusste nicht, auf wen er wütender war – auf sie oder auf sich selbst.

„Zahlen!“, rief er.

12 Uhr

Baumgartner versuchte, die Spur zu wechseln. Von links hupte jemand. Dampfend stieg Auspuffgas in der klaren Luft auf, als die Ampel auf Rot schaltete und die Kolonne abermals stand.

Er war dabei, die Geduld zu verlieren. Das passierte ihm eigentlich nie und dementsprechend verwirrend fand er diesen Zustand.

Sein Telefon klingelte wieder.

Wallner.

Baumgartner drückte sie weg.

12 Uhr 15

Zum dritten Mal klingelte Baumgartner an Korens Tür und horchte. Von drinnen hörte er nicht den geringsten Laut.

Er holte sein Notizbuch aus der Tasche, suchte Korens Nummer und tippte sie in sein Handy.

Keine Verbindung. Sie hatte es ausgeschaltet.

Baumgartner kochte innerlich. Er steckte beides wieder ein und lief geräuschvoll durchs Stiegenhaus nach unten, um sich ein weiteres Mal in den Stadtverkehr zu werfen.

„Was ist?“, fragte Meier, als Baumgartner das Landeskriminalamt betrat.

„Koren“, sagte er. „Es sieht aus, als hätte sie Beweismittel vernichtet.“

Meier erstarrte. „Warum denn das?“

„Keine Ahnung. Ich war ihr wohl nicht sympathisch. Zu viel schlechte Energie.“

Sie verstand kein Wort.

„Wenn sie nicht kooperiert, hetze ich ihr Gregor an den Hals“, sagte er.

Baumgartner setzte sich an seinen Schreibtisch. „Wie geht es dir mit deinen Sachen?“, fragte er.

Sie schüttelte den Kopf.

„Ich habe die Baumärkte überprüft. Die Säge bringt uns nicht weiter. Die bekommt man überall zu kaufen. Mit einem guten Fahndungsfoto vielleicht, aber so wird das nichts. Die Lieferanten für flüssigen Stickstoff können vielleicht die Flasche identifizieren. Aber ich an seiner Stelle hätte die Flasche umgefüllt.“

Er nickte düster.

„Hat Wilszek sich gemeldet?“

Da läutete abermals sein Handy. Der Anruf kam von der Telefonzentrale. In der Leitung war eine Frau, deren Stimme Baumgartner kannte, deren Namen er aber vergessen hatte. Sie war vom Journaldienst und dafür zuständig, die sachdienlichen Hinweise aus der Bevölkerung zu sammeln.

„Was gibt's?“, fragte er.

„Es sind inzwischen mehrere Hinweise eingegangen. Sie bekommen eine erste Liste heute Abend.“

„Gut“, sagte Baumgartner ungeduldig. „Danke. Sonst noch was?“

„Da ist ein Mann in der Warteschleife. Mein Chef hat gesagt, den soll ich Ihnen gleich durchstellen.“

Baumgartner wurde aufmerksam. „Bitte darum.“

Er hörte, wie die Frau irgendetwas drückte, dann meldete sich eine Männerstimme.

„Chefinspektor Baumgartner?“

„Ja. Mit wem spreche ich?“

„Guten Tag, Herr Baumgartner. Mein Name ist Doktor Alester Bauer.“

Die Stimme am anderen Ende der Leitung war ruhig, dünn und fest.

„Was wollen Sie?“, fragte Baumgartner.

„Herr Chefinspektor, ich glaube, Sie brauchen meine Hilfe.“

„Wie meinen Sie das?

Baumgartner war plötzlich hellwach. Etwas am Ton des Mannes hatte seine Aufmerksamkeit erregt.

„Wir sollten uns treffen“, sagte der Mann.

Baumgartner überlegte kurz.

„Gut. Wo?“

„Kommen Sie zur Auersperggasse, Ecke Jakob-Dirnböck-Gasse. In einer halben Stunde.“

„Das wird knapp“, sagte Baumgartner.

„Dann sollten Sie sich beeilen.“

13 Uhr 10

Baumgartner stellte das Auto am Straßenrand ab, direkt vor einer hohen, sehr gepflegten Thujenhecke. Er befand sich mitten im Villenviertel von Graz, zwischen Universität und Leechwald. Die Häuser hier waren einander recht ähnlich: zwei oder drei Stockwerke hoch, gelb gestrichen, mit Stuckaturen und verzierten Giebeln, viele mit einem Türmchen.

Als Baumgartner den Mann sah, wusste er sofort, dass es derselbe war, mit dem er telefoniert hatte.

Er ging auf ihn zu. Der Mann war an die 60, dicker und kleiner als Baumgartner und hatte einen getrimmten, fast zur Gänze ergrauten Vollbart. Er trug einen breitkrempigen, schwarzen Filzhut und einen schwarzen Mantel, auf dessen Schultern Schuppen lagen. Die Hände hatte er tief in den Taschen seines Mantels vergraben.

„Guten Tag. Schön, dass Sie kommen konnten."

Er gab Baumgartner seine knochige Hand, die kalt und feucht war.

„Sie wissen etwas über den Mordfall vom Dienstag?"

Der Mann strahlte eine gespannte Ruhe aus.

„Ja, ich weiß Bescheid", sagte er und sah sich um. „Gehen wir."

Sie gingen die Auersperggasse entlang, bis sie zu einer schmiedeeisernen Tür kamen, die einen Durchgang durch die Hecke bildete. Bauer sperrte sie mit einer routinierten Bewegung auf und ließ Baumgartner ein.

Sie betraten einen vernachlässigt wirkenden Garten. Das Gras war gemäht, schien aber hinter der Hecke zu wenig Sonne zu bekommen und war licht und braun. Baumgartner sah, dass die Villa, die auf dem Grundstück stand, den anderen ähnelte, aber im Gegensatz zu diesen baufällig wirkte. Der Putz war an manchen Stellen abgebröckelt und die Schäden nur notdürftig mit dunkelgrauem Mörtel ausgebessert worden. Sie gingen um das Haus herum, vorbei an einer schiefen Gartenhütte aus bemoosten Holzbrettern. Baumgartner fragte sich, ob das Bauers Haus war und warum sie auf diese Weise durch den Garten schlichen. Er fühlte sich unbehaglich. Da blieb Bauer an einer kleinen Tür stehen, die aussah wie ein Zugang zum Keller. Als Bauer sie mit einem anderen Schlüssel aufsperrte, wurde tatsächlich eine Stiege sichtbar, die einen Halbstock nach unten führte. In dem kleinen, dunklen Raum, den sie betraten, stand ein Kleiderständer mit mehreren Mänteln und Hüten. Auf dem Boden stand ein weiteres Paar Schuhe. Bauer hängte Hut und Mantel auf und trat durch eine Holztür mit eingesetztem Glasfenster.

Die Wohnung, die sie betraten, war winzig. Durch die zwei Fenster nahe an der Decke drang nur wenig Tageslicht. Neben der Tür sah Baumgartner zwei alte Schwarz-Weiß-Monitore, würfelförmige Röhrengeräte, die eingeschaltet waren. Er erkannte die Gasse wieder, wo sein Auto stand, und den Garten, durch den sie gekommen waren. Mitten im Raum stand ein abgewetzter, durchgesessener Lesesessel aus braunem Leder, gegenüber ein größerer Röhrenfernseher auf einem Videorekorder. Auf dem Fernseher lag ein Stapel handbeschrifteter Videokassetten. Die gesamte Wand gegenüber den Fenstern war von einem Bücherregal beherrscht. Baumgartner sah populärwissenschaftliche Bücher über Physik und Mathematik, über historische Persönlichkeiten, Ghandi, Napoleon und Alexander den Großen sowie etwa über die „Vatikan-Verschwörung“. An der Wand zur Rechten des Regals hing ein großes, gerahmtes Foto der Pyramiden von Gizeh.

„Sie wollten mir etwas erzählen?“, begann Baumgartner. „Sie wissen Bescheid, sagen Sie?“

„Ja, das tue ich“, antwortete der Mann. *Alester Bauer*, erinnerte sich Baumgartner.

„Und was genau wissen Sie?“

„Ich stehe in Kontakt mit jenen, welche die Macht des Goldenen Schnitts missbrauchen wollen“, sagte Bauer ernst. „Ich habe in meinen Büchern darüber geschrieben.“

Er wies mit einer Geste auf ein Fach weiter unten im Regal, wo ein Dutzend weiße Buchrücken im selben Design nebeneinanderstanden.

„Ich habe vor den Gefahren gewarnt, aber diese Leute hören nicht auf mich.“

„Wer sind *diese Leute*?“, wollte Baumgartner wissen. „Wen meinen Sie damit?“

„Ich kann es Ihnen sagen, Herr Chefinspektor. Aber wenn ich das tue, begebe ich mich in große Gefahr.“

Baumgartner überlegte.

„Ich kann Polizeischutz für Sie beantragen, wenn Sie das wollen“, sagte er. „Das ist kein Problem.“

„In diesem Fall wird das nichts bringen“, erklärte Bauer. „Nicht bei den Leuten, mit denen wir es zu tun haben.“

„Was wollen Sie dann? Erzählen Sie mir nun, was Sie wissen, oder nicht?“

Der Alte verschränkte die Arme.

„Ich brauche hunderttausend Euro. Dann kann ich mich selbst schützen.“

Baumgartner schwieg. Er sah sich noch einmal in dem Zimmer um und sagte:

„Ich glaube Ihnen nicht. Sie wissen überhaupt nichts.“

Bauer ließ sich nicht aus der Ruhe bringen. „Sie wissen, dass das nicht stimmt. Sie brauchen mich.“

Baumgartner zog seinen Mantel wieder an.

„Ich kann es Ihnen beweisen“, sagte Bauer. „Ich weiß von den Nachrichten.“

„Welche Nachrichten?“, fragte Baumgartner sofort.

Bauer lächelte zufrieden.

„Er hat Ihnen doch welche geschrieben, nicht wahr? Ohne Umlaute. Getrennt durch diese verdammten senkrechten Striche, die Sie in den Wahnsinn treiben, weil Sie nicht verstehen, was sie bedeuten."

Baumgartner sah ihn lange an. Dann nickte er.

„Kommen Sie mit aufs LKA."

Bauer hatte immer noch die Arme verschränkt.

„Das ist nicht möglich. Beschaffen Sie zuerst das Geld."

„Wenn Sie nicht mitkommen, nehme ich Sie fest", entgegnete Baumgartner trocken.

Alester Bauer schien zu überlegen.

„Gut", sagte er dann.

16 Uhr

Vera Königshofer war außer Atem, als sie beim Landeskriminalamt ankam. Baumgartners Ton war seltsam gewesen. Irgendetwas war passiert.

Als sie eintrat und ihren Schal vom Hals wickelte, saß dort, an dem kleinen, runden Tisch, wo sie immer Kaffee tranken, ein Mann in Mantel und Hut. Ihm schien nicht warm zu sein und er ignorierte sie gelassen.

Die Tür zum Besprechungszimmer öffnete sich einen Spalt und Baumgartner winkte Königshofer zu sich.

„Was sollen wir tun?", fragte Baumgartner, nachdem er ihr alles erklärt hatte.

„Glaubst du, er sagt die Wahrheit?"

„Er hat das mit der Nachricht gewusst. Irgendetwas weiß er."

„Vielleicht hat er das irgendwo aufgeschnappt", gab sie zu bedenken. „Das lässt sich nicht ausschließen. Du willst ihm das Geld doch nicht zahlen?"

Baumgartner zögerte.

„Dafür müsste ich mit dem Staatsanwalt reden."

„Franz, ich bitte dich."

Er drehte sich nach der geschlossenen Tür um und sah Königshofer an.

„Was, wenn er der Täter ist?", fragte sie.

Baumgartner schüttelte den Kopf.

„Das wäre zu schön."

Königshofer wirkte ratlos. „Wo sind deine Kollegen?"

„Draußen unterwegs. Ich will das zuerst mit dir besprechen. Ich kann mir jetzt jedenfalls besser vorstellen, was für einen Typ Mensch wir suchen", sagte Baumgartner.

In diesem Moment hörten sie, wie die Tür im Nebenraum aufging.

„Franz, bist du da?"

Es war Wolf.

„Wir sind hier drin", rief Baumgartner.

Wolf kam herein und als er ihre Gesichter sah, zog er die Stirn in Falten. In der Hand hielt er eine Zeitung.

„Was ist los?", fragte Baumgartner. „Warte, schließ zuerst die Tür."

Wolf zog die Tür hinter sich zu.

„Es ist raus", sagte er.

„Was ist raus?"

Wolf klappte die Zeitung auf.

„Die Sache mit der Nachricht. Das ist die Abendausgabe, druckfrisch."

Baumgartners Augen wurden groß.

„Aber wie?"

„Steger", sagte Wolf.

Baumgartner ballte die Fäuste. Er atmete schwer und ging in den Nebenraum.

„Wenn ich Sie noch ein einziges Mal zu Gesicht bekomme, sperre ich Sie ein, ist das klar? Sie behindern eine polizeiliche Ermittlung!"

Bauer erschrak. Er schien nicht zu wissen, wie ihm geschah.

„Aber ich –"

„Raus hier!", zischte Baumgartner.

Der alte Mann starrte ihn unsicher an. Die Lockerheit von vorhin war verflogen. Unschlüssig stand er da, dann hob er das Kinn, wandte sich ab und ging.

Baumgartners ganzer Körper war angespannt. Seine Kollegen kamen zu ihm in die Kanzlei und sahen ihn an.

„Um fünf machen wir eine Besprechung. Sagt allen Bescheid."

Bevor sie etwas entgegnen konnten, stürmte er aus dem Zimmer.

16 Uhr 10

Horst Almer, der Chefredakteur von „Graz Kompakt" sah von seinem Monitor auf und beobachtete Doris Wallner. Sie saß schon den ganzen Tag an ihrem Schreibtisch. Manchmal surfte sie im Internet, manchmal saß sie auch nur da, mit verschränkten Armen, und starrte in die Luft. Heute hatte sie ein lila Kleid an. Er fragte sich, ob lila schlechte Laune bedeutete. Er konnte sich noch genau erinnern, vorgestern war es ein grünes Kleid gewesen, und da war sie voller Energie gewesen.

Almer seufzte. Es gab mehrere Geschichten, die geschrieben werden mussten, doch er verteilte sie an die anderen Mitarbeiter. Er hatte das Gefühl, dass er Wallner heute besser nicht störte. Er wusste nicht, was das Problem war, aber er vermutete, dass es mit dem Mord an der Universität zu tun hatte. Er hatte letzten Abend selbst aus der Presseaussendung und den aktuellen Onlinenachrichten der Konkurrenzblätter einen Artikel basteln müssen, weil sie nicht wie vereinbart geliefert hatte. Dabei war das die Top-Geschichte! Das „Stadtblatt" hatte sogar ein Exklusivinterview mit dem Gerichtsmediziner bekommen, der neue Details preisgab. Alle hatten es auf den Titelseiten, nur sie mussten Informationen aus zweiter Hand liefern. Es war mehr als peinlich.

Er musste dringend ein ernstes Wort mit ihr reden. Jeder konnte einmal einen schlechten Tag haben, aber er verlor langsam die Geduld. Sie war gut, aber so gut war sie auch wieder nicht. Vielleicht sollte er beginnen, Ersatz für sie zu suchen.

Als er wieder zu ihr hinübersah, erkannte er sofort, dass etwas anders war. Sie wirkte plötzlich hellwach. Ihr Gesicht war nur Zentimeter vom Bildschirm entfernt. Was auch immer sie gerade gefunden hatte, war wichtig.

Er lächelte. Wenn da nicht eine interessante Story dahintersteckte!

Gut so, Mädchen. Gut so.

16 Uhr 30

Baumgartner entfernte sich vom Landeskriminalamt. Planlos streifte er mit schnellen, steifen Schritten durch die Wohnsiedlung gegenüber vom Landeskriminalamt. Immer wieder zog er das Telefon aus der Tasche, um es gleich wieder einzustecken.

Steger.

Er hatte die Schlagzeile vor Augen, *Neue Wendung im Mathematiker-Mord*, daneben Stegers Zahnpastagrinsen.

Wie konnte man diesem Beruf nachgehen und zugleich die Arbeit behindern, die eigentlich ihren Sinn ausmachte? Baumgartner verstand es nicht und als Erklärung fiel ihm nur pure Bosheit ein. Steger war ein schlechter Mensch, und genau das würde er ihm sagen.

Er drückte sich durch die Kontakte seines Handys und fand Stegers Nummer, doch statt zu wählen, steckte er es wieder ein.

Er passierte die Seitenwand eines der Wohnblöcke, die voller Graffitis war.

Österreich ist nicht frei, es gibt die Polizei, stand dort.

Neben einem Laternenmast lehnte ein rostiges Fahrrad. Baumgartner verpasste ihm im Vorbeigehen einen Tritt, der viel heftiger ausfiel, als er gewollt hatte. Das Fahrrad schlitterte über den Asphalt.

Baumgartner sah sich um, doch niemand schien ihn beobachtet zu haben. Er ging ein paar Schritte weiter und trat um die Ecke des Gebäudes. Abermals holte er das Mobiltelefon aus der Tasche und diesmal wählte er.

„Baumgartner!“, meldete sich Steger. „Wie läuft es bei Ihnen?“

„Ist Ihnen klar, was Sie getan haben?“, presste Baumgartner hervor.

„Medienarbeit! Ist das verboten?“

„Wie kommen Sie darauf, dass es Ihnen zusteht, Medienarbeit zu machen? Wir haben uns sehr genau überlegt, welche Informationen wir zurückhalten!“

Steger schien nicht im Mindesten verunsichert. „Davon wusste ich nichts, tut mir leid."

„Sie hätten mich fragen müssen!", brüllte Baumgartner.

„Verzeihung! Ich hatte den Eindruck, dass wir diese Dinge nicht absprechen."

„Was meinen Sie?"

„Sie haben mich auch nicht gefragt, bevor Sie mich mit meiner Studentin bloßstellten", erklärte Steger.

„Was soll das jetzt heißen?"

„Sie wissen sehr gut, was ich meine."

Baumgartner wusste nicht mehr, was er sagen sollte.

„Ich schwöre Ihnen", sagte er schließlich, „Sie bekommen ein Disziplinarverfahren. Sie werden nie wieder für die Polizei arbeiten."

Baumgartner legte auf.

Er hatte das Telefon gerade eingesteckt, als es schon wieder vibrierte.

Wallner.

„Was denn schon wieder? Hören Sie, ich hab Ihnen keine Exklusivstory versprochen! Wie kommen Sie darauf, dass Sie ein Anrecht darauf haben?"

Wallner am anderen Ende der Leitung war ganz ruhig.

„Es geht um etwas anderes. Ich glaube, das ist wichtig."

Baumgartner atmete schnell.

„Herr Baumgartner, hören Sie mir zu?"

„Ja, ich höre. Und ich hoffe für Sie, dass es wirklich wichtig ist."

„Ich komme vorbei, Herr Baumgartner. Das müssen Sie sehen."

Baumgartner trat von einem Bein aufs andere.

„Gut, aber machen Sie schnell. Ich habe um fünf eine Besprechung."

16 Uhr 55

Baumgartner schüttelte den Kopf und las den Text ein zweites Mal.

sie wissen wer ich bin | sie wissen was ich tun musste um sicherzugehen dass sie mir zuhoeren | sorgen sie dafuer dass alle erfahren was ich zu sagen habe

Mehr stand auf dem ersten Zettel nicht. Es gab aber noch einige weitere, die dicht bedruckt waren. Die Attachments der Mail. Er suchte ein x-beliebiges heraus.

wie die welt funktioniert || es ist an dieser stelle noetig kurz die funktionsweise der welt zu skizzieren | die grundlegenste kraft die die menschen antreibt ist die suche nach ablenkung | das pure sein genuegt nicht und erzeugt unruhe | von dieser unruhe muss sich der mensch ablenken | deshalb macht er sich gedanken was er sich wuenscht | diese wuensche sind zum teil triebhafter natur | sexualtrieb | macht | anerkennung | dinge die uns die evolution mitgegeben hat | und andererseits aus dem umfeld uebernommen | aus der gruppe | menschen denen er vertraut | oder es handelt sich um beduerfnisse die aus unternehmerischen gruenden geschaffen wurden | hochbezahlte experten haben nur diese aufgabe | mittels werbung beduerfnisse zu schaffen | diese werden dann automatisch von der gruppe uebernommen und pflanzen sich so fort | experten der werbeindustrie arbeiten mit grossem einsatz daran | um anerkennung und erfolg im sexualleben zu haben muessen sie gewisse wiedererkennbare muster reproduzieren | sie muessen teure autos fahren | sie muessen die modischste kleidung tragen | sie muessen die teuersten abenteuerreisen machen | dazu ist geld noetig | die menschen muessen also arbeiten | nicht um etwas zu essen zu haben | um die muster reproduzieren zu koennen | dafuer muessen sie gewisse produkte kaufen | so laesst sich alles auf die suche nach ablenkung zurueckfuehren | das ist der grund warum wir es nicht schaffen werden den planeten zu retten | die wirtschaft muss wachsen | waechst sie nicht so verlieren die menschen ihre ablenkung | sie werden mit der leere konfrontiert und lehnen sich auf | den planeten zu retten ware moeglich durch verzicht | geld verdienen um essen zu kaufen | nicht um sich abzulenken | verzicht hiesse aber die leere zu akzeptieren | dazu sind die menschen nicht in der lage | das ist alles | mehr gibt es ueber die welt nicht zu wissen | alle probleme lassen sich auf einen der hier genannten aspekte zurueckfuehren || damit ist auch klar dass es die demokratie ist die letztendlich fuer die zerstoerung des planeten verantwortlich zeichnet | die ungebildete masse hat nicht die intellektuelle kapazitaet um diese tatsachen in aller klarheit zu akzeptieren | sie wird diese fakten verdraengen und sich auf das scheinbar naheliegende konzentrieren | die eben gerade konsumierte ablenkung | nur einer intellektuellen oberschicht ist es zuzutrauen die noetigen schluesse zu ziehen | diese oberschicht muss die macht an sich reissen und den notwendigen verzicht erzwingen | die denker aller laender müssen sich vereinigen

Baumgartner blätterte die restlichen Seiten durch.

„Liest sich alles ähnlich", sagte Wallner. „Es geht immer um das Gleiche."

Er stand von seinem Schreibtisch auf und ging mit den Papieren zum Kopierer.

„Und Sie haben keine Idee, wer das sein könnte?"

„Nicht die geringste!"

„Danke, dass Sie damit gleich zu mir gekommen sind, sagte er, während die Blätter durch den Kopierer liefen. „Ich möchte, dass Sie hierbleiben und an unserer Besprechung teilnehmen."

Sie war überrascht.

„Gerne", antwortete sie.

„Es tut mir leid wegen dem Missverständnis zuletzt."

„Das ist gut zu hören", sagte sie.

„Diesmal bekommen Sie Ihre Informationen aus erster Hand. Aber Sie müssen mir versprechen, dass Sie nichts schreiben, was ich nicht freigegeben habe!"

„Geht in Ordnung", sagte sie und nun konnte sie sich ein Lächeln nicht verkneifen.

Alester Bauer schenkte sich ein Glas Cognac ein und setzte sich damit in seinen Lesesessel. Er trank in kleinen Schlucken, in demonstrativer Ruhe.

Sie hatten ihn fortgeschickt. Das war nicht das erste Mal, er war das eigentlich gewohnt. Aber diesmal war es auch Pech gewesen. Woher hätte er wissen sollen, dass es schon in der Zeitung war?

Er betrachtete die weißen Buchrücken seiner Arbeiten. Sein erstes Werk: über die Mysterien der antiken Hochkulturen und das geheime Wissen, das in privaten Sammlungen liegt. Dann das zweite: über die Physik und was Einstein wirklich wusste – alle Hinweise über seinen Kontakt mit dem Volk von den Sternen. Schließlich sein wahrscheinlich wichtigstes Werk: über die Macht der Freimaurer und Illuminaten in der amerikanischen Politik. Einige Kisten vom letzten Buch standen noch in der Ecke unter dem Schreibtisch.

Sie wollten nicht sehen, was er ihnen zu zeigen hatte. Die größeren Zusammenhänge, welche bei der Beschäftigung mit der antiken Mystik zum Vorschein kamen. Die Zusammenhänge, die den Lauf der Welt bestimmten. Das Wissen war schwer zu ertragen, das Unwissen eine weiche Decke, mit der sie sich einhüllten.

Diesmal aber war alles anders. Sie wussten das noch nicht, aber er wusste es.

Denn diesmal hatte er recht. Er konnte es beweisen.

Der Versuch bei der Polizei war überstürzt gewesen. Das sah er jetzt ein. Er musste das sorgfältiger angehen. Wenn er alles richtig machte, konnte er nicht nur seine Restposten verkaufen, sondern wohl auch gleich neue Exemplare nachdrucken lassen. Außerdem würde er ein völlig neues Buch schreiben, mit der ganzen Wahrheit über diesen Mord und seine Hintergründe, die nur er kannte.

Bei dem Gedanken spürte er ein Kribbeln in seinen Lenden.

Bald würde er sich wieder den Flug nach Thailand leisten können. Die verwelkten osteuropäischen Huren in Graz war er inzwischen leid.

Bauer stand auf und ging zu dem Regal mit den Ordnern und Schuhschachteln. Er nahm einen Ordner heraus und begann zu blättern. Er schüttelte den Kopf, stellte den Ordner zurück und nahm den nächsten.

Zwanzig Minuten später standen so viele Schachteln und Ordner in der kleinen Wohnung auf dem Boden, dass Bauer kaum noch Platz zum Stehen hatte. Seine Bewegungen waren hektischer geworden und er fluchte, als ihm ein Zettel hinunterfiel.

Hier musste es irgendwo sein.

Es musste.

Dann fand er einen Umschlag aus Karton, auf dem in einer geschwungenen Schreibschrift etwas geschrieben stand. Bauer erkannte seine eigene Schrift wieder, die er früher gerne verwendet hatte, als er noch Lehrer gewesen war.

Er schlug den Umschlag auf und eine Minute später hatte er gefunden, wonach er gesucht hatte.

17 Uhr 5

Meier, Wolf und Königshofer hatten sich bereits im Besprechungsraum versammelt. Ihre Blicke waren auf ihn gerichtet, als er mit Wallner im Schlepptau eintrat. Auf Königshofers Gesicht sah er einen Ausdruck von Sorge, der ihm nicht gefiel.

„Es gibt eine neue Entwicklung“, begann Baumgartner.

„Franz, ich verstehe, dass dich das mit Steger aufregt, aber wir haben ganz andere Probleme“, sagte Caroline Meier.

„Davon rede ich nicht“, entgegnete Baumgartner und berichtete ihnen, was Wallner ihm erzählt hatte. Er teilte Kopien der Nachricht aus.

Königshofer las mehrere Seiten aufmerksam durch und schien die Luft anzuhalten.

„Na gut. Ich glaube, jetzt haben wir ein echtes Problem“, sagte sie. „Wo haben Sie das her?“

„Es ist mit einer E-Mail gekommen, am Tag nach dem Mord. Ich habe es ignoriert. Erst, als ich den Artikel in der Abendausgabe gesehen habe, ist mir aufgefallen, dass es derselbe Stil ist.“

„Wie lautet der Absender?“, wollte Königshofer wissen.

„tgp@freemail.net.“

„Bitte aufschreiben“, sagte Baumgartner.

„Klingt fast so, wie du immer redest“, bemerkte Wolf grinsend, doch niemand lachte. Meier schickte ihm einen bösen Blick.

„Sind Sie die Einzige, die so ein Mail bekommen hat?“, fragte Baumgartner.

„Woher soll ich das wissen?“, entgegnete Wallner.

„Caroline, frag bitte bei allen Medien nach, ob sie sonderbare E-Mails bekommen haben.“

„Sie werden wissen wollen, warum ich das frage“, gab Meier zu bedenken. „Außerdem muss ich ihnen erklären, wonach sie suchen sollen.“

„Lass dir was einfallen. Die Mail an Frau Wallner ähnelt auffällig der Nachricht bei der Leiche. Danach sollen sie suchen.“

„Aber ich sage ihnen nicht, worum es geht?“, fragte Meier.

„Nein.“

Sie nickte. „Ich werde veranlassen, dass diese Mailadresse durchleuchtet wird. Wobei ich nicht glaube, dass er es uns so einfach macht. Die Adresse läuft sicher unter falschem Namen. So dumm ist er nicht.“

„*The golden proportion*“, sagte Königshofer leise.

„Was?“

„*TGP*, das ist eine Abkürzung. *The golden proportion*. Der Goldene Schnitt.“

Die Spannung im Raum war greifbar. Einzelne Passagen des Briefes gingen ihnen durch den Kopf. Langsam ergab alles einen gewissen Sinn: Jemand forderte sie heraus.

„Wir müssen jetzt dranbleiben“, sagte Baumgartner.

Er erzählte von dem toxikologischen Gutachten, das zuvor auf seinem Schreibtisch gelegen war. Es bestätigte, dass der Täter Chloroform verwendet hatte.

„Das hilft uns nicht wirklich, den Täterkreis einzugrenzen. Es ist einfach die naheliegendste Idee, zumindest wenn man keine Ahnung von Medizin hat. Vielleicht können wir damit Mediziner aus dem Täterkreis ausschließen. Andererseits weiß jeder Mediziner, dass eine zu spezielle Methode ihn verraten könnte.“

Das war alles, was er an Neuigkeiten hatte.

„Gibt es sonst etwas Neues?“, fragte Baumgartner in die Runde. „Gregor?“

„Ich bekomme morgen die DNA-Proben der Mathematikstudenten“, antwortete Wolf. „Ich schicke sie dann direkt ins Labor nach Wien.“

„Gut. Hast du irgendwelche Zeugen gefunden?“

„Nichts.“

„Das gibt's doch nicht!", brauste Baumgartner auf. „Wie kann jemand so viel Zeug in einen Seminarraum tragen, und niemand sieht ihn?"

Wolf zuckte mit den Schultern.

„Vielleicht gibt es ja noch weitere Hinweise aus der Bevölkerung", sagte Baumgartner. „Wir wissen jedenfalls inzwischen, dass er mit dem Auto gekommen sein muss und wo er geparkt hat. Rainer?"

Swoboda stand auf und ging zum Stadtplan, der an der Wand hing. Er räusperte sich.

„Er muss mit dem Auto gekommen sein, anders hätte er die Gasflasche nicht transportieren können. Das bedeutet, er hat mit ziemlicher Sicherheit in der Heinrichstraße geparkt. Vielleicht hat er die Flasche und die Säge irgendwie getarnt. In einer Schachtel womöglich. Die könnte er mit einem Rollwagen oder etwas Ähnlichem transportiert haben. Wahrscheinlich hat er sich verkleidet, als Lieferant."

Baumgartner beherrschte sich mit Mühe. „*Wahrscheinlich*? Das muss verifiziert werden! Hast du dir die Hinweise angesehen, die eingegangen sind?"

„Da war nichts dabei", entgegnete Swoboda.

„Das ist viel zu wenig, Rainer. Wir brauchen einen genauen zeitlichen Ablauf, was wann wo. Du kannst mir nicht erzählen, dass niemand auf der Straße war an dem Tag. Gebt das mit dem Lieferanten an die Presseabteilung. Die sollen eine neue Aussendung vorbereiten, am besten fürs Fernsehen. Wir müssen Zeugen finden!"

Wolf machte eine Notiz. Swoboda murmelte etwas Unverständliches und setzte sich wieder. Baumgartner war froh, dass Wolf mit ihm gut konnte. Er selbst wusste nicht mehr so recht, was er mit ihm anfangen sollte. Alles schien ihm mühsam zu sein. Er wartete nur noch auf seine Pensionierung.

Baumgartner wandte sich an Wolf. „Wie ist es dir mit der Putzfirma gegangen? Was hast du über Krasniqi erfahren?“

„Sie stammt wirklich aus dem Kosovo. Ist 1999 nach Österreich gekommen und hat Asyl erhalten, ich habe das überprüft. Ihr Bruder war bei der UCK und wurde bei Bela Crkva erschossen. Sonst nicht viel Neues. Sie hat seit einem Jahr dort gearbeitet. Wenig Kontakt zu den anderen. Der Chef sagt, sie war pünktlich und hat ihre Arbeit sorgfältig gemacht.“

„Hast du irgendwelche Verbindungen zu unserem Täter gefunden? Etwas, das zu der Inszenierung des Tatorts passt, oder zu seiner Nachricht?“

„Ist das dein Ernst?“, lachte Wolf. „Ich konnte sie nicht einmal nach dem Goldenen Schnitt fragen. Die wussten nicht, wovon ich rede. Nicht einmal die, die Deutsch konnten. Es gibt da ungefähr so viel Verbindung wie zwischen einem Indianerstamm und dem Club der Nobelpreisträger für Mathematik.“

„Es gibt keinen Nobelpreis für Mathematik“, sagte Meier.

„Caroline, bei dir irgendwelche Fortschritte?“, fragte Baumgartner.

„Nein, leider. Wie gesagt, ich habe alle Hersteller für flüssigen Stickstoff in Graz abgeklappert, aber niemandem ist etwas aufgefallen. Solange ich keine Personenbeschreibung habe, ist das sinnlos.“

Baumgartner nickte.

„Frau Dr. Königshofer und ich haben versucht zu klären, ob es einen rituellen Hintergrund gibt. Das war recht mühsam, ehrlich gesagt. Aber immerhin scheint es eine Verbindung vom Goldenen Schnitt zu bestimmten Teufelssymbolen zu geben."

„Das Pentagramm, der fünfzackige Stern", erklärte Königshofer. „Den kennen Sie alle."

„Wir müssen wohl oder übel alle Kreise durchleuchten, die sich mit solchen Symbolen befassen", sagte Baumgartner.

„Das wird aufwendig", gab Wolf zu bedenken. „Diese Kreise haben bald mehr Mitglieder als die katholische Kirche."

„Wir sprechen hier von echtem Satanismus, nicht von Esoterik", antwortete Baumgartner. „So viele kann es nicht geben."

„Die gibt es doch hauptsächlich in Filmen", sagte Meier. „Nicht bei uns!"

„Doch, die gibt es", erwiderte Wolf. „Nicht in der Stadt, komischerweise. Eher auf dem Land, in den Bezirken. Junge Leute, die rebellieren."

„Traust du denen eine Sache wie unseren Mord zu?", fragte Meier.

„Rainer", sagte Baumgartner, „gab es da nicht irgendwann einen, der Obdachlose umgebracht hat?"

Swoboda sah auf. Er hatte gerade nicht zugehört.

„Satanismus in Österreich. Erinnerst du dich an etwas? Wir brauchen alles, was es in den letzten zwanzig, dreißig Jahren gab. Kannst du da nachsehen?"

„Ja, mach ich", sagte er.

Baumgartner sah Königshofer an.

„Sie haben uns ein Täterprofil mitgebracht, richtig? Ist das noch aktuell, nachdem Sie die Nachricht gelesen haben?"

„Ja, ich denke schon", meinte sie.

„Können Sie uns in kurzen Worten sagen, was Sie denken?"

Sie nahm einen Block mit Notizen aus ihrer Tasche und begann.

„Meiner Meinung nach haben wir es mit einem sehr intelligenten, aber sehr einsamen Menschen im Alter zwischen 25 und 50 zu tun. Eher 30 als 50, wenn Sie mich fragen. Das Arrangement des Tatorts lässt besondere Kaltblütigkeit erkennen: Die Leiche bleibt offen liegen, es gibt keine Anzeichen für Depersonifizierung, kein Abdecken des Gesichts. Hier sieht man deutlich eine niedrige Fähigkeit zur Empathie. Es scheint hier überhaupt keine Täter-Opfer-Beziehung zu geben – das ist mir völlig neu, ehrlich gesagt. Das Einzige, was ihm wichtig ist, ist diese Nachricht. Er will damit viele Menschen erreichen, glaubt, im alleinigen Besitz der Wahrheit zu sein. Er ist überheblich, größenwahnsinnig, das hat narzisstische Züge. Die Nachricht passt in dieses Bild. Er kommuniziert mit den Menschen über Briefe und Nachrichten und hat dafür eine eigene Kunstsprache entwickelt. Die Sache mit dem Senkrechtstrich, das habe ich sonst nirgends gefunden. Wir sprechen hier von einem sehr verkopften Menschen, womöglich von einer zwanghaften Persönlichkeit. Die Praxis liegt ihm weniger."

„Darf ich da einhaken?", fragte Wolf. Königshofer sah von ihren Notizen auf. „Also ganz ungeschickt ist er nicht. Er hat es geschafft, in das Gebäude und wieder hinauszukommen, ohne bemerkt zu werden. Und er hatte jede Menge Zeug dabei. *Die Praxis liegt ihm nicht*, das scheint mir etwas zu platt, tut mir leid. Mit einem Maßband kann er umgehen."

„Die Position des Schnitts ist sehr präzise ausgemessen, ja. Geradezu pedantisch. Aber haben Sie sich schon einmal gefragt, warum so viel Blut in dem Raum war? Ich habe da eine Theorie. Sie erklärt auch die Rolle des Stickstoffs.“

Hier horchten alle auf.

„Mir ist nur eine Erklärung eingefallen, nämlich dass das Schneiden selbst nicht wie geplant vonstattenging. Er hat sich das ganz anders vorgestellt.“

„Wie anders?“, sagte Baumgartner.

„Köche machen das manchmal. Ich kann Dinge einfrieren, um sie besser schneiden zu können. Man macht das mit Fleisch oder auch mit Fisch.“

Sie lauschten mit verbissener Konzentration.

„Nur gelang es ihm offensichtlich nicht, den ganzen Körper durchzufrieren. Dafür hatte er zu wenig Kühlmittel. Ich bezweifle überhaupt, dass so etwas möglich ist. Er ist erschrocken, deshalb hat er auch den Schnitt nicht vollendet. Er wollte absolute Präzision, aber die praktische Umsetzung hat nicht funktioniert. Herausgekommen ist das Gegenteil, ein Schlachtfeld, völliges Chaos.“

Sie sah in den Raum und niemand widersprach.

„Wir suchen jemanden, der allein wohnt und wenig Kontakt zu anderen Menschen hat oder aber in einer Beziehung ist, wo er sich nicht mitteilen kann. Jemanden mit guter Ausbildung. Vielleicht ein naturwissenschaftliches Studium? Womöglich hat er es nicht vollendet, das halte ich sogar für wahrscheinlich. Er ist gescheitert und folgt einem Schuldverlagerungskomplex: Nicht er selbst ist dafür verantwortlich, sondern der Rest der Welt, die *ungebildete Masse*, von der er schreibt. Womöglich ist er aber auch schon viel früher am Bildungssystem gescheitert, das lässt sich nicht ausschließen. Was nicht bedeutet, dass er nicht vielleicht als hochbegabtes Kind aufgefallen ist. Der Mann ist das, was wir gerne einen *Einsamen Wolf* nennen.“

„Also keine satanistische Gruppe, sondern ein Einzeltäter?“, hakte Baumgartner nach.

„Davon gehe ich aus, ja. Wobei es durchaus möglich ist, dass er Beziehungen zu irgendeiner Gruppierung unterhält und sich ihrer Bilder bedient.“

Baumgartner nickte. Es stimmte mit seinem eigenen Eindruck überein. „Und die Nachricht?“, fragte er.

Königshofer zögerte.

„Manches davon klingt gar nicht unplausibel. Finden Sie nicht? Aber die Konsequenzen, die er daraus zieht, sind völlig überzogen.“

„Ich finde nicht, dass das plausibel klingt“, warf Wolf ein. „Das übliche Gerede über die Rettung des Planeten und den Sturz des *Systems*. Und ich bin mir auch nicht sicher, dass er so intelligent ist, wie Sie sagen. Solche Leute gibt es wie Sand am Meer. Reden Sie mit denen vom Verfassungsschutz! Die können ein Lied davon singen.“

Königshofer sagte nichts dagegen, aber man sah, dass sie nicht einverstanden war. Baumgartner fühlte die Anspannung im Raum und beschloss, die Sache voranzutreiben.

„Danke, Dr. Königshofer. Ich glaube, das hilft uns auf jeden Fall weiter.“

Da erinnerte er sich an die Sache mit dem Laptop.

„Wo ist eigentlich Wilszek?“

„Er war heute hier“, sagte Meier. „Aber du warst nicht da, also ist er wieder gegangen.“

„Habt ihr ihn nicht zur Besprechung eingeladen?“, fragte Baumgartner ungläubig.

Alle schwiegen betreten.

Baumgartner schloss die Augen. Als er sie wieder öffnete, sagte er:

„Wir treffen uns morgen um sieben. Und sagt bitte Wilszek Bescheid! Er soll mitbringen, was er gefunden hat."

„Eine Frage noch", meldete sich Wallner, die bisher stumm gelauscht hatte, aber nicht gewagt hatte, sich Notizen zu machen.

„Ja?", sagte Baumgartner.

„Soll ich die Nachricht publizieren?"

„Warum das?"

„Das ist es doch, was er von mir will."

„Nein", antwortete Baumgartner. „Warten Sie noch."

Sie nickte, aber man sah, dass ihr nicht wohl war dabei. Sie merkte, dass sie da in etwas hineingezogen wurde, das ihr nicht geheuer war.

Dann erhoben sich alle, nahmen ihre Jacken und Mäntel von den Lehnen und packten ihre Sachen.

Sukitsch ging zu Baumgartner hin.

„Franz? Komm bitte nachher noch einen Sprung zu mir."

Baumgartner nickte. Es ging sicher um Steger. Über den wollte er sich ohnehin noch beschweren.

Vor dem Landeskriminalamt wartete Wallner auf Baumgartner.

„Danke nochmals", sagte er.

„Gern geschehen."

Baumgartner zögerte.

„Sie müssen die Sache noch zurückhalten. Zumindest bis morgen."

Wallner nickte.

„Aber ich verspreche Ihnen, diesmal bekommen Sie die Geschichte exklusiv."

„Ist gut", sagte sie. „Ich warte."

Er schüttelte ihr die Hand und ging zurück.

„Du wolltest mich sprechen?“, fragte Baumgartner, als er Sukitschs Kanzlei betrat.

„Ja, Franz. Setz dich. Ich wollte dich fragen, ob alles zu deiner Zufriedenheit läuft.“

„Ich wäre gern schon weiter“, gab Baumgartner zu. „Aber wir stehen noch am Anfang. Wir haben keine konkrete Spur.“

„Was hältst du von der Mail an diese Journalistin?“

„Das könnte ein Motiv sein.“

„Könnte?“

„Ich muss noch mit Vera darüber sprechen“, meinte Baumgartner. „Ich bin mir nicht sicher, ob das ernst gemeint ist.“

Sukitsch legte seine große Stirn in Falten.

„Wie, ernst?“

„Ob wir es mit einem geistig gesunden Menschen zu tun haben. In jedem Fall müssen wir die Mailadresse zurückverfolgen. Ich werde heute noch die IT-Gruppe in Wien anrufen.“

„Ja, das ist gut“, sagte Sukitsch.

„Ist es das, was du wissen wolltest?“, fragte Baumgartner.

„Nein. ich wollte dich fragen, ob du es für eine gute Idee hältst, diese Journalistin einzubeziehen.“

„Sie hat uns einen wichtigen Hinweis geliefert.“

Sukitsch nickte. „Das hat sie. Aber bist du sicher, dass du sie dafür belohnen musst? Es sollte selbstverständlich sein, dass man der Polizei hilft. Und wir werden nicht dafür bezahlt, dass wir nett sind.“

„Du vertraust ihr nicht“, stellte Baumgartner fest.

„Nein. Ich vertraue ihr nicht.“

„Ich bleibe trotzdem dabei“, sagte Baumgartner.

Sukitsch seufzte und sah auf die leere Tischplatte seines Schreibtischs.

„Ich will nur, dass du weißt, was du tust. Auch wegen der Sache mit Steger."

Baumgartner spürte den Zorn wieder hochkochen. „Darüber wollte ich auch noch reden. Du musst da etwas unternehmen!"

„Das überlass mir", sagte Sukitsch. „Es war nicht in Ordnung, was er gemacht hat. Du musst jedenfalls auch aufpassen, Franz."

Baumgartner war überrascht. Es schien hier doch nicht nur um Steger zu gehen. „Was meinst du?", fragte er.

„Du hast Steger mit dieser Studentin provoziert und nun weihst du eine kleine Boulevardjournalistin in sämtliche Ermittlungsdaten ein."

„Du hast gesagt, ich habe alle Freiheiten", erinnerte ihn Baumgartner.

„Ja, das habe ich gesagt."

„Und?"

„Franz, ich habe gehört, dass du Probleme mit deiner Frau hast."

Baumgartner fühlte sich, als hätte er eine Ohrfeige bekommen.

„Man könnte zum Schluss kommen, dass du jungen Frauen gegenüber nicht sachlich genug auftrittst. Unsere Vorgesetzten könnten zu diesem Schluss kommen."

Nun verstand Baumgartner, worauf Sukitsch hinauswollte. Er schluckte die wütenden Rechtfertigungen hinunter, die ihm auf der Zunge lagen.

„Ich vertraue ihr", sagte er. „Aber ich werde aufpassen."

„Gut", antwortete Sukitsch.

Auf dem Weg hinaus ärgerte sich Baumgartner über die Bemerkung seines Chefs. Als ob die Probleme mit seiner Frau irgendetwas mit seiner Arbeit zu tun hätten.

19 Uhr 5

Baumgartner saß im Gasthaus Pfeifer, wenige hundert Meter vom Landeskriminalamt entfernt, hatte ein halb aufgegessenes Schnitzel vor sich stehen, das längst ausgekühlt war, und dachte nach. Sein Glas war leer, doch er hatte die Kellnerin fortgeschickt, als sie ihn gefragt hatte, ob er ein weiteres Glas Bier möchte.

Der Stein in seinen Eingeweiden war so schwer, dass ihm übel und schwindlig wurde. Er musste rülpsen und ein saurer Geschmack stieg ihm in den Mund.

Klingt fast so, wie du immer redest.

Baumgartner hustete. Er holte ein Taschentuch aus der Hosentasche und wischte sich den Mund ab.

Es ist kein Stein, dachte Baumgartner. Nur ein seltsames Gefühl im Magen. Vom Stress.

Sie waren dieser Sache gewachsen, auch wenn es nicht so aussah. Auch wenn er sich schwach fühlte. Königshofer war eine fantastische Fallanalytikerin. Sie würde etwas finden, mit dem sie ihn festnageln konnten. Er hatte alles getan, was er tun musste. Nun musste er auf seine Kollegen vertrauen.

Über der Bar hing ein Fernseher. Nach einer Doku mit Luftaufnahmen von irgendwelchen Bergen kamen Nachrichten. Baumgartner vermutete, dass sie auch etwas über den Mord bringen würden, und versuchte, den Fernseher zu ignorieren. Da hörte er eine Stimme, die ihm bekannt vorkam. Er sah doch hin und entdeckte den Esoteriker mit dem weißen Bart.

„Es ist für mich nicht nachvollziehbar", sagte der Mann.

Er stand vor dem Gebäude des Mathematikinstituts. Eine Reporterin hielt ihm ein Mikrofon vors Gesicht.

„Die Polizei agiert hier unverantwortlich und ignoriert wichtige Hinweise."

„Welche wären das?"

„Diese Gruppe, von der ich rede, ist keine Einbildung. Sie ist sehr mächtig und agiert im Hintergrund."

Baumgartner griff hastig nach seinem leeren Bierglas und warf es dabei um.

„Kann man das ausschalten?", rief er durch die Gaststube. Die junge Kellnerin wirkte etwas eingeschüchtert und griff sofort zur Fernbedienung.

„Sehen Sie sich dieses Schriftstück an –"

Baumgartner war erleichtert über die Stille. Er hatte den ausgedruckten Brief gefaltet in seiner Jackentasche, doch er widerstand der Versuchung, ihn hervorzuholen.

damit ist auch klar dass es die demokratie
ist die letztendlich fuer die zerstoerung des
planeten verantwortlich ist

Er überlegte, die Rechnung zu bezahlen und nach Hause in seine Wohnung zu gehen, doch er zögerte. Er war sich ziemlich sicher, dass er heute Nacht nicht schlafen konnte.

dies ist noetig um auf | die wirklichkeit |
aufmerksam zu machen

Sukitsch nahm seine Tasche, schaltete die Schreibtischlampe aus und wollte gerade zur Tür gehen, als das Telefon klingelte. Er zögerte kurz, stellte die Tasche auf den Tisch und nahm ab.

„Mario? Hier spricht Horst Almer."

„Horst!", rief Sukitsch aus und sein Gesicht hellte sich auf. „Ewig nichts gehört! Wie geht es dir?"

„Geht schon. Ich könnte jetzt anfangen über die Medienlandschaft und die Politik herzuziehen, aber dafür würde ich den ganzen Abend brauchen. Tut mir übrigens leid, dass ich so spät noch anrufe. Ich war mir nicht sicher, ob ich dich noch erwische."

„Ich wollte gerade gehen. Du arbeitest auch noch? Irgendwas stimmt da nicht. Wir sollten mal mit unseren Gewerkschaften reden. Wofür bezahlen wir die eigentlich?"

Almer lachte.

„Mario", sagte er, „warum ich anrufe: Alester Bauer. Sagt dir der Name was?"

„Hilf mir. Wer soll das sein?"

„Ein Mann der behauptet, etwas über euren Mathematiker-Mord zu wissen."

„Ja, ich weiß schon. Ich glaube, der war bei uns. Ein Doktor, sagt er zumindest. Wollte Geld erpressen, aber das ist ein Spinner."

„Doktor ist er keiner und er heißt auch nicht Alester, sondern Herwig, soviel ich weiß. Er ist jedenfalls wirklich ein Spinner. Deshalb schreiben wir auch nichts über ihn. Aber er hat uns wieder angeschrieben, und wahrscheinlich auch alle anderen. Gerade war er im Fernsehen, die sind darauf angesprungen. Und was er diesmal erzählt, ist anders."

„Wie meinst du das? Was erzählt er?"

„Er redet von einer Geheimorganisation, eventuell gewaltbereit."

„Eine geheime Organisation? Sind die Templer zurückgekehrt?"

Sukitsch lachte, doch Almer sprach weiter.

„Er hat etwas in die Kamera gehalten, das aussieht wie diese kurze Nachricht, die bei der Leiche war. Von der das Stadtblatt berichtet hat. Ziemlich unscharf, aber es sieht echt aus."

„Wie willst du das beurteilen, von einem unscharfen Fernsehbild?", fragte Sukitsch.

„Ich kenne Bauer. Diesmal ist irgendwas anders. Das hat er sich nicht auf eigene Faust ausgedacht. Dafür reicht sein Horizont nicht."

„Ich werde mit Baumgartner reden. In Ordnung? Am besten schicke ich ihn vorbei, dann kannst du es ihm selbst erzählen."

„Vielleicht fragst du auch beim Verfassungsschutz nach, ob die etwas wissen."

„Mach ich. Aber die sind meistens nicht sehr gesprächig."

„Ich wollte dich nur informieren", sagte Almer. „Zur Sicherheit."

„Danke. Ich weiß das zu schätzen."

„Und sonst? Wie läuft es?"

Sukitsch seufzte. „Kann mich nicht beklagen."

„Wie geht es deiner Freundin?"

„Frau", korrigierte Sukitsch. „Es geht ihr gut."

„Tatsächlich!", gab Almer zurück. „Letztes Mal hast du mir noch etwas anderes erzählt, von wegen niemand braucht die Ehe, man sollte sie abschaffen."

„Halt die Klappe."

„Glückwunsch jedenfalls! Und Karriere hast du auch gemacht. Das hat dir niemand zugetraut, damals, als du noch Türsteher warst."

„Man muss wissen, was man will", sagte Sukitsch. „Irgendwann bin ich draufgekommen, dass es nicht das Geld ist. Weißt du, wenn ich mich vierzig Stunden in der Woche mit etwas beschäftige, dann muss es das wert sein."

Almer lachte.

„Sechzig, meinst du."

Sukitsch ignorierte die Bemerkung.

„Ich habe mir meine Gedanken gemacht, während ich beim Sicherheitsdienst war. Ich hatte auch andere Angebote, interessant, aber nicht alles völlig legal. Es war klar, dass ich mir eine Seite aussuchen musste."

„Du traust dich was", sagte Almer. „Ich bin immer noch Journalist!"

„Du hast gar nicht den Mut, das zu schreiben", entgegnete Sukitsch. „Außerdem sitze ich am längeren Ast, das weißt du. Im Grund genommen fand ich das hier einfach nur interessanter."

„Du bist ein Depp", sagte Almer. „Du spielst den harten Mann, aber in Wirklichkeit hast du nie in den Sicherheitsdienst gepasst, das weißt du genau. Du siehst aus wie ein Schläger, dabei habe ich dich nie jemanden schlagen sehen. Du warst nie zimperlich, aber du hast immer deeskaliert und alles friedlich gelöst. Du hättest schon von Anfang an zur Polizei gehen sollen und ich bin froh, dass du es endlich getan hast."

Sie schwiegen.

„Etwas anderes", sagte Sukitsch, „diese Journalistin, mit der Baumgartner zusammenarbeitet."

„Doris Wallner?"

„Ich glaube, so heißt sie. Die arbeitet für dich?"

„Ja."

„Können wir ihr vertrauen?", fragte Sukitsch.

„Warum?"

„Baumgartner hat sie in wichtige Ermittlungsdetails eingeweiht. Ich halte das für bedenklich."

„Ja, ich weiß, dass sie an etwas dran ist. Deshalb halten wir uns mit der Berichterstattung zurück bisher. Das ist ihre Geschichte. Aber für uns ist es bitter. Die anderen bringen alles aktuell."

„Du hast meine Frage nicht beantwortet."

„Gib ihr eine Chance. Sie ist ehrlich. Ich mache mir eher Sorgen, dass ihr das auf den Kopf fällt – im Endeffekt fällt es mir auf den Kopf."

„Mach dir keine Sorgen", beruhigte ihn Sukitsch. „Baumgartner ist ein wenig zerstreut, aber wenn er etwas verspricht, dann hält er es auch. Sei geduldig. Nur eines noch."

„Ja?"

„Ich will den Artikel lesen, bevor er erscheint."

„Du kannst mir den Buckel runterrutschen. Das macht nicht einmal mehr die New York Times."

„Das werden wir noch sehen."

20 Uhr 45

Franz Baumgartner zögerte, als er am Zugang der Terrassenhaussiedlung stand. Caroline hatte gesagt, es sei kein Problem, wenn er käme. Aber er bezweifelte, dass sie ihn fortschicken würde, egal, in welcher Situation.

Es war inzwischen völlig dunkel und nieselte leicht. Baumgartner hatte den Kragen seines Mantels aufgestellt, der sich schwer anfühlte von der Feuchtigkeit. Wenigstens gab es keinen Wind. Im Licht der Laternen wirkten die Häuser wie achtlos hingeworfene überdimensionale Bauklötze aus Beton, die jemand vergessen hatte und die langsam von der Vegetation überwuchert wurden. Er kannte diese Siedlung schon seit seiner Kindheit, doch er konnte sich immer noch nicht entscheiden, ob er sich hier wohlfühlte oder nicht.

Caroline empfing ihn herzlich und er kam zum Schluss, dass er tatsächlich nicht unpassend kam. Das beruhigte ihn.

Sie bot ihm einen Stuhl am Esstisch an und stellte ihm eine Flasche Bier hin. Er wollte zuerst ablehnen, doch die Flasche war schon offen und schließlich nahm er sie gerne an.

„Willst du was zu essen? Ich koche gerade eine Kleinigkeit. Chinesisches Gemüse mit Tofu. Nichts Besonderes. Du kannst gern mitessen."

„Nein, danke", lächelte er. „Ich habe gerade gegessen."

„Klara ist auf einer Podiumsdiskussion. Wegen dem Kraftwerk, du weißt schon. Aber sie müsste bald kommen."

Baumgartner nickte. Bei dem Gedanken wurde er wachsam. Er wollte heute keine politischen Diskussionen mehr führen, aber bei Klara war das gar nicht so einfach. Man musste konzentriert bleiben, wenn man den Reizthemen ausweichen wollte.

Caroline jedenfalls blieb bei Smalltalk und bemühte sich, den Fall nicht zu erwähnen. Sie sprachen über das Wetter, über das Programm des Schauspielhauses und über ein paar neu erschienene Bücher. Von all dem hatte Baumgartner keine Ahnung, ließ sich aber gerne von Meier alles erzählen.

Schließlich hörte er, wie die Wohnungstür aufgesperrt wurde.

„Das ist Klara“, sagte Meier und ging ins Vorzimmer.

Baumgartner hörte gedämpft, wie sich die Frauen begrüßten.

„Franz ist hier“, verstand Baumgartner. Klara antwortete nicht. Als sie die Wohnküche betrat, wirkte sie offen und freundlich.

„Hallo, Franz!“

„Ich hoffe, ich störe nicht“, sagte er.

„Blödsinn!“, gab sie zurück. „Wie kommst du darauf?“

Sie überlegte, was sie sagen sollte, und einen Moment lang schien es, als würde sie nach Isabel fragen. Doch sie tat es nicht.

„Das war anstrengend“, erzählte sie stattdessen. „Hitzige Stimmung. Aber wir bringen was weiter. Wenn wir so weitermachen, gewinnen wir die Abstimmung, sofern sie sich nicht noch einmal davor drücken.“

Sie wirkte zufrieden und schien auch schon etwas getrunken zu haben. Das beruhigte Baumgartner. Es würde doch ein angenehmer Abend werden.

Die Frauen aßen. Baumgartner hatte das zweite Bier abgelehnt und trank Wasser. Klara erzählte von ihrem Tag. Sie hätten den Mitarbeiter des lokalen Energieversorgers „zur Schnecke“ gemacht, wie sie es ausdrückte. „Er war uns nicht gewachsen.“

Baumgartner sagte nichts. Klara nahm es wahr und blickte immer wieder fordernd zu ihm.

„Ihr seht müde aus“, sagte sie schließlich. „Ist es schlimm?“

„Ganz ehrlich? Ja“, antwortete Baumgartner.

„Ich bewundere euch“, meinte sie. „Ich hätte den Job wohl längst hingeschmissen. Warum macht man das überhaupt? Ich verstehe es immer noch nicht.“

„Jemand muss es machen.“

Sie lächelte säuerlich. „Das stimmt wohl.“

„Bei uns habt ihr ja keinen so guten Ruf", setzte sie nach. „Ich meine, bei meinen Kollegen."

Baumgartner wusste nicht recht, was er sagen sollte.

„Wir sind nicht überall beliebt, das stimmt", meinte er schließlich. „Wobei ich es nicht wirklich verstehe."

„Nichts für ungut, aber eure Leute prügeln Asylsuchende zu Tode. Einfach zu viele Rechte bei euch, wenn du mich fragst. Dieser – wie heißt er noch gleich? Wolf?"

„Wir haben gute Kollegen", wich Baumgartner aus, „und einen guten Chef. Wir alle bemühen uns, das Richtige zu tun."

Klara lachte.

„Für das Gute kämpfen, nicht wahr?", sagte sie und machte eine theatralische Geste. „Freunde und Helfer, um die Schwachen zu schützen, nicht zu vergessen, die Ehrlichen und Anständigen. Ihr macht es euch nicht leicht, das muss man euch lassen."

Caroline Meier sank merklich in ihrem Sessel zusammen. Die ganze Sache ging in eine Richtung, die ihr nicht behagte.

Baumgartner blieb ruhig. „Wir haben viel Verantwortung. Und wir können etwas bewegen."

„Die Hoffnung stirbt zuletzt", lachte sie.

Baumgartner überlegte. Zorn wallte in ihm auf. Am besten sollte er gar nichts sagen, sondern sich für das Bier bedanken und gehen.

„Wir bewegen jedenfalls mehr als ihr", sagte er stattdessen.

Klaras Augen wurden groß. Sie schien nicht beleidigt, eher überrascht.

„Wie kannst du so etwas sagen?", antwortete sie. „Du kennst meine Arbeit, die Demos, die Diskussionsrunden!"

„Das ist Selbstbetrug. Die können nichts bewirken. In Wirklichkeit weißt du das selber."

Nun war es zum Aufhören zu spät. Er konnte genauso gut weitermachen.

„Das Gute hat doch seinen Platz im System: Es wird durch das Recht repräsentiert. Die Gesetze sollen helfen, das Gute zu erreichen und zu beschützen. Wenn du wirklich etwas tun willst, geh in die Politik. Dann kannst du an neuen Gesetzen mitarbeiten und wir werden sie umsetzen. Alles andere ist viel Aufwand mit wenig Wirkung. Dann besser mündiger Bürger sein. Die Zeit und Energie nutzen, um sich entsprechend zu informieren und von seinem Wahlrecht Gebrauch machen. Das ist auch gut."

„Das ist viel zu wenig."

„Das ist die Demokratie! Glaubst du an die Demokratie? Immer diese Pauschalattacken auf das *System*. Ich will nicht erleben, was passiert, wenn das System wirklich zusammenbricht. Wenn wir unsere Arbeit nicht mehr machen. Manche sollten ein wenig mehr nachdenken, bevor sie reden. Jeder kann das System verbessern, indem er daran mitarbeitet. Aber dafür fehlt euch der Mumm."

„Mir nicht", warf Meier ein.

„Nein, dir nicht. Das respektiere ich so an dir."

Meier rückte ihren Stuhl näher zu Klara, die einen hochroten Kopf hatte, und legte ihr die Hand auf die Schulter.

„Jetzt sollten wir uns wieder beruhigen", sagte sie.

Klara atmete langsam. Sie nahm Caroline Meiers Arm, zog sie zu sich und küsste sie auf den Mund. Baumgartner zuckte zusammen und starrte auf die Tischplatte.

„Was?", fragte Klara, die Baumgartners Reaktion bemerkt hatte. „Was schaust du mich so an? Hast du ein Problem?"

„Nein, gar nicht. Es ist nur –"

„Lass gut sein", sagte Meier zu ihrer Freundin.

„Nein, ich lass gar nichts gut sein!", brauste sie auf. „Geht das gegen deine konservativen Werte, Baumgartner? Ist das gegen dein Familienbild?"

„Klara – "

„Diese Einstellung ist schuld, dass wir uns verstecken müssen. Dass wir noch immer kein Kind haben! Warum nimmst du das in Schutz?"

Baumgartner stand wortlos auf.

„Franz, warte", sagte Meier.

Er nahm sein Jackett. „Danke für das Bier."

Klara verschränkte die Hände. In ihrem Blick war keine Reue, eher Genugtuung.

Caroline Meier ging zum Kleiderständer, um ihren Mantel zu holen.

„Warte", rief sie ihm nach, „ich begleite dich raus."

Draußen auf der Straße hatte es empfindlich abgekühlt.

„Es tut mir leid", sagte Meier. „Sie meint es nicht so. Wir kämpfen einfach schon so lange."

„Es freut mich, dass ihr glücklich seid miteinander", sagte er und hoffte, dass es ehrlich klang. „Es ist nur – ich kann mich einfach nicht daran gewöhnen."

„Versprich mir, dass du uns bald wieder besuchen kommst."

„Ja, natürlich", erwiderte er.

Als Meier zurückkam, saß ihre Freundin immer noch am Tisch.

„Ich verstehe nicht, was mit dir los ist", begann Klara. „Er ist dein Chef! Warum bemutterst du ihn? Ich sehe ja ein, dass du irgendwie mit ihm klarkommen musst in der Arbeit."

„Das ist es nicht."

„Was ist es dann? Helferkomplex?"

„Nein", sagte Caroline Meier.

Und dann erzählte sie Klara, wie es gewesen war, als Baumgartner Chef der Mordgruppe geworden war.

„Ich muss dir etwas sagen", hatte sie erklärt. „Ich will nicht, dass du es von jemand anderem erfährst."

Baumgartner hatte sie nur angesehen. Er schien überrascht und musterte sie durchdringend. Das tat er selten. Meist streiften seine Blicke die Leute nur.

Sie hatte immer Angst gehabt, dass sie bei der Polizei mit Erzkonservativen wie ihm zu tun haben würde. Die kein Verständnis für ihre Situation hatten. Für ihr Leben, das sie sich nach langem Hin und Her zurechtgelegt hatte. Das sie sich erkämpft hatte.

Sie sah sein braunes Jackett an. Es wurde an den Ärmeln langsam speckig. Er hatte noch ein zweites, bei dem sah man es nur an einem Ärmel. Dieses hier sah schlechter aus. Sie wusste, dass er noch ein graues besaß, das Isabel ihm geschenkt hatte, doch das hatte er nur einmal getragen. Sie sah den Ehering an seinem Finger.

Wie fremd er ihr war. Dass es so schwer war, es auszusprechen!

„Ich bin mit einer Frau zusammen. Ich bin homosexuell."

Für einen kurzen Moment öffneten sich Baumgartners Augen vor Überraschung. Schließlich senkte er den Blick und biss die Zähne zusammen.

„Was tut das zur Sache?", fragte er. Sie spürte Ärger in seinen Worten.

„Ich möchte, dass du es weißt. Weil du jetzt der Chef bist. Es ist belastend, tagaus, tagein mit einem Geheimnis herumzulaufen."

„Hat das irgendeine Auswirkung auf deine Arbeit?"
„Nein, warum?"
„Dann will ich es nicht wissen", erklärte er. „Es geht mich nichts an."
„Sag es bitte nicht den anderen."
„Warum sollte ich es den anderen sagen?"
„Ich meine ja nur", sagte sie. „Das ist mir wichtig."
„Ich werde es niemandem sagen", antwortete er. „Es tut nichts zur Sache."
„Ich wollte, dass du es weißt."
Er stand auf, doch er sah sie nicht mehr an.
„Jetzt weiß ich es. Sonst noch was?"

Am Abend hatte sie immer noch über Baumgartners seltsamen Ton nachdenken müssen. Warum war er zornig geworden? Am nächsten Tag war er wieder ganz normal gewesen. Erst einige Tage später war ihr klar geworden, dass sie ihn gekränkt hatte. Anzunehmen, dass ihr Privatleben für ihn ein Problem sein könnte. Sie hatte ihn womöglich unterschätzt.

Dennoch: Ihr Geheimnis hatte etwas zwischen ihnen bewirkt. Das Gespräch hatte sie vertrauter gemacht. Das zeigte sich spätestens, als Baumgartner zum ersten Mal über die Probleme mit seiner Frau gesprochen hatte. Seither kam er damit immer wieder zu ihr.

Klara erwiderte nichts, als Caroline Meier mit ihrer Geschichte fertig war. Aber Caroline kannte ihre Freundin gut genug, um zu wissen, dass sie darüber nachdenken würde.

Baumgartner hatte das Gespräch dagegen mitgenommen. Er fühlte sich so erschöpft und machtlos wie schon lange nicht mehr. Als er nach einer fast halbstündigen Busfahrt mit anschließendem Fußmarsch nach Hause kam, sah er gar nicht erst nach, ob Isabels Schuhe da waren, sondern ging direkt ins Bett.

Freitag, 8 Uhr 10

Alester Bauer bereitete sein Frühstück zu – englischen Tee und frisch aufgebackene Semmeln mit Butter und Marmelade – und summte unwillkürlich die Melodie eines Schubert-Klavierkonzerts. Als es ihm auffiel, musste er lächeln.

Drei verschiedene Presseanfragen waren seit dem Fernsehbeitrag letzten Abend bei ihm eingegangen. Einer hatte ihn außerdem angerufen. Bauer hatte versprochen, sich zu melden, sobald er Genaueres bekannt geben konnte. Ihm war klar, dass es zu aufwendig war, alle Anfragen einzeln zu bearbeiten. Es war wohl am klügsten, eine Pressekonferenz einzuberufen.

Der Gedanke jagte ihm einen wohligen Schauer über den Rücken. Er würde einen Raum in einem Café reservieren, so wie die Politiker im Fernsehen. Vielleicht sogar die ganze Murinsel. Seine Bücher würde er mitnehmen und ihnen die ganze Wahrheit erklären. Oder zumindest das Wichtigste. Manches wollte er sich noch aufsparen, für das Buch, das er schreiben würde. Schließlich musste er sichergehen, dass es auch gekauft wurde.

So würde er es machen. Aber zuvor musste er noch etwas anderes erledigen.

Er schlürfte seinen Tee und nahm den Zettel in die Hand, auf den er die Adresse notiert hatte, die er im Telefonbuch gefunden hatte. Er hoffte, dass sie noch stimmte.

„Franz? Komm doch bitte kurz mit."

Baumgartner hängte seinen Mantel auf den Ständer und folgte Sukitsch in dessen Kanzlei.

„Was gibt's?", fragte Baumgartner und setzte sich.

„Hast du gestern ferngesehen?"

„Nur kurz. Dieser Bauer, geht es um den?"

Sukitsch nickte.

„Wenn du mich fragst, sollte man den in Untersuchungshaft nehmen", sagte Baumgartner. „Mir fallen da auf die Schnelle mindestens drei strafrechtliche Tatbestände ein. Hast du mit Sonnleitner darüber gesprochen?"

„So einfach ist es diesmal nicht", entgegnete Sukitsch.

„Warum?"

„Weil Bauer etwas weiß."

„Blödsinn", sagte Baumgartner, „das ist ein Schwindler, der die Medien manipuliert. Gar nichts weiß der."

„Ich habe etwas anderes gehört", meinte Sukitsch.

„Ach ja?"

Nun wurde Baumgartner hellhörig. „Von wem?"

„Er soll einen Brief haben, der von unserem Mörder verfasst ist."

„Wie kommst du darauf?"

„Er hat ihn im Fernsehen gezeigt", erklärte Sukitsch. „Hast du es nicht gesehen?"

„Tut mir leid, ich hab ausgeschaltet. Glaubst du, dass er echt ist?"

„Diese Vermutung wurde mir gegenüber geäußert."

„Ist es der Gleiche, den Wallner bekommen hat?", fragte Baumgartner.

„Wallner hat eine E-Mail bekommen, wenn du dich erinnerst. Was Bauer da hat, ist handgeschrieben."

Er schickt seine Aufsätze aus, dachte Baumgartner. Er will gehört werden.

„Ein Grund mehr, ihn festzunehmen."

„Ich würde noch warten", sagte Sukitsch.

„Warum?"

„Bauer war mit seiner Geschichte im Fernsehen. Es wird einigen Rummel geben, wenn wir ihn festnehmen. Wir müssen erklären, warum."

„Seit wann müssen wir uns gegenüber den Medien erklären?", gab Baumgartner zurück.

Sukitsch schloss die Augen und nahm einen tiefen Atemzug.

„Könntest du mir einfach einmal kurz zuhören? Ich denke, wir sollten zuerst herausfinden, was Bauer wirklich weiß. Dann wissen wir, wie wir reagieren müssen. Und vielleicht führt er uns ja auf eine interessante Spur. Die Chance dafür ist höher, wenn wir ihn nicht gleich festnehmen. Verstehst du mich?"

„Du willst ihn überwachen lassen?", dämmerte es Baumgartner.

„Genau."

Baumgartner nickte. „Dann sollten wir das möglichst schnell machen. Wir sind nicht genug Leute, aber ich rufe diesen Blaschek an. Ich vertraue ihm. Mal sehen, ob der Erfahrung mit Observierungen hat."

„Mach das. Zur Sicherheit sollten wir außerdem Bauers Behauptungen überprüfen. Gab es eine geheime Organisation, die den Goldenen Schnitt als Symbol verwendet?"

„Das hat Bauer gesagt?", fragte Baumgartner und verzog das Gesicht.

„Ja, gestern im Fernsehen. Und er hat außerdem gemeint, dass sie einen Putsch vorbereiten."

„In Österreich? Wie soll das gehen?"

Sukitsch machte eine ungeduldige Geste. „Egal. Wenn das so ist, dann hat der Verfassungsschutz vielleicht etwas über sie. Du solltest einen Termin mit denen ausmachen."

„Ich muss mir wohl zuerst nochmals alles ansehen, was dieser Bauer wirklich gesagt hat", meinte Baumgartner nachdenklich.

Sukitsch nickte.

Es schien, als ob er noch etwas sagen wollte.

„Ist noch was?", hakte Baumgartner nach.

„Die Verfassungsschützer, willst du die selbst kontaktieren?"

„Was denn sonst?"

„Die sind manchmal etwas verschwiegen. Es hilft, wenn man jemanden kennt."

Baumgartner schüttelte den Kopf. „Ich kenne niemanden von denen. Hast du einen Kontakt?"

„Vielleicht. Ich melde mich bei dir."

„Gut", sagte Baumgartner. „Dann warte ich damit noch."

8 Uhr 20

Meier und Wolf waren inzwischen auch an ihren Plätzen und sahen Baumgartner neugierig an. Sie hatten mitgekriegt, dass er in Sukitschs Kanzlei gewesen war.

„Treffen wir uns um halb im Besprechungsraum. Vorher möchte ich etwas erledigen."

„Nur kurz, Franz", sagte Meier. „Krasniqis Eltern kommen heute nach Graz. Das Außenministerium hat sie ausfindig gemacht. Sie organisieren die Überstellung ihrer Tochter in den Kosovo."

„Besorg dir den Kontakt“, wies Baumgartner sie an.

Er nahm sein Handy und ging schon vor. Er wollte in Ruhe telefonieren. Im Besprechungsraum schloss er die Tür und wählte die Nummer von Blascheks Vorgesetzten. Baumgartner erklärte ihm, was er vorhatte. Dieser meinte, dass Blaschek durchaus geschickt sei, was Observierungen anginge, und dass er die meistens zusammen mit einem Kollegen namens Graf gemacht habe. Baumgartner fragte, ob er die beiden auf Bauer ansetzen konnte, und als er die Zustimmung bekam, ließ er sich zu Blaschek durchstellen, der heute in seiner Kanzlei saß.

„Inspektor Blaschek? Ich habe da etwas, wo ich Ihre Hilfe brauche. Sie müssen jemanden beschatten.“

Er nannte ihm Bauers Adresse. Blaschek versprach, sich sofort darum zu kümmern.

Kaum hatte Baumgartner das Gespräch beendet, betraten Meier, Wolf und Swoboda den Besprechungsraum. Hinter ihnen tauchte Königshofer auf, in einem neuen, teuren Kostüm.

„Nur kurz: Ich habe mit Sukitsch gesprochen. Es gibt eine Planänderung.“

9 Uhr

Bauer war nicht überrascht, als der den schlechten Zustand des Gartens sah. So ähnlich hatte er sich das vorgestellt. Der Junge hatte sich also nicht verändert.

Er bezahlte das Taxi und näherte sich dem kleinen, zweistöckigen Haus. Es sah nicht aus, als ob jemand zu Hause wäre. Durch ein Fenster spähte er in einen leeren Raum. Das war der Eindruck, den er hatte: dass das Haus leer stand.

Da sah er, dass sich im hohen Gras schwach ein Trampelpfad abzeichnete. In den letzten Wochen war hier jemand zur Tür und wieder zurück gegangen.

Er fand die Türklingel und läutete. Das Schrillen drang gedämpft zu ihm.

Bauer wartete, doch drinnen bewegte sich nichts. Er klingelte nochmals.

Kein Laut.

Er drückte die Türschnalle nach unten und fand zu seiner Überraschung, dass nicht abgeschlossen war.

Bauer atmete einmal tief durch und trat ein.

Das Vorzimmer war spartanisch möbliert: Ein einzelnes Kästchen stand dort, darauf ein altes Telefon, das nicht angeschlossen war. Daneben lag ein kleines Küchenmesser. Es roch modrig, die Wände müssten wieder einmal gestrichen werden, aber auf dem Fußboden lag kein Staub. Das überzeugte ihn: Jemand wohnte hier.

Plötzlich spürte er Nervosität. *Er* war also hier. Ihm schoss durch den Kopf, dass es nicht ungefährlich war, hier einzudringen. Doch jetzt war nicht die Zeit zu zögern. Dies war seine große Chance.

Vor ihm war eine offene Tür. Nun bemerkte er auch den Geruch: wie in einem Schlafzimmer.

Er trat ein und stand in einem Raum, der offensichtlich bewohnt war und von einem fast zwei Meter breiten Fernseher beherrscht wurde. Darunter ein DVD-Player. Auf dem Boden lagen einige der silbernen Scheiben achtlos verstreut. An der gegenüberliegenden Wand stand ein großes Sofa mit einem Tisch davor.

Auf dem Sofa lag jemand. Bauer erkannte ihn sofort.

Das war er. Bauer konnte ein Kribbeln der Aufregung nicht unterdrücken. Er verspürte auf einmal Respekt vor dem Jungen. Natürlich war es schrecklich, was er getan hatte, das stand außer Frage. Aber die Entschlossenheit bei der Durchführung war gerade deshalb beeindruckend. Die anderen hatten viel geredet, aber irgendwie war immer klar gewesen, dass er als Einziger die Größe hatte, seine Ideen auch wirklich umzusetzen.

Der Schlafende rührte sich plötzlich und öffnete ein Auge. Ruckartig setzte er sich auf und starrte Bauer an.

„Manfred?", sagte Bauer ruhig. „Ich bin es."

Sammer sah sich um, als ober er etwas suchte. Er bewegte sich träge, sein Gesicht war eine schlaffe Maske. Bauer erinnerte sich an die scharfen Züge, die er früher gehabt hatte.

Bauer sah die Whiskyflasche auf dem Tisch. Ihm wurde klar, dass Sammer sturzbetrunken war.

„Wie sind Sie hereingekommen?", fragte Sammer.

Er sprach deutlich, bis auf ein leichtes Lispeln.

Bauer zeigte auf die Tür. „Es war offen. Ich habe geläutet, aber du hast nicht reagiert. Da bin ich eingetreten, verzeih!"

„Was wollen Sie?"

„Ich muss mit dir reden."

Sammer rieb sich die Augen. Dann sah er Bauer an, forschend. Bauer erkannte, dass jetzt der entscheidende Moment war. Er durfte nun keinen Fehler machen.

„Du fragst dich, was ich weiß", begann er. „Ich weiß alles. Aber ich werde dich nicht verraten."

Sammer starrte ihn an und sagte nichts. Sein Kopf wackelte kaum merkbar.

„Du musst dir keine Sorgen machen", fuhr er fort. „Ich habe ein Angebot für dich. Einen Deal."

Bauer verkniff sich sein zufriedenes Lächeln. Er hatte die Sprache der Jungen immer wieder geübt. Das kam ihm jetzt zugute.

Sammer sagte immer noch nichts, aber er schien zuzuhören.

„Ich weiß, dass sie dich auch aus dem Club hinausgeworfen haben. Genau wie mich. Nun hast du ein Zeichen gesetzt, das unübersehbar ist. Aber bist du sicher, dass alles nach Plan läuft? Glaubst du, dass sie dich verstehen werden?“

Sammer kniff die Augen zusammen.

„Natürlich werden sie das“, antwortete er.

Bauer spürte, dass er die Sache nun im Griff hatte.

„So leid es mir tut, ich muss dir widersprechen. Wie sollen sie dich verstehen?“

Keine Antwort.

Sammer hatte immer lange Essays geschrieben. Brillant, aber viel zu kompliziert. Nicht einmal seine Kollegen vom Club hatten sie durchgelesen.

die wirklichkeit ...

Bauer war sich sicher, dass es ihm darum ging. Sammer wollte endlich Aufmerksamkeit für seine Ideen. Deshalb diese Wahnsinnstat. Er hätte ihm nie zugetraut, so weit zu gehen. Ihm wurde klar, wie sehr er Sammer bewunderte.

„Du weißt, dass du genial bist, Manfred. Und ich weiß es auch. Aber du brauchst jemanden, der deine Arbeiten aufbereitet. Der den Menschen alles erklärt.“

„Ich habe jemanden“, sagte Sammer.

Bauer erschrak. „Wen?“, fragte er.

Sammer antwortete nicht. Sein Atem ging schwer.

Bauer wurde nervös. Damit hatte er nicht gerechnet.

„Wen hast du? Glaubst du etwa, du kannst irgendjemandem trauen?“

„Verschwinden Sie“, sagte Sammer. „Ich brauche Sie nicht.“

„Doch, du brauchst mich", antwortete Bauer bestimmt, aber seine Stimme zitterte. „Ich kann deine Geschichte so erzählen, dass es alle verstehen. Du weißt, dass ich Schriftsteller bin. Ich würde dir mein nächstes Buch widmen. Damit wirst du berühmt, glaub mir, ich verstehe etwas von dem Geschäft!"

„Verschwinden Sie", lallte Sammer.

Bauer wusste nicht, was er sagen sollte. Verschiedene Drohungen gingen ihm durch den Kopf, doch er wagte nicht, sie auszusprechen.

„Raus hier!", schrie Sammer plötzlich. Mühsam richtete er sich auf.

Nun übermannte Bauer die Angst. Sammer suchte wieder seine Umgebung ab. Bauer verstand nicht, was der Junge suchte, doch er musste auf einmal an das Messer denken, das neben dem Telefon lag.

Bauer wich zurück. Als er im Vorzimmer war, drehte er sich um und verließ fluchtartig das Haus.

8 Uhr 50

Blaschek und Graf saßen in einem zivilen blauen Golf in der Auersperggasse bei der Adresse, die Baumgartner ihnen genannt hatte. Durch die Hecke konnten sie das Haus nicht sehen, aber sie hatten einen guten Blick auf die schmiedeeiserne Tür, die der Chefinspektor beschrieben hatte. Seit zehn Minuten hatte sich nichts verändert.

„Der ist nicht zu Hause", meinte Graf. „Wer weiß, was der gerade macht."

„Möglich, aber nicht sicher. Wir müssen warten, bis er hinausgeht oder wiederkommt. Sonst können wir nichts tun."

Sie seufzten, beinahe synchron. Beide spürten, dass das hier wichtig war. Umso quälender war das Warten.

Als Bauer gute 40 Minuten später endlich auftauchte und ihm beim Aufsperren zweimal der Schlüssel zu Boden fiel, wussten sie sofort, dass sie etwas Wichtiges versäumt hatten.

9 Uhr 30

Alester Bauer saß in seinem Lesesessel und versuchte, sich zu beruhigen. Er spürte ein Stechen in seiner Brust und hatte Angst, dass er einen Herzinfarkt bekommen könnte. Sein Vater war so gestorben. Doch nach ein paar Minuten wurde ihm klar, dass es wohl einfach Seitenstechen war vom Laufen.

Sammer hatte gesagt, er hätte jemand anderen. Wie war das möglich? Wer würde mit ihm kooperieren, unter diesen Umständen? Bauer versuchte zu ignorieren, wie sehr er getroffen war.

Sammer hatte jemand anderen.

Es war egal. Er konnte das Buch auch ohne ihn schreiben.

Der Junge war jedenfalls wahnsinnig geworden, das stand außer Frage. Man hatte es immer schon ahnen müssen. Doch was passiert war, war passiert. Nun musste man sich fragen, wie es mit dem weitergehen sollte, was Sammer begonnen hatte. Dieser hatte es wie immer nicht gründlich durchdacht. Das war schon bei seinen Aufsätzen so gewesen. Ein intellektuelles Feuerwerk, das die Leute überforderte. Man musste so etwas klüger angehen.

Die Welt sollte erfahren, was Sammer zu sagen hatte.

Und er würde es ihr mitteilen.

Dennoch war es enorm wichtig zu wissen, von wem er gesprochen hatte. Vielleicht jemand vom Club? Das war unwahrscheinlich. Es musste jemand anderes sein.

Und er musste schnellstmöglich herausfinden, wer.

9 Uhr 45

Baumgartner las gerade das Protokoll von Bauers Aussagen durch, das er vom Fernsehen bekommen hatte, als Meier mit Krasniqis Eltern hereinkam. Sie stellte ihn vor und er gab beiden die Hand. Sie sprachen gebrochen Deutsch. Die Frau trug ein schwarzes Kleid und ein Kopftuch, hatte vom Weinen gerötete Augen und ein Taschentuch in der Hand. Der Mann war drahtig, grauhaarig und sah aus, als würde er jeden Moment zusammenbrechen.

Baumgartner wandte sich ab. Er war froh, dass Meier das erledigte. Sie hatte diesen gequälten Gesichtsausdruck aufgesetzt, mit dem sie versuchten, Mitleid vorzugaukeln, wenn sie mit Trauernden zu tun hatten. Sie konnten nicht zugeben, dass sie sich in Wirklichkeit emotional abgrenzen mussten, so gut es ging, um ihre Arbeit überhaupt zu ertragen. Es war unglaublich mühsam.

Swoboda trat an seinen Schreibtisch. „Franz? Du hast mich doch nach Fällen mit Satanisten gefragt."

Baumgartner sah auf. „Ja?"

„Es ist mir nicht gleich eingefallen", sagte Swoboda, „aber da war tatsächlich etwas. Gute zwanzig Jahre her."

Er legte die Akte auf den Schreibtisch. Baumgartner blätterte hinein und erschrak, als er das Bild eines Kindes sah, mit Blutflecken auf dem Pyjama.

„Was hat er gemacht?"

„Er hat zwei Kleinkinder entführt und ermordet.“

Nun erinnerte sich Baumgartner. „Ich wusste gar nicht, dass es damals einen satanistischen Hintergrund gab.“

„Doch“, bestätigte Swoboda. „Der Mörder hat gestanden. Wolfgang Kovac. 31 Jahre alt, damals. Sitzt in der Karlau.“

„Dann sollte ich den vielleicht besuchen“, sagte Baumgartner.

10 Uhr 10

Baumgartner war noch nicht oft in der Justizanstalt Graz-Karlau gewesen. Der Bau entsprach mit Betonmauer, Stacheldraht und vergitterten Fenstern genau dem Klischeebild von einem Gefängnis. Bis vor ein paar Jahren hatten die surrealistischen Bilder eines Künstlers die graue Außenmauer geschmückt – unter anderem ein Mund, zum Schrei geöffnet, der durch die Gitterstäbe zu schmelzen schien oder aber von ihnen durchbohrt wurde. Baumgartner konnte die Bilder nirgends mehr entdecken.

Mehr als eine Handvoll der Insassen hatten ihm zu verdanken, dass sie dort wohnten. Ein eigenartiger Gedanke, fand Baumgartner. Er fühlte sich fast schuldig: Hätte er mehr Fehler gemacht, wäre der eine oder andere von ihnen noch frei. Baumgartner hatte ihr Leben zerstört.

Er zwang die Gedanken beiseite, unterschrieb die erforderlichen Formulare, gab seine Dienstwaffe ab und wurde in den Besucherraum gebracht.

Er hatte gleich „Little John“ angerufen, einen Wärter der Karlau, den er noch vom Fußballspielen kannte.

Der Mann hieß eigentlich Josef Pachner und war alles andere als klein, sondern groß und bullig, aber mit einer freundlichen Ausstrahlung. Meier nannte ihn einen Teddybär. Josef hatte gleich gewusst, um wen es ging, und gemeint, dass es sich schon auszahlen könnte herzukommen. Kovac kannte sich gut aus in seinem Metier und redete gern mit Besuchern.

Der Mann, den Josef höchstpersönlich hereinbrachte, war hager und schmalschultrig und hatte sehr feines, blondes Haar mit gerade geschnittenen Stirnfransen, das sich bei jedem Luftzug bewegte. Zu dem Gesicht eines Fünfzigjährigen wirkte es sonderbar.

Kovac musterte Baumgartner kurz, setzte sich und sah mit völlig ausdrucksloser Miene aus dem Fenster.

„Herr Kovac? Grüß Gott. Ich bin Chefinspektor Baumgartner vom Landeskriminalamt."

Kovac wandte den Blick vom Fenster ab und sah ihm in die Augen, ohne zu blinzeln.

„Worum geht es?", fragte er.

Seine Aussprache war deutlich wie die eines Schauspielers.

„Ich komme zu Ihnen, weil ich einen Rat brauche", erklärte Baumgartner. „Ich bin mir, offen gesagt, selbst nicht ganz im Klaren darüber, was ich von Ihnen erwarte. Aber ich will es probieren."

Kovac lächelte kurz und höflich.

„Kennen Sie einen Alester Bauer?", fragte Baumgartner.

„Nein, nie gehört", gab Kovac zurück.

Die Antwort kam etwas zu schnell. Baumgartner wusste nicht, was er davon halten sollte. Er beschloss weiterzumachen.

„Ich will Ihnen etwas zeigen. Dieser Text wurde einer Journalistin anonym zugesandt. Wir haben Grund zu der

Annahme, dass er von einem Mörder stammt, der die Leiche auf eine sehr ungewöhnliche Art geschändet hat."

Nun zeigte der Mann erstmals Interesse. Die Augenbrauen hoben sich, bis sie fast unter den Stirnfransen verschwanden.

„Wie denn?", fragte er.

„Lesen Sie Zeitungen?"

Da senkten sich seine Brauen wieder.

„Wenn ich welche bekomme", sagte Kovac und warf einen Seitenblick auf die Tür. „Aber es gab da eine Meinungsverschiedenheit zwischen mir und der Gefängnisleitung."

„Die Leiche wurde zersägt, Herr Kovac", erklärte Baumgartner und bemühte sich um einen sachlichen Ton. „Aber nicht an einer x-beliebigen Stelle, sondern exakt im Goldenen Schnitt. Sagt Ihnen das etwas?"

Nun schien er wirklich erstaunt.

„Geben Sie mir doch mal diesen Text."

Er las aufmerksam, schmunzelte und gab das Blatt zurück.

„Was halten Sie davon?", fragte Baumgartner.

„So von Mörder zu Mörder, oder was?"

„Sie sind Satanist, wie man hört", sagte Baumgartner, ohne auf die Bemerkung zu reagieren. „Wir haben die Vermutung, dass der Täter auch einer sein könnte. Fällt Ihnen zu dem Symbol etwas ein? Wissen Sie, was es bedeutet?"

Er dachte nach. Baumgartner vermutete nur, dass er entschied, ob er helfen wollte oder nicht. Aber die Neugierde siegte.

„Der Goldene Schnitt hat verschiedenste Bedeutungen. Aber in diesem Zusammenhang – da müssten Sie mir mehr Informationen geben."

Baumgartner ließ nicht locker. „Und der Brief?"

„Interessant“, sagte Kovac.

„Satanistisch?“

Sie sahen einander in die Augen und die Spannung schien aus Kovac zu weichen.

„Ehrlich gesagt, nein. Ich glaube nicht. Auch wenn es vielleicht Überschneidungen gibt.“

„Aber kein Satanist?“, bohrte Baumgartner nach. „Warum nicht?“

Kovac schien plötzlich gelangweilt. „Es gibt viel stärkere Symbole, die man benutzen könnte. Der Schnitt ist, ich weiß nicht, zu neutral. Und auch der Text – das klingt zwar nach Herrenethik, aber doch noch in einem Schuldkontext. Er betrachtet diesen Schluss als Notlösung, schämt sich dafür.“

„Das ist untypisch?“, fragte Baumgartner.

„Ja. Das ist noch im christlichen Schuldbegriff verhaftet.“

Baumgartner nickte. Er versuchte, das Gesagte zu verarbeiten und überlegte, was er noch fragen wollte.

„Aber ich finde ihn interessant“, sagte Kovac nach einer Weile. „Ich würde ihn gerne kennenlernen.“

„Es besteht auch die Möglichkeit, dass es sich nicht um einen Einzeltäter handelt, sondern um eine Gruppe. Eine Organisation mit politischen Ambitionen. Können Sie sich vorstellen, um wen es sich handelt?“

Kovac dachte nach.

„Nicht wirklich“, sagte er.

„Aber es fällt Ihnen etwas dazu ein?“, fragte Baumgartner. „Sagen Sie es mir. Auch, wenn es nur ein Verdacht ist.“

„Wie gesagt, ich habe zu wenige Informationen. Sie müssen mir schon mehr geben.“

Er will mich benutzen, dachte Baumgartner. Er spielt mit mir.

Wieder sahen sie sich in die Augen. Baumgartner entschied, dass er jetzt gehen sollte.

„Tut es weh?“, fragte der Mann plötzlich, aus dem Nichts.

„Was?“

„Spüren Sie es oft?“

Woher weißt du davon, dachte Baumgartner.

Er bemerkte, dass seine rechte Hand auf seinem Bauch lag, und zog sie zurück.

Du kannst unmöglich davon wissen.

Er sprach es nicht aus. Stattdessen stand er auf und nahm seinen Mantel.

„Sie haben recht. Es gibt wirklich eine geheime Gruppe, die dafür verantwortlich ist“, behauptete Kovac.

„Dann sagen Sie mir, welche!“

„Es wird nichts nützen. An die kommen Sie nicht ran. Sie sind zu spät.“

„Sagen Sie mir, was Sie wissen!“, brüllte Baumgartner.

Kovac lächelte.

Baumgartner stand auf und klopfte an die Tür.

„Ich bin fertig, Josef“, sagte er.

Als er auf der Straße stand und durchatmete, hatte er weiche Knie.

11 Uhr

Baumgartner saß bei einem verspäteten Frühstück in einem kleinen Café in der Karlauerstraße. Die Eierspeise schmeckte ihm nicht, doch er brauchte etwas im Magen.

Sein Notizbuch lag offen vor ihm.

Befragung Wolfgang Kovac, stand da. Er hatte den Kugelschreiber weggelegt.

Er kaute an der trockenen Semmel und starrte ins Leere. Dann wickelte er den Rest der Semmel in die Serviette, nahm den Kugelschreiber wieder in die Hand und schrieb nur ein Wort: *Nichts.*

Da klingelte sein Telefon. Es war Josef. Baumgartner wischte sich die Hand mit der Serviette ab und griff nach dem Gerät.

„Franz? Alles klar?", erkundigte sich Josef.

„Ja. Warum fragst du?"

„Du bist ja vorhin davongelaufen, als ob der Teufel hinter dir her wäre!"

Josef lachte.

„Geht schon", sagte Baumgartner. „Aber der Kerl ist sonderbar. Ich bin froh, dass der hinter Gittern ist. Und ich beneide dich nicht um deinen Job."

„Lass dich von dem nicht verunsichern. Der tut gebildeter als er ist. Hat nicht einmal Matura. Nur zu viele Filme gesehen. Viel heiße Luft. Und er kann gut Leute manipulieren."

Baumgartner dachte an die getöteten Kinder und erwiderte nichts.

„Er hat gesagt, er weiß etwas. Glaubst du, es könnte was dran sein?"

„Ehrlich gesagt, nein. Wenn ja, hätte er versucht, irgendein Tauschgeschäft aufzuziehen."

Plötzlich piepste es in Baumgartners Gerät.

„Warte, Josef, ich hab da einen Anruf auf der anderen Seite. Ich melde mich wieder."

Baumgartner drückte das Gespräch weg und nahm den anderen Anruf entgegen. Es war Sukitsch.

„Franz? Ich habe da einen Kontakt für dich. Hast du was zu schreiben?"

11 Uhr 10

Es hatte eine Stunde gedauert, bis Bauer auf die naheliegendste Idee kam und Sammers Namen in Google eingab. Bald darauf hatte er eine Ahnung, wen Sammer gemeint hatte.

Nun saß Bauer da und überlegte, was er tun sollte. Er fürchtete ständig, jemanden auf seinen Überwachungsbildschirmen auftauchen zu sehen. Nicht, dass er keinen Fluchtweg gehabt hätte. Auf so etwas hatte er sich vor langer Zeit vorbereitet. Dennoch saß ihm diese Angst im Nacken und die Unruhe war es schließlich, die ihn überzeugte, dass er diese Frau suchen gehen musste.

Aus einer Laune heraus beschloss er, den versteckten Hinterausgang zu nehmen. Damit sparte er ein paar Meter Fußweg.

11 Uhr 25

Baumgartner setzte sich an seinem Schreibtisch zurecht und wählte die Nummer, die Sukitsch ihm gegeben hatte. Nach wenigen Sekunden wurde abgehoben.

„Jarolim?"

„Grüß Gott. Hier spricht Chefinspektor Baumgartner."

„Ich weiß schon. Sie wollten mich sprechen?"

„Ja, wir haben da einen komplizierten Mordfall. Möglicherweise handelt es sich nicht um einen Einzeltäter."

„Warum haben Sie sich nicht bei unserer Vermittlung gemeldet?"

Der Mann sprach mit Wiener Akzent und sehr ruhig. Baumgartner glaubte, einen versteckten Vorwurf auszumachen und bemühte sich, konstruktiv zu bleiben.

„Mein Vorgesetzter, Oberst Sukitsch, hat angeboten, den Kontakt herzustellen. Das spart Zeit."

Baumgartner sah seine Notiz an.

Walter Jarolim.

„Über die offiziellen Wege erreichen Sie bei uns mehr", sagte Jarolim. „Nur ein Tipp für die Zukunft. Wie kann ich Ihnen helfen?"

„Der Mathematiker-Mord. Haben Sie die Berichterstattung mitverfolgt?"

Jarolim antwortete nicht. Baumgartner fuhr fort:

„Wir haben Hinweise, dass unser Täter Mitglied einer Gruppe ist, die politische Ambitionen verfolgt."

Baumgartner hörte ein kurzes Lachen auf der anderen Seite. Er wusste nichts damit anzufangen.

„Kennen Sie unseren Fall?", fragte er.

„Flüchtig", sagte Jarolim. „Wie wäre es, wenn Sie mir erst einmal Ihre Unterlagen schicken?"

Baumgartner überlegte.

„Ich hätte gerne gleich eine Auskunft, wenn das möglich ist."

Seufzen auf der anderen Seite.

„Wenn Sie die Nummer von der Auskunft haben wollen, die kann ich Ihnen raussuchen."

„Wie bitte?" Baumgartner stutzte. „Sie verarschen mich, oder?"

„Ich habe eher den Eindruck, Sie verarschen mich."

„Was soll das heißen?"

Jarolims Heiterkeit war verflogen. Sein Ton war jetzt kühl und hart. „Sie lassen sich den Chef der ganzen Abteilung ans Telefon holen, keiner sagt mir, worum es geht. Und dann soll ich Ihnen irgendwelche Auskünfte geben, an den üblichen Wegen vorbei. Mir ist ja klar, dass in Österreich vieles so läuft. Aber bei uns läuft das anders."

Baumgartner schnaubte.

„Ich versuche zu arbeiten", entgegnete er. „Was tun Sie da drüben in Wien? Nasenbohren? Oder mit Neonazis Kaffee trinken? Ich habe eine zersägte Leiche und einen Mann, dem wir zutrauen, dass er es wieder tut. Wollen Sie die Verantwortung dafür übernehmen? Ich tue das, jeden Tag, den ich verliere."

„Ich werde nicht die Verantwortung für Ihre Arbeit übernehmen. Machen Sie es wie die anderen. Unsere Sekretärin erklärt Ihnen die Vorgangsweise. Schicken Sie uns Ihre Anfrage, die Unterlagen, und dann helfen wir Ihnen, so gut wir können. Inzwischen wünsche ich Ihnen viel Erfolg."

Damit war das Gespräch beendet.

Baumgartner war zornig. Er musste sich beherrschen, nicht mit der Faust auf den Tisch zu schlagen. Es war nicht so, dass er sich über Sukitsch ärgerte. Aber dieser hatte gleich so eigenartig gezögert, bevor er ihm den Kontakt vermittelt hatte. Baumgartner hätte nachfragen sollen.

Swoboda schien seine schlechte Laune zu bemerken und duckte sich noch mehr als sonst.

„Rainer?", sagte Baumgartner, „du musst etwas erledigen. Such dir alle Unterlagen zu unserem Fall zusammen. Obduktionsbericht, Spurensicherung, alles. Lass dir von Oberst Sukitsch die Kontaktdaten vom Verfassungsschutz geben und schick ihnen alles rüber. Mit besten Grüßen von Chefinspektor Baumgartner."

Swoboda verstand gar nichts. Es klang für ihn nur nach Ärger. Schließlich grunzte er irgendetwas Unverständliches und machte sich an die Arbeit.

Baumgartner stand auf und ging auf die Toilette. Er hoffte, Sukitsch nicht zu treffen. Er wusste nicht, was er ihm hätte sagen sollen. Wahrscheinlich würde er etwas Falsches sagen.

Als er am Pissoir stand, versuchte er, das Gefühl in seinem Bauch zu ignorieren. Er dachte an Isabel und spürte auf einmal, wie müde er war.

Reiß dich zusammen, Franz.

Als er wieder in die Kanzlei kam, war Meier zurückgekommen. Sie sah erschöpft aus, als hätte sie körperlich hart gearbeitet.

„Wie ist es gegangen?", fragte er.

„Was glaubst du denn?", antwortete sie. „Sie können sich kaum die Überstellung leisten."

„Irgendwas Neues?"

Meier schüttelte den Kopf. „Sie hatten in den letzten Monaten kaum Kontakt. Ab und zu haben sie telefoniert, aber über Männergeschichten hat sie nicht geredet."

„Und Koren?"

„Nein", sagte Meier, „nichts."

„So geht das nicht weiter. Koren ist wichtig. Wir müssen ihre Angehörigen suchen. Machst du das?"

Meier nickte müde.

„Ist gut. Bin schon dabei."

13 Uhr

„Wie läuft es bei dir?", fragte Horst Almer.

Doris Wallner war gerade in Gedanken versunken. Es dauerte einen Moment, bis seine Worte durchsickerten.

„Es gibt nichts Neues", antwortete sie knapp, ohne von ihrem Bildschirm aufzusehen, auf dem seit einer halben Stunde das gleiche Bild stand – Facebook. „Sie wissen noch nichts."

Almer nickte, aber zufrieden wirkte er nicht.

„Etwa die Hälfte ist geschrieben", sagte sie. „Viertausend Zeichen. Aber wir müssen warten."

Er sah sie an, dachte nach. Sie war erstaunlich ruhig, fand er. War er der Einzige, den das Warten nervös machte?

„Na gut", meinte er schließlich. „Dann schreibe ich eben einen neuen Fünfzeiler. Du weißt, dass sie schon über uns lachen? In den anderen Redaktionen?"

„Sie werden nicht mehr über uns lachen, wenn die Polizei den Irren schnappt. Dann müssen wir schnell sein. Dann sind wir nämlich die Ersten."

„Ich hoffe, du behältst recht", antwortete Almer.

„Ich gehe was essen", sagte sie und hob ihre Tasche auf. Heute die weiße mit schwarzen Punkten. „Kommst du mit?"

„Nein, ich tippe das schnell rein. Geh schon mal vor. Ich komme nach."

Wallner war sich ihrer Sache sicher. Sie vertraute Baumgartner. Noch einmal würde er sie nicht hängen lassen. Das konnte er einfach nicht tun.

Als sie auf die Straße trat, fiel ihr der Mann mit dem Hut und dem weißen Vollbart sofort auf. Sie bemühte sich, ihn nicht anzusehen, doch er ging auf sie zu.

„Entschuldigen Sie, sind Sie Doris Wallner?"

„Wen interessiert das?", fragte sie.

„Ich bin Doktor Alester Bauer."

Nicht *der*, dachte sie. Sie blieb stehen.

„Was wollen Sie?"

„Ich möchte mit Ihnen reden", antwortete er und kniff dabei die Augen zusammen, um seinen Worten Nachdruck zu verleihen. „Es ist von großer Wichtigkeit."

Sie sah auf ihre Armbanduhr. „Ich will gerade etwas essen. In einer Stunde bin ich wieder in der Redaktion. Kommen Sie einfach vorbei."

„Nein", sagte Bauer. „Jetzt."

Er machte drei schnelle Schritte und hielt sie am Arm fest.

„He, lassen Sie das!", rief Wallner überrascht.

Jetzt erst sah sie den Ausdruck in Bauers alten Augen. Etwas Bedrohliches funkelte aus ihnen.

„Was wissen Sie über ihn?", fragte er. Sein Gesicht war so nah, dass sie seinen Atem roch.

„Über wen? Wovon reden Sie?

„Was hat er Ihnen gegeben? Ich muss es wissen!"

Sie entwand sich seinem Griff.

„Was fällt Ihnen ein?", fuhr sie ihn an. „Greifen Sie mich noch einmal an und ich rufe die Polizei!"

„Die wird Ihnen nicht helfen können", antwortete er. „Die haben keine Ahnung. Ich mache Ihnen einen Vorschlag: Geben Sie mir alles, was Sie haben, und er wird Sie in Ruhe lassen."

„Wer zum Teufel?"

„Sie wissen sehr genau, von wem ich rede."

Wallner stutzte.

„Kennen Sie ihn etwa?", fragte sie.

Nun wurde er ruhig. Er genoss ihre Aufmerksamkeit.

„Ich kann Ihnen nur sagen, dass Sie nicht mehr sicher sind. Die Sache ist zu groß für eine kleine Journalistin wie Sie. Geben Sie mir Ihre Unterlagen, alles, was Sie über ihn haben. Dann sorge ich dafür, dass er Sie in Ruhe lässt."

Wallner sah ihn entsetzt an. Sie wich einige Schritte zurück, holte ihr Handy aus der Tasche und wählte den Polizeinotruf.

„Hallo? Doris Wallner ist hier. Ich bin in der Griesgasse. Alester Bauer steht vor mir und bedroht mich! Geben Sie Chefinspektor Baumgartner Bescheid."

Sie behielt Bauer im Auge, der nur dastand und sie anstarrte. Was habe ich ihm getan, dachte sie, dass er mich so ansieht?

„Ja, er ist noch da", sagte sie. „Kommen Sie schnell!"

Bauer murmelte etwas Unverständliches, drehte sich um und ging.

„Nein, warten Sie, jetzt ist er weg."

Sie sah ihm nach.

„Was? Ja, informieren Sie bitte trotzdem Baumgartner. Er soll mich zurückrufen. Geht das? Danke."

Doris Wallner schüttelte den Kopf und ging zurück in die Redaktion. Sie wollte heute doch nicht allein essen.

13 Uhr 20

Bauer war beruhigt. Diese Frau hatte keine Ahnung. Sie kannte Sammer nicht und war keine Gefahr für den Plan.

Bauer war gerade dabei, die Unterlagen über den Club zu sichten. Er hatte alle Gesprächsprotokolle von damals aufgehoben. Sogar einige der Tonbänder gab es noch. Jede einzelne Diskussion war aufgezeichnet, bis zu dem Zeitpunkt, als sie ihn hinausgeworfen hatten.

Dass er sich nun an ihnen auf diese Weise rächen konnte, kam ihm nicht ungelegen. Vor allem einem von ihnen würde es gar nicht ins Konzept passen. Vielleicht konnte man daraus noch Kapital schlagen. Er hatte sich zur Sicherheit schon einmal ihre aktuellen Telefonnummern herausgesucht.

Jedenfalls war es jetzt Zeit, die Pressekonferenz anzusetzen. Bei dem Café in der Harrachgasse war er vorhin schon vorbeigekommen. Die kannten ihn und waren kooperativ. Nun setzte er eine E-Mail auf, schön förmlich, die er an alle Leute schicken wollte, von denen er Anfragen bekommen hatte. Vielleicht sollte er noch die Mailadressen einiger anderer Zeitungsredaktionen einfügen. Dann würde es sich schon herumsprechen.

Er lachte still.

Der Raum im Café war nicht zu groß, das war gut so. Er würde übergehen vor Leuten mit Fernsehkameras.

Als er wenig später die Mail hinausgeschickt hatte, sah er plötzlich einen Schatten über seinen Überwachungsmonitor huschen. Zuerst erschrak er und griff nach dem Umschlag. Den musste er mitnehmen, wenn er von hier floh. Doch dann erkannte er diesen Baumgartner und er beruhigte sich wieder. Vor der Polizei hatte er keine Angst. Er musste nur die Protokolle in Sicherheit bringen, dann konnten sie kommen.

13 Uhr 35

„Mein Angebot steht noch", sagte Bauer.

Baumgartner und ein anderer Polizist, der irgendwie gefährlich aussah, saßen ihm in dem Vernehmungsraum gegenüber. Er wusste, dass er die Sache vollständig im Griff hatte. Ein erhabenes Gefühl.

„Aber ich bezweifle, dass die Polizei die nötige Weitsicht hat, zu tun, was richtig ist“, erklärte er. „Sie wird lieber das Leben weiterer Menschen gefährden.“

Dieser Baumgartner musterte ihn mit eisiger Miene. „Sie haben Doris Wallner bedroht“, sagte er. „Und Sie behindern unsere Ermittlungen. Das genügt, um sie hierzubehalten.“

„Das wagen Sie nicht“, antwortete Bauer gelassen. „Um fünf beginnt meine Pressekonferenz. Stellen Sie sich vor, ich tauche dort nicht auf, weil ich in Haft sitze. Das gibt schlechte Presse, und das könnt ihr euch nicht leisten. Deshalb wiederhole ich noch einmal mein Angebot: hunderttausend Euro. Dann gebe ich euch alles, was ich habe. Ich sage euch die Adresse. Dann braucht ihr ihn nur abzuholen.“

Baumgartner schien nicht beeindruckt.

„Gregor“, sagte er, „sperr ihn ein.“

Bauer war überrascht.

„Was, ihr wollt mich also wirklich verhaften? Ihr seid noch dümmer, als ich geglaubt habe.“

„Bring ihn weg, dass ich ihn nicht mehr hören muss.“

„Ich will meinen Anwalt anrufen!“, schrie Bauer.

Dann schloss sich die Tür hinter ihm.

Als Baumgartner zurück in die Kanzlei kam, legte Meier gerade ihren Mantel ab.

„Wir haben Korens Mutter gefunden. Sie wird gerade hergebracht.“

„Gut“, sagte Baumgartner.

Beate Koren saß an einem Tisch im Vernehmungsraum, hatte die Hände auf dem Schoß und knetete ein zerknülltes Taschentuch durch. Sie war eine schlanke Frau in ihren Fünfzigern, mit dunkler Hose, Jackett und türkisem Halstuch. Eine Ärztin, hatte Meier gesagt.

„Ich muss mich für meine Tochter entschuldigen", sagte sie leise. „Ich weiß einfach nicht, was wir falsch gemacht haben."

„Sie haben keine Idee, wo sie sein könnte?", fragte Baumgartner.

„Nicht genau", antwortete Koren.

„Soll heißen?"

„Sie hat da ein paar Leute kennengelernt, in Indien", sagte sie. „Seither ist sie nicht mehr die Gleiche."

„Inder?"

„Nein, keine Inder. Es gibt da Zentren, wo sie alle hinpilgern. Dort besuchen sie irgendwelche fernöstlichen Massageworkshops oder lernen alles über Energiearbeit."

„Ich verstehe es nicht", hakte Baumgartner ein, „was sind das für Leute, wenn es keine Inder sind? Europäer?"

„Ja, hauptsächlich. Sie hat dort sogar andere Grazer getroffen. Ich kenne nur einen Vornamen – Robert."

Sie erschauderte vor Abscheu.

„Sie müssen mich verstehen", fuhr sie fort, „diese Leute lehnen die Schulmedizin ab. Überhaupt alle westlich geprägte Bildung, scheint mir. Wenn Gabriele krank ist, muss ich sie zwingen, sich behandeln zu lassen, mit allen mir zur Verfügung stehenden Mitteln. Von Robert hat sie ein Präparat bekommen, das hilft gegen alles

Mögliche, sagt sie, sogar gegen Krebs. Es bringt einfach den Energiehaushalt wieder in Ordnung."

„Das ist doch Unsinn", entgegnete Baumgartner.

„Genau. Und nicht nur das, es ist sogar gefährlich. Aber sie hört nicht mehr auf mich. Nur noch auf diesen Robert. Sie sagt, er sei Schamane. Er spendet das *Leuchten*."

„Das *Leuchten*? Was soll das sein?"

„Mit seinem Blick, sagt Gabriele. Die Leute zahlen ihm Geld dafür, manchmal ein ganzer Saal voll. Ich habe Medizin studiert, wahrscheinlich verstehe ich es deshalb nicht. In diesen Kreisen ist das ein Hinderungsgrund. Man kann nicht mehr mitreden."

Baumgartner spürte ihre Verbitterung. Er musste das Gespräch sachlich halten.

„Aber was hat das mit uns zu tun?", fragte er. „Ich verstehe nicht, warum sie vor uns davonläuft!"

„Ich weiß es auch nicht. Aber ich befürchte, Sie gehören einfach nicht mehr zu ihrer Welt, genauso wenig wie ich. Sie misstraut uns. Ich hätte nie geglaubt, dass so etwas möglich ist, hier, mitten in Graz. Es ist eine Parallelgesellschaft. Die Polizei sollte da etwas unternehmen."

Baumgartner ignorierte die Bemerkung.

„Haben Sie eine Idee, wo sie sich versteckt?", erkundigte er sich.

„Wenn ich raten müsste, würde ich sagen, bei diesem Robert und seiner Gruppe."

„Wo?"

„Ich weiß es nicht genau", sagte sie. „Irgendwo südlich von Graz, glaube ich. Auf dem Land."

Baumgartner schüttelte den Kopf. „Ich muss es genauer wissen. Wer könnte mir das sagen?"

Die Frau schwieg und hielt ihr Taschentuch fest umklammert. Baumgartner sah, dass ihre Augen glasig wurden.

„Weiß Ihr Mann vielleicht mehr?“, versuchte es Baumgartner. „Hat Gabriele Geschwister?“

„Nein“, antwortete sie. „Das ist alles, was wir wissen.“

Mehr war aus der Frau nicht herauszubekommen. Baumgartner fluchte innerlich. Er wusste, das war zu wenig.

„Sie müssen uns sofort Bescheid geben, wenn Sie etwas von ihr hören“, sagte Baumgartner. „Oder wenn Ihnen noch etwas einfällt. Wir verstehen, dass die Situation schwierig ist, und wir sind bereit, für Gabriele ein Auge zuzudrücken. Aber wir müssen unbedingt mit ihr sprechen!“

„Das verstehe ich“, gab sie zurück. Sie wirkte nun wieder gefasster. „Ich werde mich melden, wenn ich etwas erfahre.“

Sie stand auf.

„Wissen Sie, es ist ja in Ordnung, wenn die Kinder gegen ihre Eltern rebellieren. Aber ich habe einfach Angst, dass sie nicht mehr zurückfindet.“

Baumgartner nickte. Er wusste nicht, was er sagen sollte.

14 Uhr

Ralf Lassnig, 31 Jahre alt, angestellt im mittleren Management bei einer angesehenen Grazer Versicherung und im Begriff, Karriere zu machen, war nervös. In wenigen Minuten hatte er einen Termin.

Er saß zu Hause und hatte seine Laufkleidung an. Nach dem Termin wollte er seine Runde machen. Es fühlte sich seltsam an – kurz hatte er überlegt, seinen Anzug anzuziehen, aber er hatte sich dagegen entschieden. Sie würden einander nicht einmal sehen. Skype-Konferenz ohne Bild, das war die Order. *Er* hatte es so gewollt. Er war es auch, der entschieden hatte, dass keiner auf eigene Faust zur Polizei gehen sollte. Zwar hatte Wagenhofer die Rundmail ausgeschickt, aber es war klar, dass *er* dahintersteckte. Der sanft befehlende Ton des Politikers war unverkennbar. Wagenhofer war schon damals nur sein Adjutant gewesen.

Lassnig wollte gerade noch einmal in die Küche gehen, um sich ein Glas Wasser zu holen, als die vertraute Melodie eines Anrufs aus dem Laptop ertönte.

„Hallo? Test“, sagte jemand.

Sonst war nur verrauschtes Atmen zu hören. Das Knarren eines Sessels. Jemand begann zu sprechen. Es war schwer, die Stimme zu identifizieren. Er glaubte, dass es Wagenhofer war, aber das war auch egal. Sie saßen alle im gleichen Boot.

Die Stimme murmelte eine knappe Begrüßung.

„Ich glaube, ihr habt alle Zeitung gelesen in den letzten Tagen. Wir alle haben uns unsere Gedanken gemacht. Ich weiß, wir haben damals gelobt, dass wir uns nicht mehr treffen würden. Aber wir wissen, was passiert ist. Es ist einfach nötig, dass wir darüber reden.“

„Sind wir sicher, dass es Sammer war?“, fragte jemand.

„Wer soll es sonst gewesen sein?“, entgegnete jemand anderer.

„Habt ihr Bauer im Fernsehen gesehen? Unvorstellbar, wie der versucht, daraus Kapital zu schlagen.“

„Wir müssen zur Polizei gehen!“

„Ja, das müssen wir“, sagte eine resonante Stimme. Das war *seine* Stimme. Es wurde ruhig.

„Aber ebenso wichtig ist, dass wir uns absprechen“, fuhr er fort. „Was Manfred getan hat, ist tragisch. Es hat nichts mit uns zu tun.“

„Was soll das heißen? Er hat schließlich –“

„Es war für uns nicht absehbar, das will ich damit sagen.“

Jemand anderer ergriff das Wort.

„Habt ihr eigentlich auch diese Mails von ihm gekriegt?“

Schweigen.

„Glaubt ihr, er hat es deshalb getan?“

„Ich glaube, dass er krank ist“, sagte jemand. „Wir sollten uns nicht verantwortlich fühlen.“

„Der eine oder andere ist dabei, sich eine Karriere aufzubauen. Es ist nicht einzusehen, warum Sammer das zerstören sollte.“

„Sagt mal, bin ich der Einzige, der das geschmacklos findet?“, warf jemand ein. „Wir müssen die Polizei anrufen, jetzt gleich.“

Das war es, was auch Lassnig hatte sagen wollen. Er war froh, dass es jemand gesagt hatte.

„Keiner unternimmt irgendwas“, befahl Wagenhofer. „Wir werden das koordinieren. Verlasst euch auf uns. Ihr braucht euch um nichts mehr kümmern. Seid froh, dass ihr diese Verantwortung nicht tragen müsst.“

Lassnig spürte, wie sich sein Magen verkrampfte. Das war es, was er befürchtet hatte.

Als er später auf seiner Laufstrecke war, konnte er nicht aufhören, darüber nachzudenken, und hatte große Schwierigkeiten, im richtigen Pulsbereich zu blieben.

Baumgartner kam gerade von der Kantine zurück, wo er eine Wurstsemmel gegessen hatte, als er den Staatsanwalt mit schnellen Schritten aus Sukitschs Kanzlei kommen sah und dabei die Tür offen ließ. Wenige Minuten später kam Sukitsch zu Baumgartner ins Büro.

„Franz, du musst Bauer freilassen“, sagte er leise.

„Ich soll *was* tun?“, fragte Baumgartner entsetzt.

Sukitsch sah ihm nicht in die Augen.

„Habt ihr ihn telefonieren lassen?“, wollte Sukitsch wissen.

„Ich weiß nicht“, sagte Baumgartner. „Frag Gregor. Bauer wollte seinen Anwalt anrufen.“

„Also, ich weiß nicht, mit wem er telefoniert hat. Ich kann dir nur sagen, dass Sonnleitner gerade hier war.“

„Was wollte der denn?“

„Hast du irgendwas Hieb und Stichfestes gegen ihn?“, fragte Sukitsch.

„Du weißt genau, was wir haben“, entgegnete Baumgartner.

„Dann lass ihn frei.“

„Wie bitte?“

Er sah, dass es Sukitsch peinlich war. Das hatte er noch nie gesehen.

„Sag mir bitte einfach, was passiert ist“, forderte er.

„Bauer muss einflussreiche Freunde haben.“

Baumgartner sah seinen Chef verständnislos an.

„Ist es unbedingt erforderlich, dass du ihn festhältst?“, fragte Sukitsch. „Für die Ermittlung, meine ich?“

Baumgartner schüttete den Kopf.

„Dann lass ihn gehen.“

In diesem Moment kam ein Anruf auf Baumgartners Handy. Es war Doris Wallner.

Als Sukitsch sich abwandte und ging, hob er ab.

„Ja?“

„Herr Baumgartner? Ich wollte Ihnen nur etwas sagen. Alester Bauer hat eine Pressekonferenz einberufen. Für 17 Uhr.“

„Ja. Der Mann ist lästig. Aber wir können nicht viel tun.“

„Wissen Sie, was er angekündigt hat? Er will den Namen des Mörders bekannt geben.“

Baumgartner horchte auf. „Das hat er gesagt?“

„Ja.“

„Der blufft doch.“

„Ich glaube auch, dass er blufft“, bestätigte Wallner. „Aber ich wollte es Ihnen sagen.“

„Danke, Frau Wallner.“

Baumgartner zögerte.

„Ich muss mich bei Ihnen entschuldigen“, fügte er hinzu. „Wir haben Bauer eigentlich überwachen lassen. Irgendwie hat er meine Leute getäuscht. Das wird nicht noch einmal passieren.“

„Ganz ehrlich, Herr Baumgartner, ich hatte nicht den Eindruck, dass er nochmals zu mir kommen will.“

„Gut. Trotzdem wollte ich Ihnen sagen, dass Sie sich keine Sorgen machen müssen.“

„Danke!“, sagte sie.

Baumgartner war wütend. Nicht auf Sukitsch, nicht auf Koren oder Blaschek. Es war eine diffuse Wut, die er nirgends festmachen konnte. Er nahm seinen Mantel und verließ die Kanzlei.

Draußen vor dem Gebäude blieb er stehen und atmete durch. Er bildete sich ein, zu spüren, wie sein Blut heiß durch seinen Körper strömte. Es war nicht mehr so kalt wie vor ein paar Tagen, aber die Luft erschien ihm unangenehm feucht. Der Himmel war schon den ganzen Tag über sehr trüb. Es sah nach Regen aus, aber noch war kein Tropfen gefallen.

Baumgartners Wut wanderte umher, vom Staatsanwalt zu Bauer und weiter zur Republik Österreich und der Art und Weise, wie die Dinge hier liefen. Es war unglaublich, dass sie nichts tun durften. Aber wenn Sukitsch erst einmal den Schwanz einzog, musste es wirklich übel sein.

Eines war klar: Sie mussten zu dieser Pressekonferenz. Warten, was er ihnen erzählen würde. Wie die Idioten.

Es war erbärmlich, aber anders ging es nicht. Er wusste, sie kamen nicht voran.

Er musste es den anderen sagen.

16 Uhr

Als Bauer seine Wohnungstür öffnete, bemerkte er den Geruch sofort.

Der Schlafzimmergeruch aus Sammers Haus, schwächer als zuletzt, aber doch merkbar. Bauer versuchte, die Quelle zu lokalisieren. Das schwache Abendlicht konnte den Raum kaum noch erhellen, doch Bauer wagte nicht, den Lichtschalter zu betätigen. Er stand einfach regungslos da, mit dem Schlüssel in der Hand, und suchte den Raum mit seinen Augen ab.

Dann sah er ihn.

Eine Silhouette hinten bei den Regalen. Er musste durch den Hintereingang gekommen sein – wie auch immer er den gefunden hatte.

„Was willst du?“, fragte er. Es kam keine Antwort.

Dennoch war er jetzt sicher, dass *er* es war. Er strengte seine Augen an, ob sonst irgendetwas anders war. Eine Kiste? Eine Säge vielleicht? Eine Kühlflasche?

Er entdeckte nichts dergleichen. Das beruhigte ihn.

„Manfred“, begann Bauer. „Es ist jetzt ganz wichtig, dass du nichts Falsches tust.“

Bauer trat in den Raum, legte die Schlüssel ab und schälte sich aus seinem Mantel.

„Es nimmt alles seinen Lauf. Du wirst sehen, so ist es gut.“

„Sie waren in der Zeitung. Im Fernsehen“, sagte eine Stimme. Es war wirklich Sammer. Er sprach sehr leise.

„Ja. Denn ich habe verstanden, was du willst.“

Schweigen bei den Bücherregalen.

„Du willst, dass man dich versteht“, fuhr Bauer fort. „Das ist logisch.“

„Sie haben überhaupt gar nichts verstanden“, entgegnete Sammer. „Ich brauche Sie nicht. Halten Sie sich da raus.“

Bauer fand, dass ein forscherer Ton angebracht war.

„Beruhige dich“, sagte er streng. „Du hast Glück, dass ich mich der Sache annehme. Diese Journalistin ist unfähig.“

„Ich meine es ernst“, erwiderte Sammer.

„Ich habe mit ihr gesprochen. Sie ist in Kontakt mit der Polizei, weißt du das? Sie will dich ans Messer liefern! Glaubst du wirklich, diese dahergelaufene Journalistin könnte deine Geschichte schreiben? Glaubst du, sie sieht die Größe von dem, was du getan hast? Deinen Mut und deine Entschlossenheit? Deine Selbstaufopferung? Nur ich kenne dich gut genug, um das zu verstehen!“

Nun rührte sich der Schatten. Bauer sah, dass er jetzt nicht aufhören durfte. Nicht die Kontrolle abgeben!

„Es ist wie damals in der Schule“, sagte Bauer, nun wieder sanfter. „Du machst immer noch die gleichen Fehler. Du warst immer schon brillant, weißt du das? Aber allein schaffst du es nicht, das hätte dir von vornherein klar sein müssen. Deshalb habe ich den Club ins Leben gerufen. Das habe ich in Wirklichkeit für dich getan! Verstehst du das nicht? Damit Begabte wie du sich entwickeln können. Ich finde, man sollte den Club wieder neu beleben. Was sagst du?“

Bauer sah plötzlich etwas in der Dunkelheit aufblitzen. Ein Messer? Was war mit dem Stickstoff? Sein Herz schlug auf einmal schneller.

„Überleg dir das gut“, sagte er mit so viel Entschlossenheit, wie er aufbringen konnte. „Wenn du mir etwas antust, hast du niemanden mehr!“

Doch als Sammer mit schnellen Schritten auf ihn zukam, wusste er, dass er sich getäuscht hatte. Der Stich tat im ersten Moment gar nicht weh. Er spürte ein warmes, klebriges Gefühl zwischen den Fingern. Sammer stach noch einmal zu und noch einmal.

Jetzt spürte er den Schmerz, der vom Bauch aus in seinen ganzen Körper ausstrahlte. Er wollte schreien, doch aus seinem Mund kam nur ein Grunzen. Dann versagten ihm die Beine und er sank zu Boden.

Keine Säge, dachte er noch. Kein Zeichen diesmal.

Er beseitigt mich einfach nur.

Einfach nur so.

16 Uhr 55

Zwei Fernsehsender waren da. Sie hatten Scheinwerfer auf Stativen aufgestellt, die den Raum so aufheizten, dass man auch den Pullover ausziehen musste. Niemand hatte genau gewusst, wo Bauer sitzen wollte, auch der Chef des Cafés nicht. Dem war die Sache zunehmend unangenehm, nicht zuletzt, weil die Fernsehleute ihren eigenen Kaffee mitgebracht hatten und noch dazu im Supermarkt nebenan einkaufen gegangen waren.

So hatten sie sich eine Ecke ausgesucht, die passend erschien. Bauer musste eben dort sitzen, und basta.

Doris Wallner hielt sich im Hintergrund. Sie wollte sich die Sache anhören, aber sie hatte nicht vor, eigene Fragen zu stellen. Eine Konfrontation mit Bauer hatte ihr genügt. Aber auslassen konnte sie den Termin auch nicht.

Der Raum war schon gut gefüllt und noch immer kamen Leute. Ein Wiener Journalist, den sie von Bildern kannte, kam herein und verzog das Gesicht, als er die vielen Leute sah. Er erblickte den letzten freien Sessel, drängte sich unsanft zwischen den Sitzenden durch und nahm Platz.

Es war jetzt zwei Minuten vor fünf und Bauer war immer noch nicht gekommen. Es überraschte sie nicht, dass er sie warten ließ. Das passte zu ihm. Es war sein großer Auftritt und er wollte maximales Kapital daraus schlagen.

Sie war sehr neugierig, was er erzählen würde. Wusste er wirklich etwas? Es ließ sich nicht ausschließen. Horst Almer jedenfalls war der Meinung, dass er diesmal etwas wusste. Der Gedanke war beunruhigend, wenn sie ehrlich war.

In diesem Moment kam auch Franz Baumgartner mit einem Kollegen herein. Ihre Blicke trafen sich und er begrüßte sie mit einem Kopfnicken.

Nun kam niemand mehr, man war vollständig. Bis auf Bauer.

Doch Bauer kam nicht. Nicht nach fünf Minuten und auch nicht nach zehn.

Erste Leute äußerten ihren Unmut. Die Fernsehleute hatten ihre Kameras inzwischen abgestellt und lümmelten daneben an den Tischen.

Um Viertel nach fünf begann der Wiener Journalist zu fluchen. Irgendwas über die „Trotteln hinterm Semmering". Jemand wies ihn zurecht. Es kam zu einem Wortgefecht, der Wiener stand auf, nahm seinen Mantel und bahnte sich seinen Weg zum Ausgang.

Die meisten hielten bis halb sechs aus. Manche bis zehn vor sechs. Das war der Zeitpunkt, an dem auch Doris Wallner ihre Sachen packte, ebenso wie Franz Baumgartner.

Um Punkt sechs Uhr war das Café leer.

18 Uhr 30

Doris Wallner saß in ihrer Wohnung und hatte Angst. Baumgartner hatte versprochen, zwei Polizisten zu schicken, aber noch sah sie niemanden unten auf der Straße.

Die Angst war plötzlich gekommen. Sie konnte nicht sagen, woher. Hatte sie Angst vor Bauer? Nein, das war es nicht. Er hatte sich nicht zu seiner eigenen Konferenz getraut. Er hatte den Schwanz eingezogen und sich damit selbst als Schwindler entlarvt.

Es war etwas ganz anderes.

Er wird dich in Ruhe lassen.

Das hatte Bauer gesagt. Jetzt fiel es ihr wieder ein.

Kannte sie ihn etwa? Das könnte erklären, warum er nur sie angeschrieben hatte.

Dann hatte sie eine Idee.

Nein, das war unmöglich.

Sie setzte sich an ihren Laptop und klappte ihn auf, öffnete ihren Mailaccount und suchte das richtige Datum.

Früher.

Mindestens ein halbes Jahr.

Dann hatte sie es. Sie überflog den Betreff.

die wahrheit und was getan werden muss

Der Begleittext war in korrekter Rechtschreibung verfasst und die angehängte Arbeit auf Englisch. Deshalb hatte sie sich nicht daran erinnert.

Sie musste sofort Baumgartner anrufen.

18 Uhr 35

„Ja?"

„Herr Baumgartner? Hier spricht Doris Wallner."

„Guten Abend Frau Wallner. Was gibt's?"

„Ich muss mit Ihnen reden. Dringend."

„Geht es Ihnen gut?"

„Herr Baumgartner – ich glaube, ich weiß, wer es getan hat."

„Wer was getan hat?"

„Sie wissen schon."

„Wie kommen Sie darauf?"

„Das ist nicht so einfach zu erklären."

„Wir sollten uns treffen, jetzt gleich."

„Was soll ich tun? Soll ich zu Ihnen kommen?"

„Nein, bleiben Sie, wo Sie sind. Sagen Sie mir Ihre Adresse."

Ein Geräusch im Hintergrund.

„Warten Sie einen Moment, da ist jemand an der Tür."

„Hallo? Frau Wallner?"

Ein Krachen.
Tumult.
Dann brach die Verbindung ab.

18 Uhr 55

Baumgartner hörte den Unterboden aufschlagen, als er seinen Dienstwagen mit hohem Tempo in der Steyrergasse auf den Gehsteig fuhr und eine Vollbremsung machte.

Der Mann von der Bereitschaft hatte ewig gebraucht, um die Adresse von Wallner herauszufinden. Baumgartner hatte Wallner dreimal zurückgerufen, doch sie hatte nicht mehr abgehoben. Beim dritten Mal war gleich die Mailbox gekommen.

Vielleicht reagierte er über. Das mehrstöckige Haus sah eigentlich ganz ruhig aus.

Er fand die Türklingel von Wallner und läutete.

Er läutete nochmals, doch es kam keine Antwort. Da drückte er eine andere Klingel und erklärte der leisen Frauenstimme, dass er Polizist sei, worauf sich die Tür öffnete.

Drinnen entschloss er sich dann doch, seine Glock zu ziehen. Er schlich die Stiege hinauf und las die Türschilder. Er wusste nicht, in welchem Stock sie wohnte.

Im dritten Stock kam er an einer Tür vorbei, die einen Spalt offen stand. Jemand lugte heraus. Baumgartner vermutete, dass das die Frau war, die ihm aufgemacht hatte. Sobald er sich zur Tür umdrehte, schloss sich diese mit einem Knall.

„Warten Sie“, flüsterte Baumgartner. Er hatte fragen wollen, wo Wallner wohnte.

Im nächsten Stock fand er das richtige Türschild.

Die Tür war offen. Alles war still.

Baumgartner stieß die Tür mit der Schulter auf. Sie schwang ohne Widerstand auf. Da bemerkte er, dass sie nur angelehnt gewesen war. Er durchsuchte die Wohnung mit der Waffe im Anschlag.

Die Wohnung war leer.

19 Uhr 20

Meier und Wolf standen mit den Händen in den Manteltaschen vor der offenen Tür des Hauses, in der sich Wallners Wohnung befand. Baumgartner stand abseits, regungslos und mit gesenktem Kopf. Wilszek hatte seinen Wagen auf dem Gehsteig hinter Baumgartners Dienstauto geparkt. Seit einigen Minuten war er oben und sah sich die Wohnung an.

„Du sagst, du hast gerade mit ihr telefoniert?“, fragte Meier.

Baumgartner nickte.

„Was hat sie gesagt?“,

„Dass jemand an der Tür ist“, antwortete er.

„Und dann hat sie aufgelegt?“

„Ja.“

Meier sah zu Boden. „Und sie hat gesagt, sie weiß, wer unser Täter ist?“

„Ja.“

Sie schüttelte den Kopf.

In diesem Augenblick kam Wilszek herunter.

„Und?“, fragte Wolf.

„Ich habe eine Blutspur“, sagte Wilszek. „Eigentlich nur ein paar Tropfen.“

„Das heißt?“

„Wir können hoffen, dass sie nicht schwer verletzt ist", meinte Wilszek. „Aber zusammen mit der offenen Tür und den Geräuschen, die Franz gehört hat, denke ich, dass die Sache klar ist."

Baumgartner nickte und wandte sich wieder ab.

Meiers Telefon vibrierte.

„Ja?"

Sie ging zur Seite und sprach alle paar Sekunden, kurz und abgehackt.

„Ja", sagte sie.

„Natürlich."

„Nein, natürlich nicht."

„Ich werde es ihm sagen."

Sie kam zurück.

„Es war Sukitsch", erklärte sie. „Er kommt her."

Baumgartner reagierte nicht. Er schien lethargisch.

„Ich mach das", sagte sie. „Du gehst vielleicht besser. Seine Laune ist katastrophal."

21 Uhr 45

Baumgartner trank in kleinen, schnellen Schlucken aus seinem Bierglas. Er war in dem Pub in der Nähe seiner Wohnung. Das mit den Spielautomaten, wo er normalerweise nicht hinging.

Hinter der Bar hing ein Fernseher. Gerade hatten die Kurznachrichten begonnen.

... im Zusammenhang mit dem Mathematiker-Mord überschlagen sich derzeit die Ereignisse. Die Geschichte könnte aus einem Thriller von Hitchcock stammen, doch der Schauplatz ist die steirische Landeshauptstadt. Nachdem gestern eine mysteriöse Kurznachricht des Täters aufgetaucht ist, in denen er mit verstörenden Worten

seine Tat zu erklären versucht, gibt es nun eine neue Entwicklung.

Baumgartner rutschte von seinem Barhocker und ging einen Schritt in den Raum, um besser auf den Schirm zu sehen.

Soeben haben wir die Meldung erhalten, dass eine Journalistin, der die Polizei entscheidende Hinweise im Mathematiker-Mord zu verdanken hat, vermisst wird. Von der Polizei liegt noch keine Stellungnahme vor.

Baumgartner tappte zurück zur Bar, hielt sich an der Holzplatte fest und kippte den Rest von seinem Bier hinunter.

Das Telefon klingelte.

Steger.

Baumgartner stellte das Glas ab und drückte ihn weg.

Wenige Sekunden später kam eine SMS. Nochmals Steger. Zögernd öffnete Baumgartner die Nachricht.

sie bekommen ein disziplinarverfahren, stand da. *sie werden nie wieder für die polizei arbeiten.*

Als Meier ihn anrief, hatte er sein Telefon bereits ausgeschaltet.

23 Uhr

Doris Wallner erwachte in völliger Dunkelheit. Sie wusste nicht, wo sie war. Eine durchdringende, dumpfe Übelkeit war ihre einzige Empfindung.

Es dauerte einige Sekunden, bis sie verstand, dass sie irgendwo lag. Es roch muffig. Sie erkannte den feuchten Geruch eines Kellers.

Sie lag auf dem Rücken auf etwas Weichem. Vorsichtig tastete sie ihre Umgebung ab, so weit die Hände reichten.

Ein Bett.

Sie bewegte die Beine und spürte den Bettrahmen.

Ein zu kurzes Bett.

Sie horchte. In einem Rohr gluckste Wasser. Sonst war alles still.

Wallner setzte sich auf und stellte die Füße auf den Boden. Sie trug keine Schuhe und ihre Strümpfe blieben an den kleinen Unebenheiten des kalten Betonbodens hängen. Die Schwärze war undurchdringlich und hüllte sie ein.

Was war eigentlich passiert? Sie tastete nach ihrem Arm, wo er sie festgehalten hatte. Es tat nicht weh, er hatte nicht fest zugedrückt, auch nicht, nachdem sie ihn gekratzt hatte. Als er das Messer auf sie gerichtet hatte, war sie so starr vor Angst gewesen, dass sie ohnehin nicht davongelaufen wäre. Im Auto hatte er ihr dann plötzlich etwas Weiches, Kühles ins Gesicht gedrückt. Ein süßer Geruch war ihr in die Nase gestiegen, dann erinnerte sie sich an nichts mehr.

Ich habe recht gehabt, dachte sie. Nun bekomme ich meine Exklusivstory.

Sie lachte humorlos, dann musste sie an die Säge denken.

Sie befühlte ihren Bauch mit der Hand. Die weiche Haut unter dem Kleid. Beklemmung ergriff sie.

Wallner streckte die Hände aus, doch sie fand keine Wände. Sie machte einen Schritt und stieß gegen etwas Hartes, das umfiel. Es hörte sich an wie Glas. Da spürte sie, wie ihre Zehen nass wurden. Sie trat einen Schritt zurück und setzte sich wieder aufs Bett.

Mein Handy, dachte sie. Mit der Displaybeleuchtung kann ich etwas sehen. Doch noch bevor sie ihr Kleid abgetastet hatte, wusste sie, dass er es ihr abgenommen hatte.

Aber er hat mir Wasser hingestellt, dachte sie. Und ein Bett. Das stand nicht immer hier. Die Bettwäsche fühlt sich alt an, aber sie riecht nicht. Sie ist frisch.

Er hat mir sein altes Kinderbett in den Keller gestellt, dachte sie. Er kümmert sich um mich. Und er hat mir nicht wehgetan. Er ist ganz sanft.

Sie dachte daran, was sie über diesen Mann wusste.

Der Wasserkrug und die Säge, dachte sie. Wie ein Schwein vor dem Schlachten.

Sie begann zu weinen.

3 Uhr

Baumgartner schlurfte über den Färberplatz. Mit der Hand hielt er die seit Stunden leere Schnapsflasche umklammert. Er konnte sich kaum noch auf den Beinen halten. Eine Gruppe Jugendliche kam laut lachend aus einem Kellerlokal und ging an ihm vorbei, ohne ihn zu beachten.

Er blieb mitten auf dem Platz stehen und drehte sich torkelnd im Kreis. Alle Hauswände schienen gleich weit weg zu sein, gleich dunkel, überhaupt identisch. Das verwirrte ihn. Da sah er über sich den Schlossberg aufragen. Der Uhrturm war hell beleuchtet. Baumgartner zeigte mit dem Finger nach oben.

„Du bist halt ein Freund, net wahr? Schön is er!"

Er senkte den Blick wieder, suchte sich eine der Gassen aus, die vom Platz wegführten und stolperte weiter.

Irgendwann bemerkte er zu seiner Linken schmutzig-bunte Graffitis.

It is now save to turn off the gouvernment, stand dort. Jemand hatte den Rechtschreibfehler mit einem schwarzen Marker ausgebessert und *save* durch *safe* ersetzt.

„Immer noch falsch“, murmelte er und schleuderte die leere Flasche gegen die Wand.

Der Stein in seinem Magen beanspruchte nun die Aufmerksamkeit, die Baumgartner ihm in den letzten Tagen vorenthalten hatte. Er schien zu ihm zu sprechen. In einer Sprache, die kein Mensch außer ihm verstand. Der Stein sagte ihm, dass er schuldig war. Dass er damals sein Taschengeld hätte nach Afrika spenden sollen, wie er es gewollt hatte. Bevor seine Eltern ihn überzeugten, es nicht zu tun.

Baumgartner taumelte gegen die Wand und stützte sich mit der Hand ab.

Du bist armselig, sagte der Stein.

Baumgartner spürte, wie sein Mageninhalt in ihm hochstieg. Die erste Ladung landete auf seinen Schuhen. Als er sich vorbeugte, wäre er fast umgekippt. Er stützte sich mit dem Ellbogen an der Wand ab.

Als er fand, dass er fertig war, richtete er sich auf. Sein Blick fiel auf ein anderes, eigenartiges Graffiti. Er verstand sofort, was es bedeutete.

Baumgartner sah es an und lachte laut und heiser.

Jemand weiß Bescheid, dachte er. Jemand in dieser Stadt weiß Bescheid.

Er musste Vera davon erzählen.

Vera.

Er holte das Telefon aus der Tasche und suchte Veras Nummer. Alle paar Sekunden erlosch die Displaybeleuchtung, weil er zu lange keine Taste drückte.

Er fluchte.

Sie wohnte in einem Hotel, hatte sie gesagt. Welches war das gleich gewesen?

Er schaffte es, ihre Nummer zu wählen. Sie hob sofort ab.

„Guten Tag!“

„Hallo Vera! Wie gut –“

„Sie sprechen mit der Mobilbox von Dr. Vera Königshofer. Bitte hinterlassen Sie mir eine Nachricht nach dem Pfeifton.“

Baumgartner fluchte laut und ausgiebig, ohne zu merken, dass die Mobilbox längst aufzeichnete.

3 Uhr

Sein Herz klopfte und seine Hände zitterten, als er am Küchentisch saß. Der Kratzer am Unterarm blutete nicht mehr und tat auch nicht weh.

Es war so einfach gewesen. Er konnte es immer noch nicht fassen.

So lange hatte er gewartet, ohne zu wissen, worauf. Er war durch die Hölle gegangen. Und nun kamen die Dinge in Bewegung. Er verstand noch nicht vollständig, was passierte und in welche Richtung es sich entwickelte, aber es fühlte sich richtig an.

Dabei war alles anders gekommen als erwartet. Die Sache war in den Zeitungen gewesen, aber er hatte nirgends etwas über die Nachricht gefunden. Plötzlich hatte er große Angst bekommen, dass sie die Nachricht zurückhalten könnten, um ihm einen Strich durch die Rechnung zu machen. Die furchtbare Ahnung hatte ihn beschlichen, dass er es falsch angegangen war. Doch dann war auch die Nachricht publik geworden.

Seine Arbeit würde bald die Aufmerksamkeit bekommen, die sie verdiente. Es war nur noch eine Frage der Zeit. Er hatte geglaubt, dass die Journalistin damit beginnen würde, doch sie hatte nur die Polizei gerufen. Damit hatte er nicht gerechnet. Es war noch zu früh. Sie verstanden immer noch nicht. Sie brauchten einfach noch Zeit. Er konnte nicht mehr tun, die Dinge entwickelten sich nun von selbst. Die Sache folgte nun ihrer eigenen Logik.

Er dachte an den Keller und befühlte den Kratzer. Plötzlich bekam er eine Erektion. Das Schamgefühl, das er dabei empfand, verärgerte ihn. Er war vor niemandem Rechenschaft schuldig. Er hatte nur getan, was nötig gewesen war. Und schon gar nicht musste er sich für irgendetwas schämen. Diese Zeiten waren vorbei. Sie hatten sich mit der Publikation seines Manifests erledigt. Das war sein Beitrag zur Ethik der Menschen gewesen, seither stand er jenseits der Ethik. Er hatte seinen Teil getan.

Es war nötig gewesen, sie mitzunehmen. Dass sie die Polizei zu ihm führen würde, war klar gewesen. Das war ein Opfer, das er bringen konnte. Aber zuerst mussten sie *verstehen*! Es hatte nur eine Lösung gegeben.

Nun aber verstand er, dass sich damit eine ganz andere Möglichkeit aufgetan hatte.

Er dachte an das Stück Haut. Das würde er vielleicht bald nicht mehr brauchen.

Vielleicht war sie die Richtige.

Er nahm noch einen Schluck vom Whisky, um die Euphorie zu dämpfen.

Die Sache folgte nun ihrer eigenen Logik.

Samstag, 7 Uhr 30

„Sollen wir anfangen?", fragte Wilszek.

„Gregor, willst du?", sagte Meier.

Wolf seufzte. „Hat ihn irgendwer erreicht?"

Kopfschütteln.

„Normalerweise müssten wir das melden", meinte er.

Niemand erwiderte etwas.

„Diesmal hat er richtig Scheiße gebaut", sagte Wolf. „Gut, fangen wir an."

Sie sprachen mit Wilszek über das, was er gefunden hatte. Die Haare waren noch nicht mit den DNA-Proben von der Uni verglichen worden. Das dauerte noch.

Die Besprechung zog sich hin und sie drehten sich im Kreis. In Gedanken waren sie alle woanders. Meier begann, sich um Baumgartner zu sorgen. Vielleicht war ja etwas passiert?

„Wie hat eigentlich das Fernsehen so schnell Wind von der Sache bekommen?", fragte Wilszek.

„Was weiß ich. Es macht jedenfalls einen katastrophalen Eindruck. Das wird noch Stress von ganz oben geben, ihr werdet sehen."

„Vielleicht hat Franz sich getäuscht", gab Wilszek zu bedenken. „Vielleicht taucht sie wieder auf. Ihr solltet in jedem Fall um sachdienliche Hinweise bitten."

Sie rochen ihn, bevor sie ihn sahen. Schweiß, Alkohol und ungewaschene Kleidung. Plötzlich stand er in der Tür.

„Bin ich zu spät? Tut mir leid", sagte er und stützte sich am Türrahmen ab. Als es ihm auffiel, richtete er sich auf und konnte ein Taumeln nicht unterdrücken. Seine Augen waren glasig und gerötet und die Tränensäcke geschwollen und tiefblau.

Wolf seufzte und schloss die Augen.

„Caroline, machst du das? Ich glaub, ich hab heute nicht die Nerven dafür."

8 Uhr

Meier warf einen Blick zur Eingangstür, bevor sie die Tür zum Besprechungsraum öffnete, in dem Baumgartner immer noch zusammengesunken auf einem Sessel lungerte. Alles war ruhig.

Sie hatte ein Glas Wasser in der Hand und stellte es vor Baumgartner auf den Tisch.

Eigentlich hatte sie etwas Aufmunterndes sagen wollen, aber es fiel ihr nichts ein. Dafür war sie zu wütend.

Auch sie war müde. Sie musste auch irgendwie damit klarkommen. Wie oft sie ihn unterstützte mit Kleinigkeiten. Ob ihm das überhaupt bewusst war? Es reichte offenbar nicht. Der Mann war ein Wrack. Nicht belastbar. Vielleicht war sie weniger falsch bei der Polizei als er. Womöglich sollte sie einfach Sukitsch melden, was passiert war, und alles würde seinen Lauf nehmen.

Baumgartner hob den Kopf und stieß mit der Hand fast das Glas um. Er entdeckte Meier, sah sie mit seinen wässrigen Augen an und drehte sich weg.

„Ich schmeiß alles hin. Es hat keinen Sinn mehr", nuschelte er. „Die Leute wollen uns sowieso nicht. Sie wollen die Demokratie nicht, ich weiß nicht, was sie wollen. Sie wollen von irgendwem beherrscht werden, der ihnen das Denken abnimmt. So Leute wie der Wahnsinnige mit der Kreissäge, das sind die Vorboten. Niemand sieht die Notwendigkeiten. Anstand, Recht und Ordnung, das ist nicht mehr in. Man ist von gestern, wenn man diese Wörter verwendet. Die Jugend braucht sie nicht mehr. Es ist in, gegen Recht und Ordnung zu sein."

Meier stand hinter ihm, mit verschränkten Händen. In ihr kochte es.

Da hörte sie ein Geräusch im Nebenraum.

„Halt jetzt die Klappe", zischte sie und ging zur Tür. Sie öffnete sie einen Spalt und sah Sukitsch, der mit Wolf sprach. Sie schlüpfte durch die Tür und versuchte zu lächeln.

„Was ist los?", fragte Sukitsch, als er ihr Gesicht sah. „Wo ist Baumgartner?"

Meier sah Wolf an. Hatten die beiden schon miteinander gesprochen?

„Er ist draußen", behauptete Meier. „Befragt die Angehörigen von Wallner."

„Ich erreiche ihn nicht. Sag ihm, ich will ihn sprechen. Er soll in meine Kanzlei kommen."

„Ich sage es ihm."

Sukitsch zögerte, als ob er noch etwas sagen wollte. Er war nicht mehr so wütend wie am Vortag, aber bei ihm hieß das wenig.

„Wenn er bis zum Nachmittag nicht auftaucht, leite ich ein Disziplinarverfahren ein", meinte er schließlich. „Sag ihm das."

Dann verschwand er durch die Tür.

Meier atmete langsam aus. Sie wechselte einen Blick mit Wolf, der nur den Kopf schüttelte, bevor sie zurück ins Besprechungszimmer ging.

„Ist er weg?", fragte Baumgartner.

„Ja, er ist weg", antwortete sie.

Er seufzte geräuschvoll.

„Wir brauchen wieder mehr Ordnung in diesem Land. Mehr Disziplin in den Schulen, mehr Respekt für die Obrigkeit. Wir leben im Zeitalter der Dilettanten. Jeder glaubt, dass er was kann. Keiner hat mehr Respekt vor denen, die etwas gelernt haben."

„Franz, halt die Klappe", sagte Meier.

„Wie kann eine Demokratie ohne den Glauben an Autorität funktionieren? Die Piratenpartei! Ein Pirat ist ein Dieb! Wie kann sich jemand freiwillig als Dieb bezeichnen und damit davonkommen?"

„Genug, Franz."

„Und ich, ich bin nur eine Witzfigur. Alles, woran ich glaube, ist lächerlich. Vielleicht ist es besser, wenn der Irre mit der Säge gewinnt. Ein kleiner Bürgerkrieg und es ist schnell vorbei. Für die Jugendlichen ist das wahrscheinlich völlig in Ordnung, wenn der neue Anführer nur einen sauberen Anzug trägt und ihnen sagt, was sie hören wollen. Gewaltentrennung? Ausnahmezustand? Was ist das?"

„So, jetzt reicht's mir", sagte Meier.

Sie fasste ihn am Arm und zog ihn auf die Beine. Baumgartner leistete keinen Widerstand.

„Du schläfst jetzt deinen Rausch aus."

Sie schleppte ihn zu den Arrestzellen. Sie schaffte es, ohne dass sie jemand sah. Dort brachte sie ihn unsanft in die erste Zelle.

„Der Mann mit der Säge hat recht", murmelte Baumgartner. „Er ist der Einzige, der den Mumm hat, es auszusprechen."

„Halt jetzt endlich die Klappe!", schrie Meier plötzlich. „Weißt du, was du da sagst? Ehrlich, Franz, ich kann es nicht mehr hören. Dieses ganze Geschwafel über Recht und Ordnung. Hör endlich auf, darüber zu reden, als ob das nichts mit mir zu tun hätte! Ich bin auch eine von diesen Alternativen, über die du immer herziehst, merkst du das nicht? Ich brauche diese liberale Gesellschaft, sonst könnte ich niemals so ein glückliches Leben führen! Weißt du, wie schwer das manchmal ist, neben dir und Gregor? Ich muss so oft den Mund halten, ich habe das satt, weißt du!“

Da sah er sie an und plötzlich wurde er wieder zu dem Kind, das sie so oft in ihm sah. Dem kleinen Buben, der seine streitenden Eltern sah und sich auf sein Zimmer zurückzog.

Er drehte sich um und kauerte sich auf der Pritsche zusammen.

„Warte, Franz, bleib bei mir. Widersprich mir, verdammt noch mal! Ja, du hast recht, ich tu dir unrecht. Aber sag mir, wie soll ich damit umgehen? Ich halte es nicht mehr aus.“

Er sah sie aus blutunterlaufenen Knopfaugen an. Sie schüttelte den Kopf.

„Und übrigens, hin und wieder könntest du auch einmal nett zu mir sein“, sagte sie. „Blumen, Schokolade, irgendwas.“

Dann ging sie.

10 Uhr

Doris Wallner wusste nicht, wie lang sie schon wach war. In der Dunkelheit hatte sie kein Zeitgefühl. Höchstens eine halbe Stunde, schätzte sie. Eine Unruhe erwachte in ihr, die stärker war als die Angst.

Sie zog ihre Strümpfe aus, damit sie nicht nass wurden. Sie glaubte, dass der Wasserkrug nicht zerbrochen war, aber sie beschloss, sich nicht darauf zu verlassen und sich ganz langsam vorzutasten.

Sie stellte ihre Füße auf den Boden. Die Fußsohlen berührten den nassen Beton und sie fröstelte. Sie streckte die Hände aus und tastete sich vorwärts. Schon nach fünf Schritten berührten ihre Finger etwas Rundes. Sie erkannte, dass es der Rahmen eines Fahrrads war. Da war noch mehr Gerümpel, ein Gartenschlauch, ein paar Holzbalken mit rostigen Nägeln darin. Daneben etwas Großes mit runden Kanten.

Ein Kühlschrank. Wie zur Begrüßung schaltete er sich ein und füllte den Raum mit einem monotonen Brummen.

Sie versuchte es rechts und fand nach drei Schritten die Wand. Als sie in die andere Richtung ging, stieß sie mit dem Fuß nach wenigen Schritten völlig unerwartet gegen eine Betonkante. Ein Schrei entfuhr ihr, ehe sie sich beherrschen konnte. Mit der einen Hand suchte sie etwas, um sich abzustützen und tastete mit der anderen nach ihrem Zeh. Sie stellte ihren pochenden Fuß vorsichtig auf den Boden und streckte die Hände aus. Sie erkannte, dass es eine Stiege war, in die sie gerannt war. Es fühlte sich an, als ob ihr jemand eine Nadel unter den Zehennagel geschoben hätte. Der Nagel war gebrochen und sie spürte die Wärme von Blut zwischen ihren Zehen.

Eine Stiege. Nach oben.

Sie ignorierte den Schmerz und tastete sich die Stufen hinauf. Ihre Finger spürten kaltes Metall. Eine Tür aus Stahl. Sie fand eine Schnalle und fühlte darunter den Bolzen eines Zylinderschlosses.

Die kann nicht offen sein, dachte sie.

Sie versuchte es, doch die Tür war abgesperrt.

Das war es also. Zehn, fünfzehn Quadratmeter, wenn es viel war.

Sie ging zurück zum Bett und setzte sich hin, um zu überlegen, was das für sie bedeutete.

Es half nichts. Der Weg hinaus führte durch diese Stahltür. Und sie hatte keinen Schlüssel. Die Tür aufzubrechen, schien ihr unrealistisch. Selbst wenn sie es schaffte – er würde sie hören.

Sie musste warten, bis er sie öffnete. Doch wenn er kam, konnte es für sie schon zu spät sein.

Sie dachte an diese Frau, Sara Krasniqi. Bei der Pressekonferenz hatten sie es gesagt: keine Gewaltanwendung, kein sexueller Missbrauch.

Sie war für ihn kein Mensch gewesen, nur ein Symbol. Ein Körper, den er brauchte, um sich auszudrücken. Um seine Botschaft zu verstärken.

Zumindest wird es nicht weh tun, dachte sie. Er wird mich betäuben, wie diese Putzfrau, und dann bin ich weg. Dann werde ich einfach nicht wieder aufwachen. Vielleicht war es am besten, sich gar nicht erst zu wehren.

Ein Knoten bildete sich in ihrem Hals.

Dass es so plötzlich kommen würde, das hatte sie nicht erwartet. Es war einfach noch nicht vorgesehen.

Erneut begann sie zu weinen.

Es dauerte eine gute Stunde, bis ihr klar wurde, was der Kühlschrank für sie bedeutete. Sie stolperte hinüber, öffnete ihn und plötzlich hatte sie Licht.

16 Uhr

Franz Baumgartner fühlte sich furchtbar. Sein Hals war wund, als hätte ihn jemand mit einem Reibeisen bearbeitet. Seine Nase war verstopft, ganz weit oben, zwischen den Augen. Dort saßen auch die Kopfschmerzen. Sein Mund war klebrig.

Als er sich aufsetzte, wurde ihm schwindlig. Er wollte aufstehen – er musste dringend etwas trinken. Doch als er zum Waschbecken kam, schaffte er es gerade noch, den Kopf über den Rand zu bekommen, bevor sein Magen sich der letzten süß-sauren Reste vom Vorabend entledigte.

Erste Erinnerungsfetzen von letzter Nacht tauchten vor seinem geistigen Auge auf. Er war weniger bestürzt als überrascht. Das alles war ihm passiert? Er konnte es sich kaum vorstellen.

Er hielt sich am Rand des Waschbeckens fest. Da fiel ihm ein, was Meier mit Sukitsch gesprochen hatte.

Sukitsch würde ihn vernichten.

Baumgartner spülte den Mund mit Wasser aus. Zu trinken traute er sich nicht.

Als er hinüberging in die Kanzlei, bemerkte er den Gestank, den er verbreitete.

Er hatte Lust, gleich nach Hause zu gehen. Er brauchte eine Dusche. Doch zuerst musste er zu Meier. Ihr sagen, dass er ging.

Sie saß an ihrem Schreibtisch vor dem Rechner. Wolf war nicht da. Als sie zu ihm aufsah, war ihr Blick finster.

„Wieder besser?“, fragte sie.

„Nicht wirklich“, antwortete Baumgartner.

„Du musst zu Sukitsch“, sagte sie. „Jetzt gleich. Er wollte gerade gehen. Wenn du Glück hast, hat er das Schreiben noch nicht abgeschickt.“

„Welches Schreiben?“

„Hoffen wir, dass es eine Ermahnung und keine Disziplinaranzeige ist.“

Baumgartner sah sein Jackett und seine Hose an. Auf beidem waren Flecken von Erbrochenem.

„Da“, sagte Meier und deutete auf Wolfs Tisch. „Er hat dir ein Hemd dagelassen. Mach schnell.“

Baumgartner verstand. Er nahm sich das Hemd und ging in den Besprechungsraum, wo er sich umzog. Als er wieder herauskam, hatte Meier etwas Kleines, Weißes in der Hand.

„Den wirst du auch brauchen."

Baumgartner sah, dass es ein Kaugummi war. Er hatte keine Lust darauf, aber es war wohl besser, er tat etwas für seinen Atem.

„Viel Glück", sagte sie.

Er wollte sich bedanken, doch als er sie ansah, entschied er, dass er das besser später tun sollte. In angemessener Form, falls so etwas möglich war angesichts seiner Lage.

Kurz darauf klopfte er an Sukitschs Tür.

„Herein."

Baumgartner öffnete und trat ein. Sukitsch schrieb und sah nicht zu ihm auf.

„Sonnleitner wollte dich sprechen", sagte Sukitsch. „Ich habe ihm gesagt, dass du draußen bist und Doris Wallner suchst. Ich konnte ihm nicht erklären, warum du nicht erreichbar bist."

Baumgartner überlegte, was er sagen sollte. Er setzte zu einer Entschuldigung an, als Sukitsch die Hand hob.

„Halt, besser nicht. Nur eine Sache."

Er legte den Kugelschreiber zur Seite und sah Baumgartner an.

„Nie wieder", sagte er ruhig. „Tu das nie wieder."

Er nahm den Stift und schrieb weiter.

„Raus aus meinem Zimmer."

„Soll ich noch irgendetwas tun?", fragte Baumgartner.

„Deine Leute haben alles Nötige getan", antwortete Sukitsch. „Komm morgen wieder."

Baumgartner ging zurück in die Kanzlei seiner Kollegen.

„Ich bring das Hemd morgen wieder mit", sagte er.

Sie sah von ihrem Bildschirm auf und nickte müde. „Ist gut. Wie ist es gelaufen?"

„Ich glaube, ich darf mich nicht beklagen. Es wird nichts weiter passieren."

Baumgartner wollte gehen, doch er sah, dass Meier noch etwas sagen wollte.

„Franz, ich habe das nicht so gemeint vorhin. Dass ich es satt habe und das alles."

„Ist schon gut", antwortete er.

„Es geht nicht um dich, sondern um Gregor. Ich weiß nicht, wie lange ich es noch mit ihm aushalte. Das Pflaster auf seiner Wange, das kann er seiner Großmutter erzählen, dass das beim Rasieren passiert ist. Er ist nach wie vor in der Burschenschaft aktiv und schämt sich nicht einmal dabei."

„Er schämt sich sehr wohl", erwiderte Baumgartner. „Deshalb das Pflaster."

„Wenn Rainer in Pension geht, wer wird dann nachkommen?"

„Mario Sukitsch weiß, was er tut. Wir werden jemanden bekommen, der zu uns passt. Und was Gregor angeht: Du weißt, dass er gut ist. Das muss reichen. Wir sind nur die Exekutive, wir können niemanden verurteilen. In solchen Fällen ist das wahrscheinlich ganz gut so."

„Ja, nur wenn ich mir ansehe, welche Leute auf dem Richterstuhl sitzen ..."

„Wir müssen Vertrauen haben in den Rechtsstaat", erklärte Baumgartner. „Auch wenn nicht immer alles rund läuft."

Meier lächelte. „Deinen Optimismus möchte ich haben!"

Baumgartner sah Meier überrascht an.

„Ich glaube, einen Optimisten hat mich noch niemand genannt", sagte er.

„Dabei bist du der größte von allen. Es hat manchmal etwas sehr Beruhigendes, weißt du? Ich hoffe nur, du behältst recht."

„Ob ich recht behalte, darum geht es gar nicht", antwortete er. „Es gibt nur keine andere Möglichkeit."

Baumgartner verabschiedete sich mit einem Nicken.

21 Uhr 15

Baumgartner fühlte sich besser. Er hatte noch ein paar Stunden geschlafen und war jetzt munter. Das Kopfweh ließ nach. Er ging auf die Toilette, in der es zu riechen begonnen hatte. Als er fertig war, suchte er nach Isabels Suppenwürfel. Er hatte nur das Licht über dem Herd eingeschaltet, deshalb fand er sie nicht gleich. Er stellte Wasser auf und rührte die Suppe an.

Auf dem Küchentisch stand noch die ungeöffnete Weinflasche neben dem Blumenstrauß, der inzwischen vertrocknet war. Er nahm die Flasche und stellte sie zurück auf den Küchenkasten. Außer Sichtweite. Dann setzte er sich.

Er stützte die Ellbogen auf den Tisch und hörte dem Blubbern der Suppe zu.

Insgeheim hatte er gehofft, dass Isabel inzwischen zurückgekommen war, doch er war nicht überrascht gewesen, als er gesehen hatte, dass ihre Schuhe immer noch fehlten.

Ich bin eine Witzfigur, dachte er. Ich verstehe nicht, warum Isabel es überhaupt so lange mit mir ausgehalten hat. Vielleicht ist sie zurück zu Frank.

Sein Magen verkrampfte sich bei dem Gedanken.

Es kann gut sein, dass sie nicht mehr zurückkommt, dachte er.

Er hob den Blumenstrauß auf, drehte ihn hin und her. Trockene Blütenblätter fielen auf den Tisch.

So einen Strauß habe ich ihr geschenkt, dachte er. Als Frank sie betrogen hat. Frank mit seinem Cabrio. Frank, der Finanzberater. Der begnadete Tennisspieler. Ein Motorrad hatte er auch gehabt, ein ganz ähnliches wie Steger.

Unsterblich verliebt ist sie gewesen, das hat sie mir mehrmals erzählt, dachte er. Frauen fragen einen nie, ob man das auch hören will. Mich hat es wahnsinnig gemacht. Mir wurde damals klar, dass es keine andere geben kann. Ich wusste, dass ich nur eine kleine Chance habe. Dann hab ich ihr den Blumenstrauß geschenkt. Zum richtigen Zeitpunkt. Ich habe mich gezwungen zu warten. Bis die Zeit richtig war.

So habe ich sie gewonnen.

Dass ich mich das getraut habe, dachte er. Damals habe ich überhaupt nicht darüber nachgedacht, dass es altmodisch sein könnte. Heute würde ich mich das nicht mehr trauen.

So bin ich, dachte er. Eine altmodische Witzfigur mit kruden Ansichten. Die beim kleinsten Stress die Nerven wegschmeißt.

Vielleicht kommt sie nicht zurück. Dann werde ich mein Leben lang unglücklich sein. Ein lächerlicher, unglücklicher Polizist. So wird es sein.

Er stand auf, schaltete den Herd aus, holte ein Glas aus dem Schrank und füllte es mit Wasser. Er frischte die toten Blumen ein, stellte das Glas auf den Tisch und zog sich Schuhe und Mantel an.

Baumgartner war allein in der Kanzlei der Mordgruppe. Und er hatte keine Ahnung, wie es mit der Entführung stand. Er sah sich Meiers und Wolfs Schreibtische an, doch er fand nichts, das Rückschlüsse darauf zuließ, nur einen Schwarz-Weiß-Ausdruck eines Fotos von Wallner.

Er überlegte, Meier anzurufen. Doch dann dachte er daran, wie sie ihn angesehen hatte, als sie ihm das Hemd gegeben hatte. Es musste reichen, wenn er morgen mit ihr sprach.

Baumgartner überlegte, wo er anfangen sollte. Er hatte keine Ahnung. Sie hatten sich festgefahren, das musste er sich eingestehen. Das hieß, dass sie von vorn anfangen mussten.

Er beschloss, das bisherige Material noch einmal durchzugehen. Er fand den Obduktionsbericht, den Bericht von Wilszek sowie eine schriftliche Version von Königshofers Täterprofil. Außerdem holte er sein eigenes Notizbuch aus der Tasche.

Bevor er sich hinsetzte, nahm er Wallners Foto und ging in den Besprechungsraum, wo Krasniqis Bild an der Wand hing. Er zog vier Stecknadeln aus der Pinnwand und heftete das Foto neben das von Krasniqi.

Als er sich an seinen Schreibtisch setzte, fand er dort ein Paket aus braunem Packpapier. Absender war eine Frau Kerstin Krenn von der Theologischen Fakultät.

Erst als er es aufriss, erinnerte er sich an die schöne Frau mit dem Ehering. Er hatte sie gebeten, ihm alle Unterlagen über den Goldenen Schnitt zukommen zu lassen.

Baumgartner begann zu lesen.

In diesem Moment klingelte sein Telefon. Es war Königshofer.

Die Sprachnachricht. Ihm fiel wieder ein, dass er sie angerufen hatte.

Das sind die Nachwirkungen der letzten Nacht, dachte er. Das wird mich noch länger beschäftigen. Es geschieht mir recht.

„Hallo Vera“, sagte Baumgartner.

„Hallo Franz. Geht es dir gut?“

„Ja, es geht wieder“

„Du hast mir gestern auf meine Mailbox gesprochen“, sagte sie.

„Ja. Ich hoffe, du hast es dir nicht ganz angehört.“

Sie antwortete nicht.

„Tut mir leid. Lösch es bitte. Es hat nichts zu bedeuten.“

„Willst du nicht vielleicht vorbeikommen und darüber reden?“, fragte sie.

Er musste unwillkürlich an die Nacht in Wien denken. Isabel hatte nie davon erfahren.

„Nein“, entgegnete Baumgartner. „Das wäre nicht gut, glaube ich.“

Vera Königshofer bemerkte ihren Fehler sofort. „Es tut mir leid, Franz. Ich wollte gar nicht. – Ich hab das mit Isabel gehört. Das ist sicher schwer für dich.“

„Ja“, sagte er.

„Kann ich irgendwas für dich tun?“

Baumgartner überlegte.

„Ja. Ich brauche deinen Rat. Ich habe seit einigen Tagen ein komisches Gefühl im Bauch. Als ob ich etwas Schweres geschluckt hätte.“

„Du meinst, wie Magenschmerzen?“

„Nein, nicht einfach nur Magenschmerzen. Es fühlt sich anders an. Als hätte ich einen glatten Stein in meinem Bauch. Ich denke, es ist psychisch. Ist dir so etwas schon einmal untergekommen?“

Sie zögerte.

„Womöglich“, antwortete sie.

„Was bedeutet es?“

„Es könnte ein Überlastungssymptom sein.“

„Dass ich der Sache nicht gewachsen bin?“

„Es könnte sein, dass das alles recht viel ist im Moment.“

Er nickte bei sich.

„Pass auf dich auf, Franz“, sagte sie.

Dann verabschiedeten sie sich.

1 Uhr 35

Im Licht des Kühlschranks hatte sie ihr Gefängnis erkundet. Als sie die Tür des Geräts geöffnet hatte, war das Licht in den Raum explodiert. Erst nach Sekunden erkannte sie gekühltes Bier und Fruchtsäfte. Die kalte Luft strömte um ihre Fußknöchel.

Sie hatte fünf verschiedene Werkzeuge gefunden, mit denen man diese Tür vielleicht aufhebeln konnte, doch bei näherer Betrachtung stellte sich nur eines als ernst zu nehmende Option heraus: eine Eisenstange mit einer am Ende angeschweißten Platte, die Bohrungen für Schrauben enthielt. Sie fand, dass die Platte sich zwischen Tür und Türstock schieben ließ, doch als ihr klar war, wie es gehen könnte, lehnte sie die Stange sorgfältig neben den Kühlschrank, schloss dessen Tür und setzte sich wieder aufs Bett.

Das könnte tatsächlich funktionieren, dachte sie.

Und dann? Was, wenn er mich hört?

Dann hatte sie immer noch die Eisenstange, dachte sie.

Ein Schauer lief ihr über den Rücken.

Wenn ich ihn niederschlagen will, muss ich es richtig machen. Es gibt keine Fehlversuche. Ich muss ihn überraschen, und ich muss fest zuschlagen.

Der Kühlschrank schaltete sich wieder aus.

Bin ich bereit für das, was ich mir da ausdenke?

2 Uhr

Baumgartner zwang sich Satz für Satz durch die Unterlagen. Um ihn herum war jetzt alles sehr still. Manche Sätze musste er mehrmals lesen, manche Passagen, kaum dass er durch war, von vorn beginnen, bis er verstand, wovon die Rede war.

Sein Magen schmerzte so sehr, dass sich sein ganzer Körper verkrampfte. Seit er mit Vera gesprochen hatte, war das Gefühl stärker geworden. Immer wieder musste er an sie denken und verlor die Konzentration.

Baumgartner hatte nicht gedacht, dass ihm so etwas passieren konnte. Er hatte sich damit abgefunden gehabt, dass Isabel die einzige Frau für ihn war. Vielleicht hatten Vera und er deshalb übersehen, wie nahe sie einander bei dem Kriminalpsychologie-Workshop gekommen waren. Eine intensive Diskussion, in der das Gefühl von unmittelbarem Verständnis und gegenseitigem Vertrauen immer stärker geworden war. Alle anderen waren ausgestiegen und schlafen gegangen.

Es war nur ein Kuss gewesen. Doch dieser eine Kuss verfolgte sie nach wie vor.

Manchmal hatte er den Eindruck, dass diese eine Erfahrung intensiver gewesen war als alles, was er mit

Isabel erlebt hatte. Er hatte Angst, über diese Frage nachzudenken. Wenn die Angst dann verflog, wurde ihm klar, dass das Erlebnis nichts an seiner Liebe zu Isabel änderte. Und er hatte den paradoxen Gedanken, dass manche Liebe von vornherein nicht dafür geschaffen war, erfüllt zu werden. Dass dieser sanfte Schmerz etwas Gutes war und vielleicht sogar seiner Ehe mit Isabel eine andere Bedeutung gab.

Trotzdem bestand die Gefahr, dass er sich verlor. Er hatte den Eindruck, dass Vera offener war, als ihm lieb war.

Er fand es eigenartig. Lange war er den Frauen erfolglos nachgelaufen und nun gab es auf einmal mehrere. Ein Zustand, der verwirrend war und fast so unangenehm wie jener davor. Warum der Erfolg nicht schon früher eingetreten war, konnte er nicht genau sagen. Er war weder feige noch besonders schüchtern gewesen. Vielleicht einfach zu langsam. Isabel hatte einmal gemeint, dass es daran liegen konnte. Insgeheim verstand er, dass es nicht einfach war, einen Eigenbrötler wie ihn zu lieben. Vielleicht war es so, dass die jüngeren Frauen einen anderen Typ Mann bevorzugten. Dass erst erwachsene Frauen seine Qualitäten zu schätzen wussten.

Baumgartner ertappte sich dabei, dass er in die Luft starrte, und konzentrierte sich wieder auf das Blatt Papier in seiner Hand.

Er gönnte sich jede Stunde fünf Minuten Pause, dann machte er weiter.

Es gibt keinen Weg zurück, dachte er. Ich muss das tun. Ich muss.

Um halb drei rannte er das erste Mal auf die Toilette. Er erwartete aus irgendeinem Grund, dass Blut im Erbrochenen war, doch da war nichts.

Als er zurückkam und die Akte in die Hand nahm, an der er gerade gelesen hatte, hatte er plötzlich ein Déjà-vu. Etwas an der Situation erkannte er wieder.

Nicht, dass er nicht öfter nachts hier gesessen war und gelesen hatte. Aber es war mehr als das. Es war etwas sehr Konkretes, das er wiedererkannte.

Er sah die Akte an. Dort war von „Nautilus" die Rede. Einem Meereslebewesen, das in einer Art Schneckenhaus wohnte. In der Geometrie des Schneckenhauses kam auch das Verhältnis des Goldenen Schnitts vor, schrieben die Autoren des Artikels.

War es dieses Bild, das ihn an etwas erinnerte? Und woran?

In den nächsten Stunden starrte er immer wieder dieses Bild an, doch er kam auf keinen grünen Zweig.

Um halb sieben kam Wolf in die Kanzlei. Baumgartner war eingenickt und wachte auf, als er die Tür hörte.

„Schau, schau, der Chef", sagte Wolf.

„Wann kommen die anderen?", fragte Baumgartner und rieb sich die Augen.

„Keine Ahnung", antwortete Wolf.

„Ruf sie an. In einer Stunde machen wir eine Besprechung."

Sonntag, 7 Uhr 30

Das Team der Mordgruppe war vollständig im Besprechungsraum versammelt, auch Sukitsch war da. Swoboda musterte Baumgartner und wich seinem Blick aus, wenn er ihn ansah.

„So, was haben wir?“, fragte Baumgartner.

Wolf lachte trocken. „Nicht viel, nach deiner Aktion gestern.“

„Halt die Klappe, Gregor“, fuhr Meier dazwischen.

„Was? Wie redest du mit mir?“

„Beruhig dich jetzt“, sagte sie. „Wir sollten uns konzentrieren. Die Situation hat sich massiv verändert. Jetzt haben wir keinen Mordfall, wo wir uns Zeit lassen können. Jetzt haben wir eine Entführung.“

„Können wir sichergehen, dass er es war?“, fragte Baumgartner.

„Wilszek hat ein Haar aus dem Seminarraum zuordnen können. Er ist es.“

Da begannen sie zu erzählen. Sie hatten Wallners Foto an die Medien gegeben, mit der Bitte um sachdienliche Hinweise. Sie hatten mit Doris Wallners Freund gesprochen und mit ihrem Chefredakteur. Niemand konnte sich erklären, was sie mit ihrem letzten Anruf gemeint hatte. Der Redakteur hatte ihnen die Zugangsdaten zu ihren E-Mails verschafft, doch auch dort fanden sie nichts. Die Adresse, von der aus die Mailnachricht des Mörders geschickt worden war, lief auf einen Walter Brenner. Davon gab es in Österreich einige, doch das Geburtsdatum passte zu keinem von ihnen. Es war klar, dass die Daten falsch waren.

Die DNA-Daten von den Studenten waren inzwischen auch analysiert, doch niemand passte zu dem Haar aus Wallners Wohnung.

„Hat noch jemand diese Mail bekommen? Was sagen die anderen Zeitungen?“, wollte Baumgartner wissen.

„Nein“, sagte Meier, „nur sie.“

„Kennt sie ihn etwa?“, fragte Baumgartner. Er schloss die Augen. „Daran hätten wir denken müssen, verdammt! Das war ein Fehler.“

Die anderen schwiegen betreten. Er atmete durch.

„Schon etwas Neues von Gabriele Koren?“

„Nein“, sagte Meier.

„Sollen wir nach ihr fahnden lassen?“, fragte Baumgartner und sah dabei Sukitsch an. Dieser nickte.

„Gut. Gregor, du leitest das in die Wege. Rainer, du unterstützt ihn.“

Baumgartner überlegte. „Sonst irgendwas? Keine neuen Zeugen? Irgendwas Neues, was den Stickstoff angeht?

Sie verneinten.

Baumgartner kratzte sich am Kinn.

„Wenn man es genau nimmt, dann haben wir also gar nichts“, stellte er fest.

Die anderen schwiegen. Wolf sah wütend aus.

„Was wird er tun?“, fragte Baumgartner. Er sah Königshofer fragend an. „Gehört das zu seinem Plan?“

Alle sahen Königshofer an.

„Nein“, antwortete sie. „Das glaube ich nicht. Es war improvisiert.“

„Aber warum? Warum sie?“

Königshofer zuckte mit den Schultern.

„Sie weiß, wer er ist. Sie muss ihn kennen. Die E-Mail, die er geschickt hat, die ging nur an sie.“

„Was glaubst du, hat er mit ihr vor?“, setzte Baumgartner nach.

„Das kann ich nicht sagen.“

„Jedenfalls kann er sie kaum freilassen“, sagte er. „Sie könnte ihn identifizieren.“

Alle wussten, was das bedeutete.

„Du hast keine Vorstellung davon, wie viel Zeit wir haben, oder?“, fragte Baumgartner.

Königshofer verneinte.

„Die Medien haben jedenfalls ihre Freude, auch ohne Bauer“, sagte Meier. „Sieh dir das an.“

Sie nahm einen großen Umschlag, der vor ihr lag, und leerte den Inhalt auf den Tisch. Gut zwei Dutzend Kopien von Zeitungsartikeln glitten heraus.

„Geheimbünde in Österreich“, titelte ein Hochglanzmagazin. „Freimaurer, Neonazis, Satanisten – wie sie im Verborgenen ihre Macht ausüben.“ Ein sehr dunkles Bild eines Mannes mit Kapuze und einer Halskette mit einem großen goldenen Pentagramm beherrschte das Cover.

Baumgartner hob ein anderes Blatt auf.

„Die *Bild*?“

„Was hast du erwartet?“, antwortete Meier.

Da meldete sich Sukitsch zu Wort.

„Ja, die Sache hat eine Menge Staub aufgewirbelt. Es ist jetzt wichtig, dass niemand mehr Alleingänge macht, was die Medien angeht. Alle Medienarbeit läuft über mich. Ist das klar?“

„Sag das Steger“, entgegnete Baumgartner.

Sukitsch ignorierte die Bemerkung.

„Noch etwas“, sagte er. „Ihr habt jetzt viel um die Ohren. Und Caroline hat recht, es muss schnell gehen. Braucht ihr Verstärkung?“

Baumgartner überlegte kurz.

„Nein, derzeit nicht. Wir können nicht mehr tun.“

Sukitsch sah ihn eindringlich an. „Ihr müsst sie finden, Franz. Keine Fehler mehr.“

„Ja, das ist mir klar“, antwortete Baumgartner.

Er beendete die Besprechung. Sie vereinbarten, sich abends um sieben nochmals zu treffen.

„Halt, Franz, bleib stehen“, sagte Sukitsch, als die anderen durch die Tür hinaus waren.

Baumgartner drehte sich um

„Geht es jetzt wieder?“

„Ja“, antwortete er. „Es tut mir leid, was passiert ist. Das ist durch nichts zu entschuldigen.“

„Was war los, Franz? Wie kann man so die Nerven wegschmeißen?“

Baumgartner sah auf den Boden und kratzte sich über dem Auge.

„Meine Frau hat mich verlassen“, erklärte er.

Sukitsch nickte.

„Ich habe das auch durchgemacht“, sagte er. „Konzentrier dich auf deine Arbeit. Das hilft.“

„Das werde ich“, entgegnete Baumgartner.

„Aber wenn so etwas noch einmal passiert, kann ich dir nicht mehr helfen. Dann wirst du suspendiert und deinen Posten übernimmt Gregor Wolf.“

„Hat er mich verpfiffen?“, fragte Baumgartner.

„Lass Gregor da raus, Franz! Du hast Scheiße gebaut, nicht er. Es hat dich gar niemand verpfiffen. Glaubst du, ich bin blöd? Jeder konnte sehen, was los war. Seien wir froh, dass es die Medien nicht mitgekriegt haben.“

„Also hat er mich doch verpfiffen“, sagte Baumgartner.

Sukitsch schlug mit der Faust auf den Tisch neben ihm.

„Genug jetzt, Franz! Ist dir der Ernst der Lage bewusst? Wir müssen sie finden! Sonst ist nicht nur deine Karriere gefährdet!“

„Ja, wir müssen sie finden.“

Sukitsch sah ihn nachdenklich an.

„Bacher wollte damals schon Gregor haben, weißt du? Ich war es, der dich durchgesetzt hat. Weil ich an dich glaube. Und das tu ich immer noch."

„Ich dachte, du hältst mich für einen Gutmenschen. Der einfahren wird."

„Als Mensch wirst du einfahren, Franz", sagte Sukitsch. „Nicht als Polizist."

8 Uhr 10

Gregor Wolfs Gedanken drehten sich im Kreis, als er das Internet nach der Website von Robert, dem Schamanen, durchforstete. Eine altbekannte Wut befeuerte ihn. Er dachte daran, sich versetzen zu lassen, wog Für und Wider ab.

Er wusste, es gab andere Abteilungen, da wäre er nicht der Außenseiter. Er wäre unter Seinesgleichen, respektiert, nicht infrage gestellt. Zur Fremdenpolizei konnte er jederzeit zurückkehren. Die hatten ihn ohnehin nur ungern gehen lassen.

Warum tat er es dann nicht? Warum blieb er hier und tat sich das an? Das fragten ihn seine Freunde auch immer. Sie hatten sogar schon für ihn vorgefühlt – ein Wechsel wäre kein Problem.

In Wahrheit konnte er diese Frage selbst nicht so einfach beantworten. Sicher lag es daran, dass er nicht gern aufgab. Das lag nicht in seiner Natur, mehr noch, er verabscheute diese Art von Schwäche.

Seine Freunde bei der Fremdenpolizei glaubten, dass er nach wie vor auf Baumgartners Posten schielte. Sie waren immer noch der Meinung, Baumgartner wäre ein Spinner und würde eines Tages ausgetauscht werden. Man musste nur warten. Doch das war es nicht. Er selbst hatte inzwischen verstanden, dass Baumgartner fest im Sattel saß. Selbst seine Aktion gestern würde nichts daran ändern, nach dem Erfolg mit dem letzten Fall.

Er vermutete, dass die wirkliche Erklärung für sein Bleiben ganz einfach war: Sie arbeiteten gut zusammen. Er hatte die Gelegenheit gehabt, Polizeiarbeit in verschiedensten Formen zu sehen, seit er dabei war. Und noch nie war er in einer Gruppe gewesen, die so effektiv arbeitete. Ohne Streit, ohne Konkurrenzkampf oder sonst etwas. Auch wenn er Baumgartner nicht mochte, so hatte er feststellen müssen, dass dieser Qualitäten hatte, die nicht offensichtlich waren und immer dann auftauchten, wenn man sie nicht erwartete. Ähnliches galt für Caroline Meier, obwohl sie ihm politisch noch ferner war als Baumgartner. Wenigstens wollte sie nicht mit ihm diskutieren.

Im Moment überwog allerdings die Wut und all diese Argumente verloren an Kraft. An solchen Tagen überlegte er, ob er diese Situationen nicht besser nutzen sollte, wenn Baumgartner die Nerven wegschmiss. Vielleicht passierte es wieder und womöglich bekam er dann eine neue Chance.

Er war so unkonzentriert, dass er beinahe die Adresse übersehen hätte, die auf seinem Bildschirm auftauchte. Robert Stelzer. Er bot verschiedenste Leistungen an. Ernährungsworkshops, energetische Massagen, Familienaufstellungen und noch manches, was schwerer verständlich war. Vom „Leuchten“ stand hier nichts, dennoch sah es vielversprechend aus. Er schrieb die Adresse auf die Liste zu den anderen, stand auf und nahm seine Jacke.

Wolf parkte seinen Dienstwagen in einer geschotterten Umkehre, in der hüfthohes Unkraut wuchs. Der Hof lag auf der Kuppe eines Hügels und er erkannte gleich, dass es kein gewöhnlicher Bauernhof war.

Vor einem zweistöckigen Bauernhaus lag eine Wiese, auf der zwei Schafe weideten. In der Mitte war ein Kreis aus Steinen, der eine Feuerstelle umgrenzte, am Rand ein Gemüsegarten, der inzwischen abgeerntet war. Übrig waren nur vertrocknete Reste von Tomatenstauden und Kürbisranken. Das Bauernhaus war kleiner, als er erwartet hatte. Man schien vor der Entscheidung gestanden zu sein, ob man die hölzernen Fenster- und Türrahmen streichen sollte oder die Mauern. Man hatte sich für das Holz entschieden. Auf dem Balkon im ersten Stock standen unzählige Topfpflanzen, manche schon zwei Meter hoch. Er hielt nach Hanfstauden Ausschau, sah aber keine. Er war dankbar dafür. Es hätte die Sache nur verkompliziert.

Jetzt denke ich schon wie Baumgartner, dachte er.

Über der Eingangstür hing ein Hirschgeweih mit tibetischen Gebetsfahnen daran. Alles in allem herrschte eine Mischung aus Verwahrlosung und liebevollen Details vor, die Wolf verstörend fand.

Da sah er eine Frau im Gemüsegarten. Sie richtete sich gerade auf. In jeder Hand hatte sie vertrocknete Sonnenblumen. Sie warf die gerodeten Stauden auf einen Haufen und wischte sich den Schweiß von der Stirn. Dann entdeckte sie Wolf.

Er versuchte, ihr Alter zu schätzen, aber es gelang ihm nicht. Ihr Gesicht sah verbraucht aus, aber ihre Kleider waren die einer Zwanzigjährigen. Sie lächelte kurz und kam ihm entgegen.

„Guten Tag“, sagte Wolf. „Können Sie mir sagen, ob Gabriele Koren hier wohnt?“

Die Frau blieb in einiger Entfernung stehen und musterte ihn.

„Wer sind Sie?“, fragte sie.

„Ich bin von der Polizei. Ich muss Frau Koren ein paar Fragen stellen.“

„Hier wohnt niemand, der so heißt.“

Wolf hatte sofort das Gefühl, dass sie nicht die Wahrheit sagte.

„Dann führen Sie mich bitte zu Robert Stelzer“, sagte er. „Von ihm weiß ich, dass er hier wohnt.“

Sie antwortete nicht. Wolf war sich plötzlich sicher, dass Stelzer hier war. Ihm fiel der alte Wohnwagen auf, der neben dem Haus stand.

„Was ist jetzt?“, fragte Wolf.

Die Frau putzte sich die Erde von den Händen und ging in Richtung Haus.

Es dauerte eine Weile, bis Wolf bemerkte, wie langsam ihre Schritte waren. Sie sah immer wieder hinauf zu den Fenstern.

Er stieß sie beiseite und lief auf die Eingangstür zu. Sie fluchte und rief ihm etwas nach, das er nicht beachtete. Als er die Tür öffnete, hörte er schnelle Schritte im oberen Stockwerk. Er fand eine ausgetretene Holzstiege, die nach oben führte.

Spring mir jetzt nicht aus dem Fenster, dachte er.

Oben war ein Korridor mit mehreren Türen. Er versuchte zu eruieren, von wo er die Schritte gehört hatte, doch einen Moment lang war er verwirrt. Da hörte er eine Stimme durch die Tür direkt vor sich. Er stieß sie auf.

Am Fenster stand eine Frau, die sich zu ihm umdrehte. Er erkannte Koren wieder.

„Robert“, rief sie, „was soll ich jetzt machen?“

Wolf lief zum Fenster und sah einen Mann, der davonlief, ohne sich umzudrehen. Er verschwand in einem riesigen Maisfeld.

Das war jetzt unwichtig. Wolf sah sich in dem Raum um. Er ignorierte Korens panischen Blick.

Da waren mehrere Betten mit bunt gemusterter Bettwäsche. Auf einem lag eine gefilzte Umhängetasche. Wolf hob sie auf und leerte den Inhalt auf das Bett.

„Wo ist der Laptop?", zischte er.

Korens Augen waren aufgerissen.

„Wo ist er, verdammt?"

Wolf riss die Decken von den Betten. Federn segelten durch den Raum. Dann sah er unter den Bettgestellen nach.

Unter dem letzten fand er, was er suchte.

9 Uhr

Baumgartner saß als Einziger in der Kanzlei und las sich Wilszeks Bericht von Wallners Wohnung durch. Gerade hatte er ein Gespräch mit dem Staatsanwalt Walter Sonnleitner gehabt, einem rundlichen Mann um die vierzig, mit Anzug und goldener Krawattennadel. Sukitsch hatte ihn bereits über die Lage informiert und es gab nichts Neues zu berichten. Auch Sonnleitner drängte ihn, alle Möglichkeiten auszuschöpfen, was Wallner anging. „Es ist extrem wichtig, dass wir sie finden, bevor etwas passiert!"

Als ob er das nicht wusste.

Ich hätte ihr Polizeischutz geben sollen, dachte er. Aber woher hätte ich wissen sollen, dass sie in Gefahr ist?

Es könnte alles längst vorbei sein. Wenn sie mir nur gleich gesagt hätte, was sie wusste.

Er hätte schreien können, wenn er darüber nachdachte.

Baumgartner fragte sich, ob Wallner noch lebte.

Da kam Meier herein. Sie war außer Atem.

„Franz? Gregor hat Koren gefunden."

9 Uhr 5

Baumgartner hörte Koren, bevor er sie sah. Sie heulte und schluchzte hemmungslos. Gregor Wolf führte sie herein. Sie hatten ihr Handschellen angelegt und mussten sie stützen, sonst wäre sie umgefallen.

„Sie hat sich auf einem Bauernhof in der Nähe von Wildon versteckt, bei diesem Robert", sagte Wolf.

„Was ist los mit ihr?", fragte Baumgartner.

„Ich weiß auch nicht. Ist völlig fertig mit den Nerven."

„Hat sie gesagt, wo der Laptop ist?"

„Den habe ich auch gefunden", erklärte Wolf. „Wilszek ist dran."

Sie sah Baumgartner und ihr Schluchzen wurde etwas leiser. Meier übernahm sie und brachte sie in den Vernehmungsraum.

Als sie weg war, wandte sich Baumgartner Wolf zu.

„Du hast sie gefesselt? Bist du wahnsinnig?"

„Sie wollte nicht mitkommen", antwortete er. „Da hab ich sie festgenommen."

„War das nötig?", fragte Baumgartner.

Wolf sah Baumgartner ungläubig an. „Was denn, bist du jetzt neuerdings zimperlich? Sie behindert die Ermittlungen! Hast du selbst gesagt. Wir müssen Wallner finden!“

Baumgartner schien zu überlegen. „Wie lange braucht Wilszek?“

„Eine halbe Stunde, bis er alle Passwörter geknackt hat. Da sind ein paar versteckte Ordner, hat er gesagt.“

„Gut“, sagte Baumgartner. „Dann gehen wir einen Moment vor die Tür. Ich muss mit dir reden.“

Wolf war überrascht, widersprach aber nicht.

„Und du nimmst ihr die Handschellen ab“, befahl er Swoboda, der an seinem Schreibtisch saß.

„Jetzt würde ich aber wirklich gerne wissen, was los ist“, sagte Wolf, der nur mit Mühe seine Wut zurückhielt.

„Komm, wir gehen spazieren“, meinte Baumgartner.

Sie gingen die Straßganger Straße entlang, schritten steif und mit etwas mehr Abstand als sonst nebeneinander her.

„Das geht nicht, Gregor“, sagte Baumgartner nach einer Weile. „Du musst die Leute besser behandeln.“

Wolf schüttelte den Kopf.

„Ob sie dir sympathisch sind oder nicht, darf keinen Unterschied machen.“

Wolf hielt den Blick gesenkt. In ihm kochte es noch immer.

„Ich brauche dich im Team“, erklärte Baumgartner. „Deine Qualitäten. Aber manchmal musst du aufpassen, du musst korrekt bleiben. Immer. Das ist enorm wichtig.“

Sie warteten auf den Anruf, doch nichts passierte. Also gingen sie weiter, vorbei am Gasthaus Pfeifer, wo sie ab und zu nach der Arbeit was trinken gingen. Vor ihnen tauchte ein Mann auf, der sich auf eine zu kurze

Krücke stützte und ihnen mit verzerrtem Gesicht einen Plastikbecher entgegenhielt. Sie wollten ihn ignorieren, doch der Mann stellte sich ihnen in den Weg und jammerte ein paar schwer verständliche Worte in gebrochenem Deutsch.

„Verschwinde!", zischte Wolf. „Sonst lass ich dich einsperren!"

Wolf trat einen Schritt auf die Straße und ging an dem Mann vorbei.

„Lass gut sein", sagte Baumgartner und wollte auf der anderen Seite ausweichen, doch der Mann schnitt ihm den Weg ab und hielt trotzig den Becher hin.

„Warum? Warum muss ich es gut sein lassen?", fragte Wolf. „Das sind keine Bettler, das sind Profis! Wer so professionell betteln kann, kann auch arbeiten. Das hat mit Sympathie nichts zu tun!"

„Mir sind sie auch nicht sympathisch", antwortete Baumgartner, während er seine Geldbörse hervorholte. Er warf eine Zweieuromünze in den Becher. Der Mann bedankte sich überschwänglich und wankte weiter.

Wolf sah Baumgartner an. Seine Wut schien verflogen.

„Manchmal werde ich echt nicht schlau aus dir, Chef", sagte er.

„Das ist das Problem mit euch", erklärte Baumgartner. Er streckte die Hand aus und strich mit dem Finger über das Pflaster auf Wolfs Wange. Dieser erschrak und wich zurück.

„Es tut nicht mehr weh, oder? Du könntest es längst runternehmen, wir wissen es alle."

Wolf verschränkte die Hände. Baumgartner fuhr fort:

„Ihr schreibt euch Begriffe wie Anstand, Recht und Ordnung auf die Fahnen, dabei habt ihr keine Ahnung, was sie wirklich bedeuten und wofür sie gut sind. Sie sind da, um die Menschlichkeit für alle zu gewährleisten. Ihr nutzt sie nur, um irgendwelche Minderwertigkeitskomplexe auszugleichen, weil euch keiner wirklich ernst nimmt. Ihr missbraucht sie und beschmutzt sie damit, dass sie niemand mehr verwenden kann. Wisst ihr, was ihr damit für einen Schaden anrichtet? Man muss sie euch wieder wegnehmen, Recht und Ordnung."

Wolf stand reglos da und sah Baumgartner in die Augen. Mit einer einzigen Bewegung riss er sich das Pflaster von der Wange. Eine hervorstehende rote Narbe kam zum Vorschein.

„Wir sind oft unterschiedlicher Meinung, Gregor. Ich glaube, dass du die Werte unserer Gesellschaft nicht genug respektierst. Die Menschenrechte."

Wolf stieß ein verächtliches Lachen aus. Sie sahen sich an.

„Ich hätte mir diese Position verdient gehabt", sagte Wolf nach einer Weile. „Ich hätte Leiter der Mordgruppe werden sollen. Ich habe viel Arbeit investiert und alles ist gut gelaufen, bis du gekommen bist. Ich hätte es mir verdient."

„Ja, ich schätze, das hättest du", antwortete Baumgartner. „Ich habe mich nicht darum gerissen, das weißt du. Sukitsch wollte es so."

Wolf schwieg.

„Wir müssen trotzdem miteinander auskommen", fuhr er fort. „Auch wenn ich deinen Hintergrund nicht gutheiße, Gregor, im Grunde wollen wir das Gleiche. Wenn das nicht so wäre, wärst du längst rausgeflogen. Aber hier in der Mordgruppe machen wir die Dinge auf meine Art. Weil ich nun eben der Chef bin, verstehst du?"

Wolf kniff die Augen zusammen.

„Weißt du, Chef“, sagte er nach einer Weile, „wenn du Probleme hast mit deiner Frau, dann tut mir das leid. Aber lass es bitte nicht an mir aus.“

Baumgartner sah ihn nachdenklich an.

„Ich werde mich bemühen, Gregor.“

Da klingelte Baumgartners Telefon, doch er hob nicht ab.

„Noch etwas: Sei nett zu Caroline. Ich will, dass sie sich wohlfühlt bei uns. Sie hat gesagt, sie mag Blumen.“

Er zog sein Telefon aus der Tasche.

„Ja? Ist gut.“

Er legte auf und wandte sich Wolf zu. „Wilszek ist fertig.“

9 Uhr 30

„Das müsst ihr euch ansehen“, sagte Wilszek mit einem Grinsen, das Baumgartner nicht verstand.

Er hatte den Rechner an Swobodas Bildschirm angeschlossen und diesen zur Seite gedreht, sodass alle hinsehen konnten. Meier hatte Krasniqis Eltern zum Flughafen gebracht und war auch wieder mit dabei. Sie hatte Wolfs Narbe gesehen, als er hereingekommen war, und Blickkontakt mit Baumgartner gesucht, aber nichts gesagt.

Als Wilszek das erste Bild aufmachte, senkte Baumgartner den Blick und Meier seufzte.

„Muss das sein?“, sagte sie zu Wilszek.

„Was? Ihr wolltet wissen, was da drauf ist. Nun wissen wir es. Und auch, warum sie nicht wollte, dass wir es sehen.“

Wilszek klickte weiter. Der versteckte Ordner enthielt überbelichtete Nacktbilder von Koren, aber auch von Krasniqi, in freier Natur, auf einer Waldlichtung.

„Na ja“, meinte Baumgartner, „auch kein Grund, eine Mordermittlung zu behindern.“

„Warte“, unterbrach ihn Wolf plötzlich.

Wilszek ging ein Bild zurück. Darauf war ein Mann hinter den beiden Frauen zu sehen. Er trug eine weiße, altmodische Unterhose.

„Ich glaube, das ist Robert Stelzer.“

„Der mit dem Bauernhof?“, fragte Baumgartner. „Von dem Korens Mutter gesprochen hat?“

„Genau der“, bestätigte Wolf.

„Hättest ihn gleich mitnehmen sollen.“

Wilszek klickte weiter.

„Und wer ist das?“, fragte Wolf.

Auf einem anderen Bild lag ein junger Mann neben Krasniqi. Beide hatten Blumen im Haar und lagen aneinandergeschmiegt im Gras. Ihre Posen schienen freundschaftlich zu sein und der Mann hatte auch keine Erektion.

Baumgartner war plötzlich aufgeregt. Ist er das?

„Den müssen wir finden“, sagte er. „Vielleicht gibt es da noch mehr. Wer will sich die Bilder ansehen? Caroline?“

„Wenn es sein muss“, antwortete sie.

„Wo ist Koren?“, wollte Baumgartner wissen.

„In einer Zelle.“

„Hol sie her“, befahl er Wolf. „Vielleicht willst du dich gleich entschuldigen.“

Wolf biss die Zähne zusammen und ging. Eine halbe Minute später kam er mit Koren herein und führte sie durch die Kanzlei in den Vernehmungsraum. Sie wirkte völlig apathisch.

Wilszek hatte inzwischen die Fotos ausgedruckt und drückte sie Baumgartner in die Hand, der in den Vernehmungsraum folgte. Wolf setzte Koren an eine Seite des leeren Tischs, die beiden Polizisten setzten sich ihr gegenüber.

Sie hatte gerötete Augen und starrte die Tischplatte an.

„Frau Koren“, begann Baumgartner, „warum sind Sie davongelaufen? Sagen Sie es mir. Ich verstehe es nämlich nicht. Wir wollen den Mörder Ihrer Freundin finden. Warum behindern Sie uns dabei?“

Baumgartner wartete, bevor er weitersprach.

„Ist es wegen der Bilder auf dem Laptop? Wegen diesem Stelzer?“

Nun sah sie auf, schien im Raum nach Hilfe zu suchen.

„Hat er Sie unter Druck gesetzt?“, fuhr Baumgartner fort. „Ihnen gedroht?“

Sie schien immer tiefer in ihren Sessel zu sinken.

„Das ist nicht ganz unwesentlich für Sie, Frau Koren“, erklärte er. „Sie werden eine Anzeige bekommen, daran führt leider kein Weg vorbei. Aber Sie können Ihre Lage verbessern, wenn Sie uns helfen.“

„Robert hat gesagt ...“

Sie stockte. Baumgartner wurde laut.

„Was? Was hat er gesagt?“

„Dass wir den anderen nicht trauen können“, antwortete sie.

In Baumgartners Blick war Fassungslosigkeit.

„Welchen anderen, bitte?“

„Den Konzernen. Und der Regierung. Allen, die uns ausbeuten und krank machen wollen.“

„Das hat er gesagt?“

Koren nickte zögerlich. Baumgartner atmete tief durch.

„Frau Koren, ich weiß nicht, wer genau für Sie die Konzerne oder die Regierung sind, aber Sie dürfen mir glauben, dass ich weder Sie noch sonst irgendjemanden ausbeuten oder krank machen will. Ich will nur den Mann finden, der Ihre Freundin umgebracht hat. Das ist mein Beruf. Verstehen Sie mich?“

Sie nickte.

Baumgartner nahm die Bilder zur Hand, suchte jenes mit dem unbekannten Mann und hielt es ihr hin.

„Wer ist das?“

Sie schüttelte den Kopf.

„Kommen Sie schon“, drängte er. „Einen Vornamen? Sie sind nackt miteinander im Gras gelegen und wollen mir erzählen, dass Sie keinen Namen wissen?“

„Martin“, sagte sie leise.

„Nachname?“

„Ich weiß es nicht, ehrlich. Er war ein Freund von Sara“, sagte sie mit heiserer Stimme.

Baumgartner bemühte sich, beruhigend auf sie einzureden. Es fiel ihm sehr schwer. Er überlegte, die Sprache auf Doris Wallner zu bringen – sie schien von der Entführung nichts zu wissen –, aber er entschied sich dagegen. Er befürchtete, dass es nichts bringen würde, den Druck zu erhöhen.

„Frau Koren, es ist sehr wichtig, dass Sie uns alles erzählen, was Sie über Sara Krasniqi wissen. Ihr Mörder ist nach wie vor auf freiem Fuß und wir gehen davon aus, dass er gefährlich ist. Wir befürchten, dass er noch jemanden umbringen könnte.“

„Martin“, wiederholte sie, „er heißt Martin.“

Baumgartner wartete, doch Gabriele Koren sagte nichts mehr. Er stand auf.

„Kopf hoch, Frau Koren. Wenn Stelzer Sie wirklich unter Druck gesetzt hat, werden Sie mit einem blauen Auge davonkommen. Wir werden jetzt Ihre Mutter anrufen. Ist das in Ordnung für Sie?"

Sie nickte plötzlich heftig und brach in Tränen aus. Baumgartner verließ den Raum. In der Kanzlei wandte er sich an Swoboda.

„Rainer, sieh zu, dass ihre Mutter verständigt wird."

„Du willst sie doch nicht gehen lassen?", fragte Wolf, der gerade aus dem Vernehmungsraum zurückkam.

„Warum sollte ich sie festhalten?", entgegnete Baumgartner.

„Verdunkelungsgefahr? Wie wär's damit?"

„Warum sollte sie das tun?"

„Sie hat Stelzer geschützt", sagte Wolf aufgebracht. „Woher wissen wir, dass er nichts damit zu tun hat?"

„Das Profil passt nicht auf ihn, Gregor."

Wolfs Gesicht war rot vor Wut.

Baumgartner schickte den zögernden Swoboda mit einer Geste fort. „Keine Diskussionen mehr. Meine Entscheidung."

Meier saß inzwischen vor dem Bildschirm und sah sich weitere Fotos an. Baumgartner wandte sich an sie. „Ich brauche einen Abzug von seinem Gesicht, ohne den Rest. Gregor, du rufst diesen Spezialisten in Wien an. Er soll das Foto mit allen Datenbanken vergleichen. Sein Vorname ist Martin."

Wolf stürmte wortlos aus dem Raum. Als er weg war, seufzte Baumgartner.

„Nun verstehe ich Korens Mutter besser", sagte er. „Das ist die reinste Sekte. Wer weiß, was Stelzer denen noch alles erzählt. *Er* hat allen Grund, sich vor der Polizei zu fürchten.“

Baumgartner sah Meier über die Schulter und betrachtete das idyllische Foto auf dem Bildschirm. Maier vergrößerte gerade das Gesicht des jungen Mannes, der Martin hieß.

„Das hilft uns nicht weiter, Wallner zu finden“, sagte er. „Siehst du, wie der lacht? Ich bezweifle, dass das unser Mann ist.“

„Natürlich hilft uns das“, entgegnete Meier. „Er kann uns zum Täter führen und wenn wir den finden, finden wir sie.“

Das geht alles zu langsam, dachte Baumgartner.

Er setzte sich an seinen Schreibtisch und sah den Umschlag an, den ihm die Theologin geschickt hatte. Er wusste nach seiner nächtlichen Sitzung alles, was Menschen in den letzten paar hundert Jahren an Mystik in den Goldenen Schnitt hineininterpretiert hatten, aber es half ihm keinen Schritt weiter.

Kein Satanismus also, dachte er.

Er nahm nochmals die Mail zur Hand, die Wallner zuletzt erhalten hatte.

... die demokratie letztendlich fuer die zerstoerung des planeten verantwortlich ist ...

Der Goldene Schnitt war nur die Oberfläche. Worum ging es hier wirklich?

Vor einem halben Jahr

Es war an einem lauen Abend, als Manfred Sammer eine Entscheidung traf. Er saß auf dem Balkon seiner Wohnung. Die Luft roch nach Gras und Abgasen und von unten hörte man den Lärm des Rasenmähers, mit dem der Hausmeister mähte, zum ersten Mal im Jahr. Die Sonne stand tief und spendete warmes, gelbes Licht.

Es war wohl ein ausgesprochen schöner Abend, objektiv betrachtet. Von nebenan hörte er die Nachbarn lachen. Er vermutete, dass er Glück empfinden sollte, dass ihm *das Herz aufgehen* sollte, wie man so schön sagte.

In Wirklichkeit empfand er gar nichts. Das wurde ihm zum ersten Mal in seinem Leben klar. Sein Inneres war glatt und kühl wie polierter Stahl. Alles prallte von ihm ab. Die Welt erschien ihm als gedeckte Tafel, die vor seinen Händen zurückwich, wenn er danach greifen wollte. Er fragte sich, wie lange das schon so gewesen war und kam zu keinem Ergebnis. Nicht einmal die Tatsache, dass sie seine Arbeit ignorierten, für die er so viel investiert hatte, ließ ihn zornig oder verbittert werden.

Auch sein Entschluss wühlte ihn nicht auf, im Gegenteil. Es war eine Frage der Logik, dass er so entschied. Manche Menschen hätten vielleicht mit sich gekämpft, gezögert, geweint oder sich betrunken. Sammer tat nichts dergleichen. Er stellte nur fest, dass der Entschluss nun gefallen war.

Er sah auf die Uhr und prägte sich die Zeit ein: 18 Uhr 12. Das war wichtig, er brauchte einen genauen Zeitpunkt. Exakt einen Monat wollte er sich geben, um das Glück zu suchen, das ihm in seinem bisherigen Leben vorenthalten worden war. Falls es ihm nicht gelang, würde er sein Leben selbst beenden.

sexualverhalten || das sexualverhalten der menschen | besonders das kennenlernen | hat etwas intrinsisch irrationales | man kommt nicht umhin sich zu wundern welche unreflektierten | und wohl schon genetisch angelegten | mustererkennungsprozesse hier zum tragen kommen | nahezu alles passiert jenseits der sprache | es geht darum wuensche nicht zu aeussern sondern etwas voellig anderes zu sagen | interesse muss verschwiegen werden und auf sozial codierte und doch drastische weise ausgedrueckt | oft ist es sogar hinderlich sich ueber die eigenen gefuehle klar zu sein | auch intelligenz ist eher hinderlich als nuetzlich | wer naemlich klarheit ueber sein interesse an einem moeglichen paarungspartner hat reproduziert nicht die angelegten muster die dem gegenueber dieses interesse zeigen | auf eine art die nicht als offensiv empfunden wird | wer aber die welt und sich selbst deutlich wahrnimmt | mit der klarheit eines wissenschaftlers | der muss diese muster moeglichst gekonnt imitieren | er muss ueber belangloses sprechen können | er muss sein interesse verbergen | er muss komplimente machen | verstaendliche | nicht ehrliche | er muss im richtigen moment abweisend sein und dann wieder freundlich | es ist kein zufall dass solche paarungsrituale in umgebungen durchgefuehrt werden wo die sinne betaeubt sind | bei fast voelliger dunkelheit | bei lauter musik | unter alkohol und drogeneinfluss |

dies ist noetig um bei den menschen die intelligenz zu unterdruecken || hier offenbart sich ein interessanter zusammenhang mit den problemen der welt | menschen mit intelligenz | die einen klaren blick auf die dinge haben | die sich staendig sehr strenger selbstkritik unterziehen | menschen wie es sie braucht um diese welt zu veraendern | zu retten | gerade fuer diese ist das paarungsspiel eine besondere herausforderung | weshalb weitere studien noetig sind

Er legte den Stift zur Seite und stand auf, nahm die Mappe aus dem Bücherregal und heftete das Blatt zu den anderen Skizzen.

Er musste vorsichtig sein. Er wusste, dass die Leute das völlig falsch sehen würden.

Es ging nicht um Gewalt, um irgendeine kranke Fantasie. Er wollte im Grunde nur das, was jeder wollte. Bei ihm war die Sache eben schwieriger. Er verstand das, aber er erwartete nicht von den anderen, dass sie es auch verstanden.

Eine Berührung. Das genügte eigentlich. Alles Weitere, Küsse, der Geschlechtsakt, das war Beiwerk. Ein verzweifelter Versuch, diesen Moment zu reproduzieren, jenen der ersten Berührung. Alles, was die Menschen Glück nannten, ließ sich in Wirklichkeit darauf zurückführen.

Doch wie ging man das an?

Das Gegenüber musste darauf vorbereitet werden. Man ging nicht einfach zu jemandem hin und berührte ihn. Andererseits sprach man seine Absicht auch nicht aus. Die Menschen hatten eine Sprache dafür. Er verstand, dass sie aus Blicken bestand und aus Gesprächen, die mit der eigentlichen Sache nichts zu tun hatten. Soziale Codes, die sehr sensibel waren. Man konnte sie kaum fälschen. Er hatte das versucht.

Wie stellte man es also an, wenn man diese Sprache nicht beherrschte? Ihm war völlig klar, dass er sie nicht mehr lernen würde. Dafür war es längst zu spät.

Er brauchte eine Strategie, eine gute. Dafür brauchte er kontrollierte Bedingungen und Zeit. Beides hatte er sich verschafft.

Sicher war es nicht ideal, sie im Keller einzusperren. Es würde ihr nicht gefallen. Aber vielleicht verstand sie seine besondere Situation. Dass er keine Wahl hatte. Dieses Risiko musste er eingehen.

Sie hatte ihn nicht verstanden, damals. Als er ihr zum ersten Mal geschrieben hatte, seine Arbeit geschickt hatte. Sie hätte all das verhindern können, wenn sie ihn ernst genommen hätte. Vielleicht verstand sie ihn jetzt. Das wäre ein Anfang. Er hatte lange nach jemandem gesucht, der ihn verstand. Dem er sich wirklich öffnen konnte.

Er schaltete den Fernseher ein, holte den Whisky und begann, die Haut vorzubereiten. Er brauchte Inspiration, bevor er einen Plan entwerfen konnte, wie er sich ihr nähern wollte.

10 Uhr 50

„Franz? Ich hab da was für dich."

Baumgartner sah zu Wilszek auf. „Zeig her."

„Einen Namen. Martin Leitner."

„Der Mann von dem Foto?", fragte Baumgartner. „Bist du sicher?"

„Ja, er ist es."

„Ging das in Wien so schnell?"

Wilszek lächelte.

„Ich habe mich an etwas erinnert, das ich in Krasniqis Zimmer gefunden habe. Ein Herz aus rotem Papier."

Wilszek legte einen flachen Plastiksack auf den Tisch.

„Besser gesagt, ein halbes Herz, wie du siehst, in der Mitte auseinandergerissen. Darauf steht irgendeine Liebesbotschaft, die ich nicht rekonstruieren konnte, und darunter ein Fragment einer Unterschrift: *-itner*. Mehr kann man nicht lesen."

Baumgartner sah, dass Wilszek recht hatte.

„Und?", fragte er.

„Google", grinste Wilszek.

„Sehr gut", sagte Baumgartner. „Hast du eine Adresse?"

Wilszek hielt triumphierend ein Stück Papier in die Luft. Baumgartner nahm es.

„Du bist großartig, Stefan."

„Ich weiß."

12 Uhr 16

„Eines verstehe ich nicht", sagte Baumgartner. „Warum haben Sie sich nicht bei uns gemeldet? Es war in allen Medien!"

Der junge Mann war sprachlos.

„Ich weiß ja sowieso nichts", meinte er schließlich.

Wolf, der im Hintergrund stand, stieß einen undefinierbares Grunzen aus. Meier verschränkte die Arme.

Baumgartner las noch einmal seine Daten durch. 27 Jahre alt, Studium der Elektrotechnik.

Baumgartner war wütend. Er stand auf und ging in den Besprechungsraum. Dort nahm er Wallners Bild von der Wand.

„Hier", sagte er und legte es vor Leitner auf den Tisch.

„Wer ist das?"

„Sie wird vielleicht sterben", erklärte Baumgartner. „Weil Sie unsere Ermittlungen verzögert haben."

Leitner schluckte. Ihm fiel nichts mehr ein.

„Sie ist in der Gewalt des Mannes, den wir suchen", präzisierte Baumgartner. „Ich wünsche Ihnen, dass wir sie rechtzeitig finden. Also. Sie kannten Krasniqi und Koren?"

Da begann er zu erzählen, in schnellen, abgehackten Worten. Er hatte die beiden in der Stadt kennengelernt, in der „Postgarage", einem beliebten Grazer Club. Er war mit ihnen mit nach Hause gegangen und hatte bei Krasniqi geschlafen. Dann hatten sie sich ab und zu getroffen. Dabei waren auch die Fotos entstanden. Leitner gestand, dass er eigentlich eine langjährige Beziehung hatte. Seine Freundin war gerade ein Jahr in Spanien, wo sie ihre Masterarbeit schrieb.

Baumgartner fragte, wie lange das Verhältnis mit Krasniqi gedauert hatte.

„Vielleicht zwei Monate", antwortete er.

„Und dann ging es in die Brüche?", fragte Baumgartner.

„Ich konnte das nicht mehr. Skypen mit meiner Freundin und danach zu Sara. Es ging nicht."

„Wann beendeten sie es?"

„Vor zwei Wochen."

Baumgartner spürte, dass er dabei war, einen entscheidenden Fortschritt zu machen. Er dachte eine Weile nach, bevor er die nächste Frage stellte.

„Gab es zu dieser Zeit andere Männer in Krasniqis Leben?“

Leitner dachte kurz nach.

„Ja“, sagte er. „Da gab es jemanden, der ihr nachgelaufen ist.“

„Nachgelaufen?“, fragte Baumgartner.

„Sie hatte ihn ein paar Mal getroffen, aber es ist nie etwas gewesen. Er war sehr still, hat sie gesagt. Geheimnisvoll. Das hat sie interessiert. Aber er wollte immer nur was trinken gehen und reden. Hat sich währenddessen ein Bier nach dem anderen reingestellt. Dann ist ihr langweilig geworden. Von da an rief er sie immer wieder an. Wollte einfach nicht verstehen, dass es aus war.“

„Haben Sie ihn gesehen?“, bohrte Baumgartner nach. „Wissen Sie einen Namen?“

„Nein“, erwiderte er. „Aber er war wohl irgendein Wissenschaftler, hat sie gemeint.“

Das ist er, dachte Baumgartner.

„Erzählen Sie mir alles, was Ihnen dazu einfällt!“

„Es war sehr eigenartig, deshalb habe ich es mir gemerkt“, sagte Leitner. „Einmal ist sie bei einem Telefongespräch völlig ausgerastet. *Ist dir eigentlich klar, wie wahnsinnig du bist? Du brauchst professionelle Hilfe!* Geschrien hat sie. Daran erinnere ich mich gut. Es war direkt unheimlich. *Es geht nämlich überhaupt nicht um Politik*, hat sie gesagt. *Nicht die anderen sind das Problem, sondern du!* Ich habe später nachgefragt, aber sie wollte mir nichts darüber sagen. Hat nur die Fäuste geballt. Ich hatte sie noch nie so wütend gesehen.“

Baumgartner trank einen Kaffee in der Kantine. Er spürte die Müdigkeit der letzten Nacht in den Gliedern. Der Kaffee machte ihn eher zittrig als munter, aber er trank ihn trotzdem.

Es muss doch irgendwas dabei sein, das wir verwerten können, dachte er.

Von Leitner war sonst nichts mehr gekommen.

Ein Forscher. Der mit flüssigem Stickstoff arbeitet. Königshofer war inzwischen vorbeigekommen und hatte sich die Aufnahmen des Verhörs angesehen. Auch sie war der Meinung, dass er recht hatte.

Das ist immer noch zu wenig, dachte er. Wonach sollen wir suchen?

Baumgartner stand auf und plötzlich war ihm so schwindlig, dass er sich am Tisch abstützen musste.

Sein Magen schien ihn zu Boden ziehen zu wollen.

Seit Tagen versuchte er, das Gefühl in seinem Bauch zu ignorieren, doch es begleitete ihn in jeder wachen Minute.

Baumgartner ging auf die Toilette. Nachdem er sich erleichtert hatte, stand er vor dem Spiegel und zog das Hemd nach oben. Sein haariger Bauchnabel wurde sichtbar.

Er drückte mit den Fingern in die weiche Haut und fühlte, ob er dort etwas Hartes spürte. Doch da war nichts.

Natürlich ist da nichts, dachte er.

Vera Königshofers Worte fielen ihm ein.

Pass auf dich auf.

Wieder wurde ihm schwindlig.

Das ist nur die Müdigkeit, Franz. Geh einen Moment an die frische Luft.

Baumgartner trat durch die Tür ins Freie und ging über den Parkplatz zum Schranken und hinaus auf die Straße. Zu spät sah er den Übertragungswagen des Fernsehens. Eine Frau mit Mikrofon entdeckte ihn und stieß ihren Kameramann in die Seite. Beide liefen auf ihn zu.

„Herr Baumgartner! Eine kurze Stellungnahme! Haben Sie schon eine Spur? Glauben Sie, dass Doris Wallner noch lebt?“

„Kein Kommentar“, sagte Baumgartner und drehte sich um.

Bleiben Sie weg von mir, dachte er. Journalisten leben gefährlich in meiner Nähe.

Er wollte gerade wieder zurück aufs Areal des Landeskriminalamts, als er sah, dass jemand ein Graffiti auf das weiße Schild auf der Außenmauer gemalt hatte. Die Zeichen waren ungleich groß und sahen aus, als wären sie in großer Eile entstanden.

Direkt unter der Aufschrift *LPD – Landespolizeidirektion Steiermark* stand nun: *Es lebe der Verrat an Vaterland und Staat.*

Doch Baumgartner nahm die Botschaft gar nicht wahr. Ihm war gerade etwas eingefallen.

Die Reporterin und der Kameramann standen neben ihm. Sie sagte irgendetwas und hielt ihm das Mikrofon hin, doch er reagierte nicht.

„Besprechung, in fünf Minuten“, sagte Baumgartner.

Wolf sah ihn überrascht an. Er wechselte einen Blick mit Meier und ging ans Telefon, um Sukitsch anzurufen.

Baumgartner nahm den Umschlag der Theologin zur Hand und entleerte ihn auf seinem Schreibtisch.

Mit beiden Händen wühlte er sich durch das Papier, bis er die richtige Arbeit gefunden hatte. Lose Blätter segelten zu Boden.

Konnte es sein, dass er sich täuschte?

Als Sukitsch hereinkam und sie in den Besprechungsraum gingen, war er sich seiner Sache nicht mehr so sicher.

Es war still im Raum. Alle warteten, was er zu sagen hatte.

„Kollegen, ich glaube, ich habe da etwas."

Er zeigte ihnen die Arbeit über den „Nautilus", das Meereslebewesen, in dessen Geometrie sich der Goldene Schnitt fand. Die anderen nickten, verstanden aber nicht, worauf er hinauswollte.

Baumgartner zögerte, es auszusprechen. „Ich habe eines dieser Zeichen gesehen. In der Stadt. Mit dem Nautilus."

Schweigen. Sukitsch hatte die Hände verschränkt und zeigte keine Regung. Meier und Wolf waren verblüfft.

„Du meinst, dass es etwas bedeutet?", hakte Meier nach. „Ich verstehe es nicht."

Baumgartner holte Luft. Er bemerkte, wie absurd das klang.

„Es könnte ein Erkennungszeichen sein", erklärte er. „Für einen geheimen Club oder so etwas."

„Du glaubst, dass Bauer recht hat? Dass es eine geheime Organisation gibt? Königshofer war anderer Meinung."

Baumgartner überlegte.

„Ich weiß es nicht", antwortete er. „Aber ich habe dieses Zeichen gesehen, in der Stadt. Und ich bin mir sicher, dass es etwas mit unserem Mord zu tun hat."

„Wo hast du es gesehen?", fragte Wolf.

„Ich weiß es nicht mehr.“

Sie warteten, ob noch etwas kam.

„Das ist alles?“, fragte Sukitsch.

Baumgartner sah das Bild der Nautilus-Spirale an.

Sukitsch schüttelte den Kopf. „Franz, mir ist das zu vage. Konzentriert euch auf die Hinweise, die ihr habt.“

„Was haben wir denn sonst?“, gab Baumgartner zurück.

„Reißt euch zusammen, alle“, sagte Sukitsch. „Und gebt mir Bescheid, wenn ihr etwas Neues habt.“

In diesem Moment kam Königshofer herein, völlig außer Atem.

„Bin ich zu spät?“

Niemand antwortete ihr. Sie verließen den Raum.

„Und Franz“, sagte Sukitsch, bevor er hinausging, „vielleicht legst du dich eine Stunde hin. Du schaust fertig aus.“

16 Uhr 30

Baumgartner drehte Kreise durch die Innenstadt und versuchte, sich zu erinnern. Er hatte es gesehen. Und er war sich ganz sicher gewesen.

Jemand in dieser Stadt wusste Bescheid. Vielleicht war es der Täter selbst, der dieses Zeichen angebracht hatte? Oder gab es diese Organisation, von der Bauer gesprochen hatte? War das vielleicht ihr Zeichen?

Es war weit hergeholt, das war ihm bewusst. Er versuchte, die Sache aus dem Blickwinkel seiner Kollegen zu betrachten. Natürlich, der Nautilus hatte eine Verbindung zum Goldenen Schnitt. Aber der Zusammenhang war mehr als vage. Wie konnte er sich so sicher sein?

Außerdem war er so betrunken gewesen, dass er sich kaum noch erinnern konnte. Er musste sich getäuscht haben. Und nun verlor er wertvolle Zeit, indem er einer absurden Idee nachlief.

Doch etwas in ihm glaubte das nicht.

Woher wusste Bauer überhaupt Bescheid?

16 Uhr 45

„Herr Bauer? Machen Sie auf. Ich muss mit Ihnen reden!“

Baumgartner stand vor der Tür, durch die sie in Bauers Wohnung gegangen waren. Er hatte das Grundstück mit der Hecke umrundet, bis er auf der anderen Seite ein großes, zweiflügeliges Tor gefunden hatte, das zu einem leeren Parkplatz vor der Villa gehörte und einen Spalt offen stand.

Er klopfte, doch es rührte sich nichts. Da war auch keine Türklingel. Dennoch glaubte er, dass Bauer ihn sehen konnte. Er erinnerte sich an den Überwachungsbildschirm. Da war sicher irgendwo eine Kamera.

„Herr Bauer, bitte! Es ist wichtig, dass ich nur einen Moment mit Ihnen sprechen kann. Wir müssen Wallner finden! Er wird ihr etwas tun, wenn wir uns zu lange Zeit lassen. Bitte, Herr Bauer!“

Der kalte Wind fuhr Baumgartner durch die Haare. Letzte Blätter vom Herbstlaub wirbelten über die karge Wiese.

„Sie haben etwas von Zeichen in der Stadt gesagt“, rief er, „zu den Medien. Sie müssen sagen, was Sie darüber wissen! Es ist noch nicht zu spät, noch können wir Doris Wallner retten.“

Doch nichts passierte.

Eigentlich war es nicht überraschend, dass er sich versteckte. Blaschek und sein Kollege hatten sich zurückgezogen, nachdem die Pressekonferenz geplatzt war. Sie sagten, er sei zu Hause gewesen, als sie gefahren waren.

Irgendwie kam ihm das seltsam vor. Dass er einfach zu Hause blieb. Möglich war es natürlich. Aber seltsam.

Baumgartner versuchte, sich zu erinnern, wie die Wohnung ausgesehen hatte. Er identifizierte die beiden Fenster und wunderte sich plötzlich, dass die Tür so klein war. Vielleicht gab es noch einen direkteren Zugang?

Baumgartner wurde mit einem Mal nervös, ohne genau zu wissen, warum. Er ging um das Gebäude herum. Da waren mehrere Türen, aber keine passte zu der Position von Bauers Wohnung.

Als er das Haus zu drei Vierteln umrundet hatte, sah er eine Tür, die Bauers Wohnungstür sehr ähnlich war.

Sie war aufgebrochen worden.

Baumgartner holte seine Glock aus dem Schulterhalfter und näherte sich. Er horchte und stieß die Tür mit dem Fuß auf.

Warum ziehst du deine Pistole, Franz? Wovor hast du Angst?

Er befand sich in einer winzigen Küche. Sie lag versteckt, sodass er sie beim ersten Mal nicht gesehen hatte. Er atmete leise und tief durch und betrat die Wohnung.

Dort lag Bauer, mit weißem Gesicht, in einer großen Blutlache.

17 Uhr 5

Wilszek traf mit seinem Team beim Tatort ein. Meier stand vor der Hintertür zu Bauers Wohnung und hatte die Hände in den Manteltaschen. Sie sah ratlos aus.

„Da rein?“

Meier nickte.

„Wo ist Franz?“, wollte er wissen.

Das wüsste ich selber gerne, dachte sie.

„Er ist wieder gegangen.“

„Wie hat er ihn gefunden?“, fragte Wilszek.

„Er war hier, um ihn nochmals zu befragen. Da hat er die Hintertür entdeckt.“

Wilszek wirkte ratlos.

„Hat er etwas angefasst oder verändert?“

„Woher soll ich das wissen?“, fuhr sie ihn an.

„Ich frage ja nur.“

Caroline Meier sah zu, wie Wilszeks Team durch die Tür verschwand.

Noch ein Mord, dachte sie. Wir hätten ihn verhindern können. Müssen! Bauer hatte also wirklich etwas gewusst.

Baumgartners Miene war unergründlich gewesen. Er war gleich wieder gegangen. Sie befürchtete, dass er seinen Zeichen nachjagte. Sie fand das absurd, aber sie wollte nicht darüber nachdenken.

Sie machte sich Sorgen um ihren Chef.

18 Uhr

Mario Sukitsch saß in seiner Kanzlei, äußerlich ruhig, und bereitete eine Presseaussendung vor. Er verschwieg, dass Bauer beschattet worden war. Er konnte einfach nicht zugeben, dass er direkt vor ihren Augen ermordet worden war. Vor zehn Minuten war Gregor Wolf bei ihm gewesen und hatte gefragt, ob er Baumgartner gesehen hatte. Sie wussten nicht, wo er war. Sukitsch hatte ihn ohne weiteren Kommentar hinausgeschickt.

Insgeheim wusste er, dass er gescheitert war. Die Nummer vom Bundeskriminalamt lag bereits auf seinem Schreibtisch. Er musste Verstärkung anfordern, das war überfällig. Die Leitung der Mordgruppe würde inzwischen Wolf übernehmen und Baumgartner würde er auf Urlaub schicken. Der Mann hatte seit fast zwei Jahren keinen Urlaub mehr gehabt – kein Wunder, dass er überarbeitet war. Er würde ihn in den Urlaub schicken, bevor er sich selbst und seinem Ruf noch mehr Schaden zufügte.

Die Sache mit den Graffitis hatte ihm die Augen geöffnet. Als er dann noch Vera Königshofer nach der Besprechung zu sich geholt hatte, war er bestätigt worden. Man sah es ihm nicht an, aber Baumgartner stand unter kaum noch zu verkraftendem, persönlichem Stress. Er war dabei, die Kontrolle zu verlieren.

Das alles war Sukitsch in den letzten Stunden klar geworden. Er hatte sich in Franz Baumgartner getäuscht. Hatte in ihn etwas hineininterpretiert und ihm zu viel zugemutet.

Und dennoch zögerte er, die Nummer anzurufen, die auf einem Zettel auf seinem Schreibtisch stand.

Wilszek machte mechanisch seine Arbeit. Bauers Leiche war abgeholt worden, aber die Blutlache war noch da.

Was für eine Verschwendung, dachte er, als er das Blut sah.

Er ärgerte sich über den Gedanken, konzentrierte sich wieder auf seine Routine.

Wilszek arbeitete sich wie immer spiralförmig von der Position des Toten aus in den Raum vor, was gar nicht so einfach war in der kleinen Wohnung. Er dokumentierte, sammelte.

Es ist wichtig, dachte er. Wegen dieser Journalistin. Baumgartner musste sie finden und er hatte keine Spur. Deshalb war es entscheidend, dass sein Team ihm etwas lieferte, das vielleicht einen Durchbruch herbeiführte.

Er hasste es, unter Zeitdruck zu arbeiten. Da wurde man unkonzentriert, brachte Dinge durcheinander. Dabei konnte jedes Detail den Unterschied machen.

Ihm ging die Kraft aus. Was er vor Tagen zu Baumgartner gesagt hatte, war kein Scherz gewesen: Er brauchte dringend Urlaub. Die Terrarien für die Tiere mussten wieder einmal geputzt werden und bei zweien musste er auch den Sand wechseln. Der Leguan saß nur noch in der Ecke. Man konnte sehen, dass es ihm nicht gut ging. Doch wenn er nach Hause kam, war er immer so gerädert, dass er sich nur noch vor den Fernseher setzte und nicht mehr aufstand. Seinem älteren Sohn war es auch aufgefallen, als er mit seiner Familie da gewesen war.

Ich bin immer froh gewesen, dass meine Arbeit einen Sinn hat. Jetzt sollte ich mich nicht beschweren, dass sie auch Konsequenzen hat.

Doch ihm fehlte im Moment die Kraft dafür. Deshalb arbeitete er, so gut es eben ging, aber er wusste, dass es zu wenig war.

Ich werde etwas Wichtiges übersehen, dachte er. Und die Journalistin wird sterben.

Wilszek bemerkte, dass er regungslos im Raum stand, während seine Assistenten arbeiteten. Er hielt ein Haar mit seiner Pinzette fest und spürte, wie seine Finger müde wurden vom Zudrücken.

Er nahm einen neuen Plastiksack aus seiner Tasche und steckte das Haar hinein. Es war grau und gehörte wahrscheinlich Bauer selbst.

Er legte die Pinzette weg.

Warum konnte er sich nicht konzentrieren? Es war nicht nur die Müdigkeit. Er hatte große Angst, etwas falsch zu machen. Dass seine Arbeit den entscheidenden Unterschied machen würde. Wie kam er darauf?

Er beschloss, zum ersten Mal seit Jahren, von seiner üblichen Routine abzuweichen und sah sich im Raum um. Etwas hier war wichtig. Er konnte nicht zulassen, dass die Details ihn vom großen Ganzen ablenkten. Was war es, das Baumgartner weiterbringen konnte?

Da entdeckte er die Kartonmappe auf dem Tischchen neben dem Lesesessel. Etwas war mit einer geschwungenen Handschrift auf den Deckel geschrieben. Er brauchte mehrere Anläufe, um es zu entziffern.

Club Sectio Aurea, stand da.

Klang wie Italienisch.

Protokolle, stand darunter.

Wilszek sah sich um. Woher kam diese Mappe? Die Bücherregale waren gut gefüllt, er konnte keine Lücke entdecken. Er öffnete die Mappe und fand einzelne Bögen mit altem Papier, das sich bereits gelblich verfärbt hatte. Die Handschrift war dieselbe, etwas weniger geschwungen vielleicht. Das war irgendein Gesprächsprotokoll.

Club ...

Wilszek wusste plötzlich, dass dies hier wichtig war. Er musste Baumgartner erreichen.

Er schnappte sich einen der großen Plastiksäcke, legte die Mappe hinein und ging hinaus.

Er trat an die Absperrung, wo ein Beamter stand. „Ist Meier noch hier?"

„Die ist vor einer halben Stunde gegangen."

Wilszek holte sein Handy aus der Tasche. Er wählte Baumgartners Nummer.

Keine Antwort.

Dann probierte er es bei Caroline Meier. Er erreichte sie und sagte ihr, dass er etwas gefunden hatte, das er für wichtig hielt, eine Mappe mit Unterlagen. Als sie es genauer wissen wollte, konnte er es ihr nicht erklären. Sie versprach trotzdem, einen Wagen zu schicken, um das Ding abholen zu lassen, was immer es auch war.

Wilszek bedankte sich und beendete das Gespräch. Dennoch war er nicht zufrieden, bis die Mappe bei Baumgartner war.

Doch wo war Baumgartner?

19 Uhr 40

Sie hatte sich umsonst Sorgen gemacht. Dass er etwas hören könnte. Den ganzen Tag hatte sie mit sich gerungen und gezögert.

Sie setzte ihren improvisierten Hebel ein weiteres Mal an, schob die Metallplatte in den Spalt hinter der Tür und zog mit all ihrer Kraft, doch nichts passierte. Als sie die Stange wieder herauszog, versagte ihr die Kraft und das Metallteil fiel polternd zu Boden. Sie sank daneben in die Knie, wieder stiegen ihr Tränen in die Augen.

Da hörte sie die Schritte.

Sie stolperte zurück zum Bett und hätte fast vergessen, den Kühlschrank zu schließen. Als sich der Schlüssel bereits im Schloss drehte, stieß sie die Tür mit dem Fuß zu.

Das Herz schlug ihr bis zum Hals, als die Stahltür aufschwang und sein Schatten sich im Gegenlicht abzeichnete.

19 Uhr 50

Baumgartner saß unter der Hauptbrücke auf einer Betonkante im Licht einer Straßenlaterne und fror. Der Himmel war bereits vollständig dunkel, man sah heute keine Sterne. Ein eisiger, böiger Wind, wie man ihn in Graz selten erlebte, kündigte den Winter an.

Ihm wurde klar, dass Isabel bisher darauf geachtet hatte, dass er warme Kleidung anzog. Das musste er in Zukunft selbst in den Griff kriegen.

Vor sich hörte er leise die Mur plätschern, die träge durch die Stadt glitt. Über ihm fuhren alle paar Minuten Straßenbahnen über die Brücke. Neben ihm war eine der vielen Betonwände der Stadt, das Fundament der Brücke, mit Graffitis verziert. Davor standen einige behauene Felsblöcke von der alten Hauptbrücke. Man hatte sie vor einigen Jahren bei Bauarbeiten aus dem Wasser gefischt. Jemand hatte die Gesichtszüge der steinernen Fabelwesen eingefärbt.

Baumgartner zählte sechs verschiedene Schriftzüge, alle eher schlampig gemacht. *Lust und Laune statt Law and Order* hatte jemand geschrieben, daneben stand *Gerilla.* Man sah deutlich die Unterschiede zwischen den Sprayern. Manche hatten hastig einen unlesbaren Schriftzug hinterlassen – diese Züge wiederholten sich überall in der Stadt. Andere hatten mit Schablonen gearbeitet und bekannte Motive nachgebildet. Amelie aus dem bekannten Film lachte von manchen Wänden, und an anderen prangte die „Anonymus"-Maske, die manchmal jemand durchgestrichen hatte. An anderen Stellen aber hatte er großflächige, mehrfarbige Bilder gesehen, die jemand mit großer Geduld dort hingemalt hatte, nach einem genauen Plan und offenbar ohne Angst, erwischt zu werden.

Es half nichts. Er fand das Zeichen nicht wieder.

Sie würden Wallner nicht rechtzeitig finden. Es war an der Zeit, das zu akzeptieren.

Da spürte Baumgartner, wie der Schmerz in seinem Bauch nachließ, doch er konnte sich nicht darüber freuen. Ein Gefühl von Bitterkeit trat an die Stelle des Schmerzes. Eine tiefe Sinnlosigkeit. Der Schmerz wäre ihm lieber gewesen, dieser imaginäre Stein, der, wie er wusste, ein Vorbote des Wahnsinns war.

Zwanghaft, dachte er. So nennen es die Psychologen. Meine Suche nach Gerechtigkeit ist zwanghaft. Ich kann nicht akzeptieren, dass die Welt so ist, wie sie ist. Ich will sie ändern, dabei geht das nicht. Ein Einzelner kann die Welt nicht ändern. Doch ich halte an dieser Vorstellung fest, weil ich ohne sie nicht leben kann. Deshalb gebe ich mehr, als ich zu geben habe. Und deshalb werde ich irgendwann wahnsinnig werden.

Vor allem, wenn Isabel nicht zurückkommt. Dann werde ich den Verstand verlieren. Sie ist die Einzige, die mich davor bewahren kann.

Sie darf nicht wissen, wie sehr ich von ihr abhängig bin. Das würde ihr Angst machen. Ich darf es ihr nicht zeigen. Ich muss einfach abwarten. Wenn sie kommt, habe ich eine Chance. Sonst nicht.

Ich werde warten.

Vielleicht sollte ich mich inzwischen betrinken, dachte er. Das letzte Mal, als ich dieses Zeichen gesehen habe, war ich betrunken. So finde ich es vielleicht wieder.

Da lachte er plötzlich über diesen dummen Gedanken. Die Bitterkeit ließ kurz nach und dann kam die Erschöpfung so plötzlich, als hätte jemand eine Decke über ihn geworfen. Er konnte kaum noch die Augen aufhalten.

19 Uhr 55

Er hielt etwas in der Hand.

Jetzt ist es vorbei, dachte sie. Da wurde es plötzlich hell. Ein elektrisches Campinglicht ging an und sie sah zum zweiten Mal sein Gesicht.

Er sah sie an. Seine Züge sahen sanfter aus als das letzte Mal, aber auch schlaffer. Die Augen glänzten schwarz. Das war wirklich der Typ, über den sie geschrieben hatte. Der Forscher. Er wirkte gealtert, aber vielleicht war das nur das Licht.

Im Hintergrund brummte der Kühlschrank.

Sie sah, dass er eine entkorkte Weinflasche unter den Arm geklemmt hatte. In der Hand hielt er zwei Gläser.

„Es tut mir leid“, sagte sie, „dass ich nie auf dein Mail reagiert habe.“

„Reden wir nicht davon“, antwortete er. Seine Stimme hatte eine angenehme Tonlage.

Die Luft füllte sich mit einem Geruch von Zahnpasta und hochprozentigem Alkohol.

„Magst du Wein?“

Sie wagte nicht zu widersprechen. Als er zu ihr ging und sich neben sie setzte, brauchte sie ihre ganze Kraft, um nicht zurückzuweichen. Er stellte ein Glas ab und füllte das andere mit Wein.

„Da, nimm“, sagte er.

Sie nahm das Glas entgegen in der ständigen Angst, es könnte ihr aus der Hand fallen oder sie könnte so sehr zittern, dass sie den Wein verschüttete.

Er hielt ihr sein Glas hin, damit sie mit ihm anstieß, doch als sie nicht reagierte, trank er trotzdem einen Schluck.

Sie sah zur Tür, die immer noch offen war. Dahinter führten Stufen nach oben. Sie hielt ihr Glas mit beiden Händen fest.

So saßen sie da. Sein Atem ging ruhig und sie spürte die Wärme seines Körpers, roch seinen Schweiß.

Als sie seine Hand auf der Schulter spürte, erschrak sie so sehr, dass sie das Weinglas losließ. Mit einem hellen Klirren zerschellte es.

Jetzt ist es vorbei, dachte sie. Jetzt hab ich es vermasselt. Vom Schreck wurde ihr Kopf plötzlich klar.

Das war es. Jetzt bringt er mich um.

Als er einfach aufstand, zur Tür hinausging und von außen absperrte, verstand sie die Welt nicht mehr.

Die kleine Frau schlenderte über die Murpromenade. Sie ging am äußersten Rand, neben dem Wasser, weil dort am wenigsten Licht von den Laternen hinfiel. Ihr war kalt in dem schwarzen Kapuzenpullover und sie machte schnelle Schritte, um sich aufzuwärmen.

Diese Strecke ging sie fast jede Nacht, seit sie clean war. Sie mochte die Betonwände, die Unterseiten der Brücken. Den Geruch des Wassers, der erahnen ließ, was oben alles hineingekippt wurde. Wenn sie hier unten ging, nachts, wenn sie niemandem mehr begegnete, gehörte die Stadt ihr. Ein Hochgefühl, bitterer und wahrhaftiger als das der Tabletten.

Im Vorbeigehen sah sie sich die Betonflächen an. Manchmal entdeckte sie ein neues Graffiti, das seit dem letzten Mal dazugekommen war. Die meisten waren hässlich, von Amateuren. Oder noch schlimmer, von Leuten, die sich für Künstler hielten. Die glaubten, es besonders gut machen zu müssen. Diese Leute hatten nichts verstanden. Sie hätten besser Werbegrafiker werden sollen. Manche taten das später auch, wie man hörte.

Sie schloss die Faust um den dicken schwarzen Lackstift in ihrer Tasche.

Es ging nicht darum, etwas Schönes an die Wand zu malen. Schönheit ist nie echt, dachte sie. Wer etwas Schönes macht, will nur verschleiern, wie es wirklich ist.

Echte Sprayer verstanden das. Das war der Grund, warum sie ihre Zeichen auf Brückenpfeiler machten. Auf Abrissgebäude. Auf Betonflächen, die niemand sehen wollte. Wo es nach eingetrocknetem Urin roch und die schimmligen Decken der Sandler lagen.

Nicht um sie zu verschönern, sondern um sie zu kennzeichnen. Weil sie das Innere der Stadt waren, ihre tragenden Strukturen, ihre Knochen. Alles andere war nur Fassade. Sie hinterließ dort ihre Spur, damit die Leute begriffen, wie es im Inneren der Stadt aussah, wie sie funktionierte, warum sie nicht einstürzte. Die Bullen wollten das verhindern. Die Leute sollten nicht begreifen, wie es wirklich war. Dann wären sie nicht mehr steuerbar und das System würde zusammenbrechen.

Sie wusste, dass nur wenige das wirklich verstanden. Deshalb machte sie ihr Zeichen. Es war ihre Art, sich mitzuteilen.

Seit Kurzem hatte sie ein neues Zeichen. Einer der Sandler im Volksgarten hat sie darauf gebracht. Er sah anders aus als die anderen, gepflegter, obwohl er noch mehr trank als sie. Trotz der Ruhe, die er ausstrahlte, war da etwas Hartes an ihm.

Er hatte studiert, irgendwas Kompliziertes über Umweltsysteme. Dann hatte er seinen Job verloren. Er wollte nicht das System unterstützen, das den Planeten kaputt machte, deshalb hatte man ihn rausgeworfen. Das hat sie zum Nachdenken gebracht.

Er sah aus, als würde er verstehen, wie es lief. Als hätte er die Knochen der Stadt gesehen. Sie war fasziniert von ihm gewesen, aber er hatte sich nie zurückgemeldet. Vielleicht war das auch gut so. Danach hatte sie jedenfalls das Gefühl, dass sie ein neues Zeichen brauchte.

Vor allem, nachdem sie draufgekommen war, was er getan hatte.

Sie blieb an einer Wand stehen, wo sie noch einen freien Fleck sah. Auf der Bank daneben schlief ein Sandler. Sie überzeugte sich, dass er wirklich tief genug schlief und trat vor die Wand. Mit geübten Bewegungen zog sie die Striche für ihr Zeichen.

22 Uhr 45

Nun war es vorbei. Der letzte Kontakt zu den Menschen war gelöst. Der Schmerz darüber durchströmte ihn in Wellen, doch es war noch etwas anderes dabei: Erleichterung, ein Gefühl, befreit zu sein.

Er hatte gewusst, dass es seine letzte Chance war. Und er bereute seine Entscheidung nicht: sich nicht zu verstellen, nur er selbst zu sein. Ganz bei sich. Das Risiko war ihm bewusst gewesen, dieses Risiko hatte man immer. Und trotzdem musste man es versuchen. Man durfte sich nicht verstellen, dem Gegenüber etwas vorgaukeln, wenn man echtes Verständnis wollte. Er hatte es versuchen müssen. Dass es nicht funktioniert hatte, war nicht sein Fehler.

Er dachte an den Würfel mit der getrockneten Haut darauf. Sie hatte sich inzwischen zusammengezogen und drohte abzureißen an den Punkten, wo sie festgeklebt war. Außerdem hatte sie undefinierbar zu riechen begonnen – ein Geruch, der sich nicht mit dem Parfum vertrug.

Ekel stieg in ihm auf, so heftig, dass er Angst hatte, etwas in ihm könnte zerreißen. Ihn ekelte nicht vor dem Ding, sondern vor sich selbst, dass er auf die Idee gekommen war, damit einen Menschen zu ersetzen. War er wirklich so wahnsinnig geworden in den letzten Monaten?

Er ging ins Wohnzimmer und öffnete den Schrank. Er hielt die Luft an, doch der seltsame Geruch fand trotzdem einen Weg in seine Nase.

Ein Schauer fuhr ihm über den Rücken. Er schloss den Schrank wieder.

In der Gartenhütte war noch Benzin.

Er ging durch die Hintertür hinaus und wankte durch das hohe Gras.

Ihm wurde klar, wie lange er Angst gehabt hatte vor der Einsamkeit. Wie sehr er sich selbst verleugnet hatte. Im Prinzip hatte er nur Angst vor sich selbst gehabt. Niemanden mehr gegenüber zu haben, dem er etwas vorspielen konnte und der ihm im Gegenzug das Gefühl geben könnte, normal zu sein.

Als er zurück ins Haus kam, öffnete er den Schrank erneut und warf den Holzklotz auf den Boden. Er goss Benzin darüber, nicht zu wenig, und suchte Zündhölzer. Als er damit zurückkam, dachte er gerade noch daran, den Kanister auf die Seite zu stellen.

Er war ein Gott. Niemand hatte je behauptet, dass Götter glückliche Wesen waren. Ein Gott ohne Macht, der auf die Menschen herabsah.

Sein Blick fiel auf die geometrischen Körper auf dem Regal. Zwischen dem Tetraeder und dem Oktaeder war immer noch die Lücke, die der Würfel hinterlassen hatte. Kurz entschlossen räumte er die Modelle mit beiden Armen ab und trug sie zum Feuer. Als er sie hineinwarf, rollte der Ikosaeder davon. Er schob ihn mit der Zehenspitze zurück in die Glut. Nun löste sich die Symmetrie endgültig auf. Die geschwungenen Linien der Maserung wurden lebendig, wollten sich ausrollen. Es entstanden kurvige Risse, bevor schließlich die Oberfläche verkohlte.

Er hatte viel zu lange gebraucht für diesen Schritt. Nun war er vollständig befreit.

22 Uhr 50

Als Baumgartner erwachte, waren seine Zehen völlig taub. Er lag seitlich auf dem Beton, mit den Händen in den Taschen, die Füße immer noch auf dem Boden. Er spürte die Kälte in den Waden und wie sie langsam versuchte, hinauf in die Oberschenkel zu kriechen. Baumgartner richtete sich auf, nahm die Hände aus den Taschen und rieb sie aneinander.

Plötzlich sah er etwas Kleines, Weißes im Lichtkegel der nächsten Laterne erscheinen, direkt neben der Brücke. Es fiel zu Boden wie ein Löwenzahnsamen. Dann folgte noch eines.

Schnee. Nun war der Winter da.

Baumgartner war ganz ruhig und betrachtete die Schneeflocken, die langsam zahlreicher wurden. Die letzten Tage, alle seine Sorgen, waren nicht ganz weg, aber doch irgendwie in seinen Hinterkopf gedrängt. Seine Aufmerksamkeit galt dem Schnee und wie schön und friedlich dieser Anblick war.

Da sah er etwas aus dem Augenwinkel, und im ersten Moment glaubte er zu träumen.

Er wandte sich um. Auf der Wand neben ihm stand das Zeichen, das er gesucht hatte.

Eine Spirale, wie ein Schneckenhaus. Darunter stand, in großen Buchstaben:

NOW TILL US

knows

Das war das Zeichen, das er gesucht hatte.

Baumgartner war völlig verwirrt. War er so erschöpft gewesen, dass er es nicht bemerkt hatte? Er hatte diese Wand zuvor minutenlang angestarrt! Schließlich kam er zum Schluss, dass das nicht möglich war. Es musste eine andere Erklärung geben.

Er stand auf und wäre fast umgefallen, weil seine Beine ihm den Dienst versagten. Er setzte sich wieder hin, bewegte die Zehen ein wenig und versuchte es noch einmal.

Mit dem Daumen rieb er über die schwarzen Striche. Die Farbe blieb an der Haut haften.

Jemand musste es dort hingemalt haben, als er geschlafen hatte. Vor wenigen Minuten.

Baumgartner humpelte aus dem Licht der Laterne und sah die Murpromenade entlang in beide Richtungen. Der Weg lag verlassen da. Die Schneeflocken schmolzen schnell, als sie den Beton berührten. Zu wenig Schnee für Spuren.

So knapp dran, dachte er. Ich bin so knapp dran. Ich brauche diesen Sprayer.

Er lief los, so gut es seine Beine erlaubten. Bei jedem Schritt spürte er, wie sie sich etwas mehr mit Leben füllten.

Er entschied sich, die schmale Stiege flussabwärts zu benutzen und lief, immer zwei Stufen auf einmal nehmend, hinauf auf die Straße. Von dort aus konnte er die Brücke und die Kreuzung davor überblicken. Er hatte nur diese Chance.

Da sah er auf der anderen Seite der Brücke, vor der futuristischen bauchigen Glasfassade des Grazer Kunsthauses, eine gebückte Gestalt. Sie zeichnete sich im Licht der Projektionen auf dem überdimensionalen Bildschirm ab, der in die Fassade integriert war. Riesige Wellen aus Licht liefen über den Schirm, ließen die Silhouette verschwinden und wieder auftauchen. Die Person war klein und hatte eine Kapuze über den Kopf gezogen.

Baumgartner wusste sofort, dass das der Sprayer war. Er steckte die Hände ein und ging mit hastigen Schritten über die Brücke, vorbei an den vergitterten

Geländern, die mit Hunderten Vorhängeschlössern in unterschiedlichsten Formen und Farben behängt waren. Baumgartner wusste, dass es schnell gehen musste. Er durfte kein Risiko eingehen.

Als er bis auf zehn Meter herangekommen war, drehte sich die Gestalt um. Er sah eine kleine Nase mit einem glänzenden Ring im Nasenflügel und Augen, die ihn finster ansahen.

Eine Frau, dachte Baumgartner.

Dann lief die Gestalt los.

„Halt, bleiben Sie stehen", rief er, während er ebenfalls lossprintete. „Ich will Ihnen nichts tun. Ich brauche Informationen von Ihnen! Ich bin Polizist!"

Sie reagierte nicht darauf. Das hatte er auch nicht erwartet. Er sparte sich seinen Atem und lief, so schnell er konnte. Sie drehte sich um und sah ihn näher kommen. Als sie gerade in die Griesgasse einbog, streckte er die Hand aus und bekam ihren Pullover zu fassen. Er ergriff die Frau am Oberarm und drückte zu.

„Lass mich los, du Scheißbulle! Macht dich das geil, oder was?"

„Beruhigen Sie sich", sagte Baumgartner und schnaufte. Er war völlig außer Atem. „Sie müssen mir helfen."

Sie wurde plötzlich ganz ruhig.

„Du kannst mich mal", flüsterte sie und riss sich los, blitzschnell. Baumgartner hatte keine Chance.

Sie rannte die Gasse entlang, Baumgartner hinterher. Sie hinterließen inzwischen sichtbare Spuren in der dünnen Decke aus Schneekristallen.

Ich schaffe es nicht, dachte er. Verdammt, ich verliere sie.

Er merkte, wie er langsamer wurde. Seine Beine brannten und wurden schwer. Er bekam kaum noch

Luft. Sie bog zwanzig Meter vor ihm um eine weitere Ecke. Das war es, dachte er. Jetzt ist sie weg. Doris Wallner wird sterben.

Als er um die Ecke bog, befand er sich auf dem Griesplatz. Dort sah er ein Polizeiauto mit eingeschaltetem Blaulicht. Zwei Beamte standen neben einem alten Mazda und sprachen mit einem Mann mit schwarzen, zurückgegelten Haaren, dem das Auto offenbar gehörte.

„Haltet sie fest!“, rief Baumgartner.

Einer der Polizisten reagierte schnell und fasste die Sprayerin, die sich gerade vorbeischleichen wollte, am Arm.

23 Uhr 10

Als er das kleine Stück menschliche Haut verbrennen sah, wie es Blasen schlug und sich schwarz verfärbte, bekam er Angst, das Haus könnte Feuer fangen.

Er dachte kurz darüber nach und ging nochmals in die Gartenhütte, um den zweiten Kanister zu holen, den er gesehen hatte. Er begann, das Benzin in den anderen Räumen zu verteilen, während das Feuer im Wohnzimmer gerade niederbrannte.

Selbst wollte er nicht hierbleiben. Das war ihm zu schmutzig. Er wollte lieber noch einmal diese ganze Stadt unter sich haben. Als Gott wollte er sie sehen.

Er hatte den Schlüssel extra aufgehoben.

Als das Feuer fast verloschen war, begann er, das Benzin auch im Wohnzimmer zu verschütten. Über seinem Sofa, den riesigen Flachbildfernseher, die Küche. Das Erdgeschoß musste reichen, der zweite Stock würde auch so brennen. Der Gestank des Benzins erfüllte die Räume und erzeugte ein taubes Gefühl im Kopf.

Er dachte noch einmal an sie. Er wollte nicht, dass sie litt.

Er stellte den Kanister noch einmal ab und ging, um den Rest vom Chloroform und den Schlüssel für die Kellertür zu holen.

23 Uhr 10

Wolf und Meier wussten nicht recht, was sie davon halten sollten, als Baumgartner mit der kleinen Frau im Landeskriminalamt auftauchte. Wolf schüttelte den Kopf, als er sah, wie grob Baumgartner sie anfasste. Bei Koren war es also falsch gewesen – und jetzt?

„Das Symbol, das Sie an die Wand gezeichnet haben", sagte Baumgartner, als sie im Vernehmungsraum saßen, „was bedeutet es?"

Wolf drehte die Augen über. Meier sah sehr besorgt aus.

„WAS BEDEUTET ES?", schrie Baumgartner.

„Nichts, was du verstehen würdest, Bulle", antwortete sie.

„Gregor, hol das Foto", sagte Baumgartner.

Wolf seufzte und ging.

„Sie haben den Nautilus an die Wand gemalt", erklärte Baumgartner. „Ein Symbol, das mit dem Goldenen Schnitt zusammenhängt. Ich habe eine Leiche, die auseinandergesägt wurde, im Goldenen Schnitt. Wollen Sie die Fotos sehen? Und jetzt habe ich eine Entführung. Derselbe Mann hat eine Journalistin entführt, Doris Wallner."

Wolf kam mit dem Foto. Baumgartner nahm es und klatschte es vor dem Mädchen auf den Tisch.

„Er wird sie umbringen, wenn wir ihn nicht finden."

Er lehnte sich zurück und ließ das Bild wirken. Sie sah es flüchtig an, wandte den Blick wieder zu Boden.

„Mir ist egal, was Sie sonst für Probleme mit der Polizei haben", fuhr er fort. „Und Sie werden von mir auch keine Probleme bekommen. Aber wenn diese Frau stirbt, weil Sie uns nicht geholfen haben, dann gnade Ihnen Gott. Dann wird das, was ich mit Ihnen machen werde, noch das Geringste sein. Dann werden Sie damit leben müssen, dass Sie einen Menschen auf dem Gewissen haben."

„Franz, sie weiß doch nichts", sagte Meier.

„Doch, das tut sie", entgegnete Baumgartner. „Nicht wahr? Sie wissen, wer er ist."

Sie schwieg, starrte zu Boden.

Baumgartner war jetzt ganz ruhig.

„Ich könnte Ihnen jetzt versprechen, dass niemand erfährt, dass Sie uns geholfen haben. Dass ich Sie gehen lasse, sobald wir ihn haben. Aber das wird Sie nicht überzeugen, denke ich. Es ist auch irrelevant. Wichtig ist, dass Sie verstehen, worum es hier geht."

Sie schwieg immer noch. Baumgartner schaffte es nicht, irgendetwas aus ihrer Miene zu lesen.

„Ich kann einfach nicht glauben, dass Sie diese Frau sterben lassen wollen, nur weil Sie Stress mit der Polizei haben. Ist Ihnen klar, wie lächerlich das ist?"

Da sah sie plötzlich auf.

„Er heißt Manfred Sammer", sagte sie. „Und jetzt lass mich gehen."

Baumgartner blieb sitzen.

„Sieh nach, Gregor."

Sie starrten einander an, Feinde am Verhandlungstisch. Mit der Wachsamkeit erfahrener Krieger, die wussten, dass sie einander ernst nehmen mussten.

Wolf kam zurück.

„Ich glaube, wir haben ihn“, sagte er leise. „Soll ich die Cobra rufen?“

„Mach das“, antwortete Baumgartner.

„Kann ich jetzt gehen?“, fragte sie.

Baumgartner sah sie noch einmal an. „Hast du eine Adresse?“

„Gössendorfer Hauptstraße 185.“

„Stimmt das?“, fragte Baumgartner.

Sie nickte.

„Du kannst sie nicht gehen lassen“, warf Wolf ein. „Wir brauchen ihre Aussage!“

„Lasst sie gehen“, sagte Baumgartner.

23 Uhr 25

Er wird wiederkommen, dachte sie.

Seit gefühlten zwei Stunden stand sie hinter der Tür und hielt die Stange fest umfasst.

Wenn er kommt, habe ich genau eine Sekunde Zeit. Ich muss so fest schlagen, wie ich kann.

Ihr war schwindlig vor Angst.

Je härter ich zuschlage, dachte sie, desto härter bekomme ich es zurück, wenn es schiefgeht.

Aber sie musste hart zuschlagen. So hart sie konnte. Es war ihre einzige Chance.

Sie dachte an das Kinderbett, an den Krug mit Wasser. Die unbeholfene Berührung. Sie hatte plötzlich Mitleid.

Trotzdem, dachte sie. Trotzdem.

Dann roch sie das Benzin. Zuerst war sie sich nicht sicher, doch der Geruch wurde immer stärker. Da hatte sie zum ersten Mal Zweifel, dass er wirklich kommen würde.

Er zündet das Haus an. Ich werde hier unten ersticken, dachte sie. Sie finden mich nie rechtzeitig.

Als sie plötzlich die Schritte hörte, wurde sie augenblicklich ruhig. Sie hob die Stange über ihren Kopf, die sich leichter anfühlte als vorher.

Er sperrte auf und öffnete langsam die Tür.

Dort stand er. Sie wusste nicht, was er tun würde. Ließ er sich von der Attrappe aus alten Stofftieren täuschen, die sie unter die Bettdecke gelegt hatte?

Die Tür ging zu und er machte einen Schritt in den Raum. Das genügte.

23 Uhr 25

Franz Baumgartner, Caroline Meier und Gregor Wolf stiegen aus Baumgartners Dienstwagen aus und zogen ihre Pistolen. Sie standen vor einem zweistöckigen Einfamilienhaus mit spitzem Giebel und ungepflegtem Garten. Das Gras war dieses Jahr nicht gemäht worden und die Hecke genoss ihre neue Freiheit. Der Schnee fiel in großen, trägen Flocken, die schmolzen, als sie auf dem Boden ankamen. Alles war ganz friedlich. Hinter einem der Fenster sahen sie Licht.

„Die Cobra ist noch nicht da", stellte Wolf fest.

„Die kommen aus der Karlauerstraße", antwortete Baumgartner. „Das wird noch dauern."

Plötzlich drehte er sich zu seinen Kollegen um. „Riecht ihr das auch?"

„Was?“, fragte Wolf.

Baumgartner ging zur Tür und deutete Wolf, er solle hinter das Haus gehen. Er selbst ging mit Meier zur Vordertür. Dort stellte er sich neben die Tür und betätigte die Klingel, während Wolf sich geduckt auf den Weg nach hinten machte.

„Aufmachen, Polizei.“

Niemand antwortete.

23 Uhr 27

Sie holte aus, lautlos, und ließ die Stange gegen seinen Kopf schwingen. Es klang, als hätte jemand eine Glocke geläutet. Die Stange vibrierte vom Aufschlag und fiel ihr aus der Hand. Der Mann klappte zusammen wie eine Marionette, der man die Fäden kappte.

Sie verlor keine Sekunde, sondern hastete die Stiege hinauf und nahm zwei Stufen auf einmal. Oben wurde der Benzingeruch überwältigend. Sie hörte ein Klopfen. Wer konnte das sein? Es blieb keine Zeit, sich damit zu beschäftigen. Sie hatte ihn hart erwischt, aber sie traute der Sache nicht. Sie wollte nur raus hier.

Die Benzindämpfe machten sie schwindlig. Sie hatte Schwierigkeiten, etwas zu sehen. Sie wollte das Licht einschalten, doch zögerte im letzten Moment. Ein Funke bei all dem Benzindampf, und das Haus würde explodieren.

Doris Wallner lief eine Runde durch das Haus. Im Wohnzimmer mit dem Flachbildschirm, der so groß war wie eine Schultafel, war der Benzingeruch am schlimmsten. Andere Räume waren leer, in einem lag nur Gerümpel, alte Möbel aus Großmutters Zeiten.

Endlich fand sie die Eingangstür.

„Aufmachen, Polizei“, sagte jemand. Dann wieder dieses Klopfen.

„Ich bin es!“, rief sie. „Doris Wallner!“

„Frau Wallner, gehen Sie von der Tür weg!“, tönte es von draußen.

Es war kurz ruhig, dann trat jemand von außen gegen die Tür. Doch das Schloss hielt. Sie hörte Flüche.

„Machen Sie auf!“

Sie ging hin, öffnete die Kette. Doch der Schlüssel fehlte. Sie blickte sich um nach einer Schlüssellade, und da sah sie ihn.

Er stand in der Tür gegenüber dem Eingang, nur ein schwacher Umriss in der Dunkelheit. Wie eine Statue.

Doris Wallner war starr vor Angst.

Da hörte sie hinter sich die Tür splittern.

Sie drehte sich um und fiel Franz Baumgartner in die Arme.

„Er ist noch da!“, schrie sie.

Baumgartner sah Meier an. Beide rochen nun deutlich das Benzin. Baumgartner hob Wallner kurzerhand auf, lief mit ihr hinaus und vom Haus weg.

„Gregor“, rief er, „lauf weg! Er will das Haus in die Luft jagen!“

In diesem Moment zerriss ein Lichtblitz die Nacht, zusammen mit einem ohrenbetäubenden Knall.

23 Uhr 40

Blaulicht, gemischt mit gelbem Flackern, erleuchtete die Gössendorfer Hauptstraße. Die Rettungssanitäter behandelten Wolf, der ein paar Splitter im Gesicht abbekommen hatte, doch er hatte Glück gehabt, an den Augen war nichts. Doris Wallner saß auf dem Rücksitz eines Polizeiautos, bei offener Tür, und ließ die Füße herausbaumeln. Sie trank Wasser aus einer Plastikflasche. Baumgartner stand neben ihr und fragte, ob sie irgendetwas brauche.

Die Nachbarn der anderen Häuser standen vor der Tür oder lugten aus dem Fenster. Sie beobachteten, wie Beamte der Cobra in schwerer Montur mit Maschinengewehren in den Händen das Gebäude sicherten, trauten sich aber noch nicht zu fragen, was los war.

In diesem Moment traf die Feuerwehr ein. Ein großer Löschwagen mit ohrenbetäubend lauter Sirene bog durch die Einfahrt und fuhr mit hohem Tempo durch die schmale Lücke zwischen den anderen Autos. Die Feuerwehrleute sprangen aus der Kabine und während eine Gruppe die Schläuche bereit machte, trat einer zu Baumgartner hin und ließ sich von ihm über die Lage informieren. Der Dachstuhl stand inzwischen in Flammen und ein schwerer, teeriger Geruch lag in der Luft.

Als der Feuerwehrmann gegangen war, um die Löscharbeiten zu koordinieren, wandte sich Baumgartner Doris Wallner zu.

„Und Ihnen geht es wirklich gut?“, fragte er.

„Ja, es geht schon“, antwortete sie.

Sie rang sich zu einem Lächeln durch. „Sie haben mich gefunden.“

„Tut mir leid, dass wir so lange gebraucht haben“, sagte er. „Sind Sie sicher, dass Sie ihn noch gesehen haben?“

„Ja. Er stand hinter mir, als Sie die Tür aufgebrochen haben.“

„Dann muss er das Feuer ausgelöst haben.“

Sie nickte.

„Glauben Sie, er hat es geschafft?“, fragte Baumgartner.

Das hatte er Wolf auch schon gefragt. Wolf war sich nicht sicher gewesen. Er war nach der Explosion zu Boden gegangen. Sobald die Feuerwehr alles unter Kontrolle hatte, würden sie es genauer wissen.

„Ich weiß es nicht", antwortete sie. „Aber danke! Ich schätze, jetzt habe ich meine Exklusivgeschichte."

Montag, 6 Uhr

Obwohl er nur vier Stunden Schlaf in einer Zelle bekommen hatte, fühlte sich Baumgartner so frisch wie schon lange nicht mehr. Als sie sich im Besprechungsraum trafen, sah er, dass auch den anderen die Erleichterung ins Gesicht geschrieben stand. Sie trugen alles zusammen, was sie in den letzten Stunden erfahren hatten.

„Gregor, bitte gib uns einen Überblick, was wir über diesen Sammer wissen."

Wolf räusperte sich und begann, die Fakten zu berichten. Statt auf der Wange hatte er nun ein Pflaster auf der Stirn. Er hatte sich geweigert, in Krankenstand zu gehen. Die Stimmung zwischen Wolf und Baumgartner war wieder unaufgeregt und professionell. Caroline Meier registrierte es mit Erleichterung.

Der Mann, der Doris Wallner entführt hatte und im dringenden Tatverdacht stand, Sara Krasniqi ermordet zu haben, war Manfred Sammer, 30 Jahre alt. Er lebte allein im Haus seiner Eltern. Der Vater war gestorben, die Mutter lebte in einem Altersheim in Graz. Er hatte Umweltsystemwissenschaften studiert, mit ausgezeichneten Noten. Nach dem Diplom hatte er in einer privaten Forschungseinrichtung namens „GreenPoint" gearbeitet, die auf Computersimulationen spezialisiert war, insbesondere auf Modelle für energieeffiziente Gebäudetechnik, Steuerungen für Fotovolatikanlagen und andere Anwendungen im Zusammenhang mit erneuerbaren Energieformen. Dort war er vor einem halben Jahr gekündigt worden, warum, war unklar.

Vera Königshofer bestätigte, dass er zu ihrem Täterprofil passte: „Hochintelligent, aber völlig vereinsamt." Wolf erklärte weiter, dass er in der Zeit nach seinem

Rauswurf im Grazer Nachtleben unterwegs gewesen war und Kontakt zu Frauen gesucht hatte, mit mäßigem Erfolg, wie es schien. Meier hatte noch letzte Nacht die Türsteher in der „Postgarage“ befragt, die sich an ihn erinnern konnten, auffällig still und immer allein. Dabei hatte er wohl Sara Krasniqi kennengelernt. Er hatte zu trinken begonnen, wenn er es nicht vorher schon getan hatte, und diese Texte zu schreiben, wie sie auch Wallner erhalten hatte.

Baumgartner wollte Wallner wieder dabeihaben, doch Sukitsch hatte sich quergelegt. Deshalb berichtete Baumgartner selbst, was er von ihr erfahren hatte.

Sie hatte ihn kennengelernt, als sie einen Beitrag über GreenPoint schrieb. Das Zentrum feierte irgendein Jubiläum und Wallner hatte ihn interviewt. Das war vor etwas mehr als einem Jahr gewesen. Dann hatte sie eines Tages plötzlich eine E-Mail von ihm bekommen, in der er erklärte, dass er Berechnungen angestellt hatte, die zeigen sollten, dass die Welt auf eine Katastrophe zusteuerte. Im Anhang befand sich eine wissenschaftliche Arbeit von mehr als 100 Seiten, sehr technisch und mit seitenweisen Tabellen voller Zahlen. Das war noch vor dem Mord gewesen.

„Doris Wallner reagierte nicht auf die Mail. Aber kurz vor ihrer Entführung erinnerte sie sich wieder daran.“ Es zeigte sich, dass das Absendedatum fast auf den Tag genau mit seinem Rauswurf bei GreenPoint zusammenfiel. Und nicht nur Wallner hatte es bekommen, sondern auch mindestens zwei weitere österreichische Zeitungsredakteure. Auf die Antwort vom ORF und ein paar anderen Zeitungen warteten sie noch.

„Frau Wallner konnte mir nicht genau sagen, worum es in der Arbeit eigentlich ging. Ihre Vermutung war, dass sich alles um den Klimawandel drehte, was ich allerdings bezweifle."

Er sah seine Kollegen an, die ratlos schienen.

„Es ist alles sehr technisch", erklärte er. „Das müssen sich Spezialisten ansehen. Mich überrascht es jedenfalls nicht, dass Wallner nicht reagiert hat."

Königshofer meldete sich zu Wort. Sie hatte einen Ausdruck der Arbeit vor sich liegen.

„Wallners Vermutung ist richtig, glaube ich. Es ist technisch, aber eigentlich nichts Besonderes."

„Was meinen Sie damit?", fragte Wolf.

„Es ist einfach nichts Neues. Manches ist ein wenig überzogen, aber was ich gelesen habe, ist schlüssig. Nichts anderes als das, was Wissenschaftler und Umweltaktivisten seit Jahren sagen. Es war außerdem weltweit in den Kinos, vielleicht erinnern Sie sich? Diese Doku von Al Gore?"

Schweigen.

„Er hat wohl geglaubt, wenn er es noch einmal von Anfang an genau belegt und wissenschaftlich analysiert, dann wird man etwas ändern. Was natürlich nicht der Fall ist, denn in der Politik weiß man es ohnehin."

Die Stimmung war gedämpft. Eine Frage hing die ganze Zeit im Raum. Es war schließlich Meier, die sie stellte.

„Lebt er noch?"

„Die Feuerwehr hat ihn nicht gefunden", antwortete Baumgartner. „Ich habe vorher mit Wilszek telefoniert, er ist seit einigen Stunden in Gössendorf. Er weiß auch noch nichts. Wir müssen davon ausgehen, dass er geflohen ist."

„Ist er verletzt?", fragte sie.

„Wilszek kann es nicht sagen."

Königshofer nickte. Sie erklärte, dass die Sache noch nicht vorbei war. „Die Hintergründe für den Mord sind immer noch unklar“, sagte sie. „Es sieht so aus, als wollte er auf die Arbeit aufmerksam machen, aber da ist noch mehr. Er hat sein Opfer nicht willkürlich ausgesucht, sondern sich für Sara Krasniqi entschieden. Welche Bedeutung der Goldene Schnitt genau hat, ist immer noch offen.“ Sie erklärte, dass sie ihn nach wie vor als gefährlich einstufen würde.

Da ergriff Baumgartner das Wort. Er entschied, dass Wolf die Mutter im Heim besuchen sollte. Sie mussten herausfinden, ob es noch weitere Verwandte gab oder wo er sonst Unterschlupf finden konnte. Die Unterlagen zur Fahndung waren bereits fertig und konnten direkt nach dem Treffen abgeschickt werden.

Sukitsch war ebenfalls bei dem Treffen anwesend, sagte aber gar nichts. Auch sonst war seine Miene unergründlich.

Baumgartner selbst wollte mit Meier Sammers ehemaligen Arbeitsplatz besuchen.

Als er gerade auf dem Weg zum Auto war, lief ihm Sukitsch nach. Während Meier ins Auto stieg, drehte sich Baumgartner um.

Sukitsch sah ihn nur ernst an und streckte die Hand aus. Baumgartner ergriff sie.

„Ich wollte nur noch sagen, Franz: Gratuliere.“

Er drückte Baumgartners Hand so fest, dass es weh tat.

„Ich werde gleich den Staatsanwalt treffen und ihm berichten, was wir haben“, sagte Sukitsch. „Sieh zu, dass du ihn findest.“

Er drehte sich um und ging wieder hinein.

Der Mann, der Sammers letzter Kollege gewesen war, hieß Walter Kern, war an die vierzig, hatte langes, lockiges Haar und trug eine altmodische Brille, ein ausgewaschenes Iron-Maiden-T-Shirt mit Mottenlöchern und Birkenstocksandalen, von denen sich die Sohlen lösten. Baumgartner und Meier besuchten ihn an seinem Arbeitsplatz bei GreenPoint, in einem modernen Gebäude mit Holzfassade und hellen, offenen Räumen. Die beiden hatten sich ein Büro geteilt – der zweite Schreibtisch im Raum war immer noch leer. Kern brauchte zwei Tassen starken Kaffee, bis er bereit war, sich mit ihnen zu unterhalten. Dafür redete er dann wie ein Wasserfall.

Sie setzten sich in die Kantine und er erklärte, dass Sammer ein angenehmer Typ gewesen sei. „Ruhig war er und effektiv. Also, am Anfang. Gut, manchmal ist er auch gestresst gewesen, ohne ersichtlichen Grund. So etwas fällt einem ja erst im Nachhinein auf. Er hat das schon unter Kontrolle gehabt, kam mir vor. Es war, als ob er seinen Stress in Arbeit umgesetzt hätte."

„Sie sagen, am Anfang?", hakte Baumgartner nach. „War er später nicht mehr effektiv?"

„In der letzten Zeit hatte er sich verändert", sagte Kern. „Er war noch ruhiger. Mir ist irgendwann aufgefallen, dass er überhaupt nicht mehr fürs Projekt arbeitete. Es war etwas völlig anderes. Er hat ganz schön viel Speicherplatz damit belegt und ich musste die ganze Arbeit fürs Projekt allein machen, aber ich habe ihn gedeckt. Es war ihm wichtig, und ich habe nicht gewusst, was ich tun soll."

„Woran hat er gearbeitet?", fragte Baumgartner.

„Genau weiß ich es nicht", antwortete Kern. „Er hat nur irgendwann gesagt, dass die ganze Öko-Energie-

Schiene ein Witz ist. Er hat gesagt, dass alles in einer Katastrophe enden wird. Bevor die Erderwärmung ein bedrohliches Ausmaß erreicht, werden die fossilen Energiereserven ausgehen. Grüne Energie ist lächerlich, hat er gemeint, die nehmen nicht einmal die Ökos und die Grünen ernst. Sieht man ja, wenn sie gegen Wasserkraft protestieren. Dann wird es eine Energiekrise geben und damit eine Wirtschaftskrise. Das Wirtschaftswachstum wird zum Erliegen kommen. Das wird man mit Krediten und Wachstumsprogrammen so lange künstlich hochhalten, wie es geht. Dann kracht es, hat er gemeint. Die Leute werden ihre Arbeit verlieren. Und damit wird die Gesellschaftsordnung zusammenbrechen. Es wird zu irgendeiner Gewaltherrschaft kommen, in den schwächeren Nationen. Die stärkeren werden vielleicht demokratisch sein, aber sie werden ihre Macht militärisch erhalten müssen. Das wird Krieg geben. Und dann erst beginnt die Erderwärmung Probleme zu machen, erst drei, dann vier Grad, mit den Naturkatastrophen, der Verwüstung. Bis dahin wird es zehn Milliarden Menschen auf dem Planeten geben. Er hat gemeint, dass mindestens die Hälfte davon draufgehen wird, vielleicht zwei drei Milliarden mehr."

Meier schüttelte den Kopf, Baumgartner schwieg nur.

„Ich meine, wir wissen alle, dass er vielleicht sogar recht hat", fuhr Kern fort. „Dass wir auf eine Katastrophe zusteuern, wissen wir schon lang. Aber deshalb muss ich doch nicht die Nerven wegschmeißen. Es ist doch verrückt, die ganze Zeit darüber nachzudenken. Also ich für meinen Teil werde weiterhin mein Steak essen und im Winter nach Thailand fliegen, so lange es eben geht. Und ich werde mir kein Elektroauto kaufen, zum doppelten Preis, mit einem Sechstel der Reichweite, damit ich ein gutes Gewissen habe, für ein paar Kilogramm weniger CO_2 in der Atmosphäre. Sollen wir etwa zurück in die Steinzeit schrumpfen?“

Meier verschränkte die Hände.

„So ein Blödsinn“, sagte sie.

„Akzeptieren Sie es!“, gab Kern lachend zurück. „Lesen Sie Zeitung! Die Thinktanks auf der ganzen Welt stellen sich schon seit Jahren darauf ein, dass sich der Klimawandel nicht mehr aufhalten lässt. Dass man sich nur bestmöglich positionieren kann, bevor es so weit ist. Was glauben Sie, wo dieser irre, harte Wettbewerb im Moment herkommt?“

Meier setzte zu einer Antwort an, doch Baumgartner legte ihr die Hand auf den Arm und sie verstummte.

„Das hat er Ihnen erzählt?“, fragte Baumgartner. „War da noch etwas?“

„Einmal bin ich mit ihm auf ein Bier gegangen. Daraus sind dann fünf, sechs geworden, wie es halt oft so ist. Und da hat er mir alles erzählt. Er hat gemeint, er ist bald so weit. Er kann alles wissenschaftlich einwandfrei belegen. Damit wollte er an die Medien gehen. Ich hab nichts dazu gesagt. Hab nur gefragt, ob wir nicht wieder einmal was trinken wollen und versuchen, ein paar Mädels aufzureißen. Das täte dir gut, habe ich gesagt. Und ihr glaubt wirklich, dass er der Mörder von der Uni ist?“

„Ja, daran besteht kein Zweifel“, bestätigte Baumgartner.

Kern schüttelte den Kopf und wirkte nun doch betroffen. „Verrückt.“

Baumgartner fragte ihn nach Sammers Angehörigen, doch er wusste nichts.

Sie bedankten sich bei ihm. Vor allem Meier schien froh zu sein, dass sie gingen.

Als sie in die Kanzlei zurückkamen, trafen sie Wolf, der ihnen berichtete, was er erfahren hatte.

„Die alte Dame ist noch recht rüstig", sagte er. Sie hatte ihm erzählt, dass Sammer ein Einzelkind gewesen war. „Es gab ein paar Onkel und Tanten, doch mit denen hatte er nie Kontakt." Als Wolf sie darüber aufgeklärt hatte, welcher Taten ihr Sohn verdächtigt wurde, hatte sie entschieden erklärt, dass das unmöglich sei, und ihn gebeten, zu gehen. „Ich bin dann noch schnell zum Leiter des Heims und hab ihm die Lage geschildert. Er hat mir versprochen, dass er sich um die Frau kümmert. Wenn die das alles in der Zeitung liest, ich weiß nicht, wie ihr das bekommt."

Baumgartner fasste zusammen, was sie von Kern erfahren hatten, rief Wilszek an, der die Nacht in Sammers Haus durchgearbeitet hatte.

„Ja, Franz, ich habe da etwas", sagte Wilszek. „Er ist durchs Fenster gesprungen, vor der Explosion. Die Lage der Scherben legt das nahe, und da sind einige Baumwollfasern." Trotz der Schäden durch den Brand hatte er außerdem genügend Gewebeproben sammeln können, die er mit den Haaren aus dem Seminarraum vergleichen konnte. Sie wussten, dass die DNA übereinstimmen würde. Es war nur eine Formalität.

„Da ist noch etwas", ergänzte Wilszek. „Hast du die Mappe bekommen, die ich für dich hinterlegt habe?"

„Welche Mappe?", fragte Baumgartner.

„Caroline hat sie dir gegeben, oder etwa nicht?"

„Mir hat niemand etwas gegeben", entgegnete Baumgartner und drehte sich zu Meier um, die an ihrem Schreibtisch saß.

„Hat Stefan dir etwas für mich gegeben?"

„Ach ja", sagte sie, „stimmt. Dafür war irgendwie nie Zeit."

Sie wirkte plötzlich verunsichert, sprang auf und suchte ihren Schreibtisch ab. Dabei lag der durchsichtige Plastiksack direkt in Griffweite. Baumgartner legte das Handy auf seinen Schreibtisch.

„Was ist das?", fragte er, als er den Sack öffnete.

„Sieh es dir an. Vielleicht ist es gar nichts."

Club Sectio Aurea.

Baumgartner sprang auf.

„Wie lange liegt das schon hier? Warum sagt mir keiner was?"

Meier erbleichte. Sie öffnete eine Schublade in ihrem Schreibtisch und holte ein Paar Gummihandschuhe für Baumgartner heraus, der sie anzog und vorsichtig die Mappe aus dem Plastiksack holte.

Baumgartner hob das Handy auf. Wilszek war noch dran.

„Was zum Teufel ist das? Da steht *Sectio Aurea* drauf."

„Was heißt *Sectio Aurea*?", fragte Wilszek.

„*Der Goldene Schnitt*", erklärte Baumgartner.

„Latein", flüsterte Meier.

Am anderen Ende der Leitung hörte man Wilszek undefinierbar fluchen.

Baumgartner öffnete die Mappe und blätterte die Seiten durch. Er brauchte einen Moment, um sich an Bauers Schrift zu gewöhnen. Es handelte sich um mindestens vier verschiedene Gesprächsprotokolle. Zu Beginn jedes Dokuments waren ein Datum notiert worden und die Namen der Teilnehmer, sechs an der Zahl. Die erste Sitzung war im Jänner 2001 gewesen.

Als Baumgartner die Liste der Teilnehmer überflog, sah er sofort den Namen.

Manfred Sammer.

Er zeigte ihn den anderen. Bauer hatte also nicht geblufft. Er hatte tatsächlich etwas gewusst.

Nur, was hatte das zu bedeuten?

„Wir haben nun ein paar Namen. Kann jemand die Telefonnummern dazu raussuchen? Caroline?"

Sie schrieb sich die Namen auf einen Zettel und ging zu ihrem Schreibtisch.

„Schau", sagte Wolf, der eine der Seiten aufgehoben hatte, „ist das der, von dem ich glaube, dass er es ist?"

Baumgartner sah sich den Namen genauer an. Tatsächlich, den kannte er. Sie kannten ihn alle.

„Ich glaube, jetzt verstehe ich, wen Bauer angerufen hat."

Wolf wartete auf eine Erklärung, doch Baumgartner schwieg.

„Ui, das ist heiß", sagte Wolf schließlich. „Ich würde an deiner Stelle zuerst einen anderen anrufen."

Wenige Minuten später kam Meier mit ein paar Telefonnummern. Baumgartner suchte sich die erstbeste Nummer aus und tippte sie in sein Handy.

Nach einer halben Minute meldete sich eine müde Stimme.

„Lassnig?"

„Grüß Gott. Hier spricht Chefinspektor Baumgartner vom Landeskriminalamt Steiermark."

Schweigen am anderen Ende.

„Herr Lassnig", sagte Baumgartner, „ich habe da ein paar Fragen an Sie."

„Hat sich niemand bei Ihnen gemeldet?", fragte Lassnig.

Baumgartner stutzte. „Wer hätte sich bei mir melden sollen?"

Die Antwort kam zögernd.

„Wir hatten vereinbart, dass Sie informiert werden."

„Ach, Sie hatten das vereinbart?“

Baumgartner spürte, wie ihm plötzlich kalt wurde und seine Hände zu schwitzen begannen.

„Sie wollen mir sagen, Sie wussten die ganze Zeit Bescheid?“

„Ich war mir nicht sicher“, entgegnete Lassnig. „Es war vereinbart, dass man Sie kontaktiert.“

Es klang alles andere als überzeugt. Baumgartner versuchte, sich zu sammeln.

„Haben Sie eine Idee, wo Sammer sein könnte?“, fragte er.

„Ist er immer noch nicht gefasst?“

„Was glauben Sie denn?“, brauste Baumgartner auf. „Er könnte längst gefasst sein!“

„Ich verstehe nicht, warum sie sich nicht bei Ihnen gemeldet haben!“

Baumgartner dachte an den prominenten Namen auf der Liste.

„Nein“, sagte er, „ich verstehe es auch nicht.“

„Ich weiß nicht, wo Sammer ist“, beteuerte Lassnig. „Wir alle haben ihn seit über zehn Jahren nicht gesehen.“

„Die anderen auch nicht? Sind Sie sicher?“

„Ja. Der Kontakt ist abgebrochen, nachdem wir ihn aus dem Club ausgestoßen haben.“

Baumgartner wurde hellhörig.

„Ausgestoßen? Aus welchem Club? *Sectio Aurea*? Was war das überhaupt für ein Verein? Haben Sie den Teufel angebetet? Oder wollten Sie nur die Regierung stürzen?“

Lassnig schien verwirrt.

„Nichts dergleichen. Wie kommen Sie darauf?“

„Was war es dann?“, fragte Baumgartner.

„Eine Diskussionsrunde“, antwortete Lassnig. „Ein Philosophiecafé“

„Was soll das sein?“

„Herwig Bauer war unser Deutschlehrer“, erklärte Lassnig. „Er hat sich für Philosophie interessiert. Wir waren seine Maturaklasse. Irgendwie wollte er uns fördern oder so.“

Er zögerte.

„Eigentlich dürfte ich Ihnen das gar nicht erzählen.“

„Wenn Sie nicht sofort weiterreden, lasse ich Sie festnehmen“, erwiderte Baumgartner trocken. Sein Kopf war hochrot.

„Bauer war ein Idiot“, fuhr Lassnig fort. „Aber das wissen Sie selbst, glaube ich. Uns hat es gefallen. Wir haben über Gott und die Welt diskutiert. Anfangs bei Kaffee und Kuchen, später bei Bier und Schnaps. Wir fühlten uns wichtig, glaubten, dass wir die Welt verändern könnten. Mit der Zeit wurden wir radikaler, fühlten uns überlegen. Lag sicher auch an dem Gymnasium, auf das wir gingen. Privatschule, viele Politikerkinder, eher elitär.“

„Was meinen Sie damit, *radikaler*?“, fragte Baumgartner.

„Wir hatten Zweifel an der Demokratie. Ob sie wirklich die beste aller schlechten Regierungsformen war, wie Churchill es genannt hatte. Wir diskutierten, welche Alternativen es gäbe.“

„Sammer hat das ernst genommen?“

„Wir alle haben das ernst genommen, damals. Mehr oder weniger zumindest. Aber es stimmt, Sammer war radikaler als wir.“

„Warum haben Sie ihn rausgeworfen?“, wollte Baumgartner wissen.

„Wenn man es genau nimmt, haben wir zuerst Bauer rausgeschmissen. Er hat bemerkt, wie sich seine Idee immer mehr selbstständig machte und wollte die Kontrolle nicht abgeben. Das war ziemlich lästig mit der Zeit. Dann haben wir einfach das Lokal gewechselt und ihm nicht Bescheid gesagt. Das ging eine Zeit lang gut. Bis die Sache langsam einschlief. Die Themen waren nicht mehr so gewichtig. Wir diskutierten immer mehr über Kunst. Doch das war Sammer zu wenig. Er kam immer wieder mit neuen politischen Themen. Er nahm das viel zu ernst. Und eines Tages kam er mit einem Plan an, den er offenbar schon länger allein ausgetüftelt hatte. Er wollte mit uns diskutieren, wie man unsere Ideen in die Tat umsetzen könnte. *Der Philosoph muss imstande sein, ein Beispiel zu geben.* Das hat er gesagt. Im Prinzip ging es um einen Putschversuch. Es war völlig abwegig und wir sagten ihm das auch. Uns wurde erst langsam klar, wie ernst es ihm war. Er hatte bereits Kontakt mit verschiedenen Leuten aufgenommen. Linksradikalen, Nazis. Wir sagten ihm, dass er wahnsinnig sei. Es folgte ein heftiger Streit. Und am Ende haben wir Sammer ausgeschlossen. Seither hat ihn niemand von uns mehr gesehen."

„Und sie trafen sich weiterhin?"

„Noch etwa ein halbes Jahr", sagte Lassnig. „Aber irgendwie war die Luft draußen. Wir nahmen unsere eigene Gesellschaftskritik nicht mehr ernst. Es war klar, dass wir das Risiko nicht eingehen wollten, uns wirklich aufzulehnen. Jeder von uns hatte auch andere Ziele im Leben. Und wie man sieht, haben auch einige von uns Karriere gemacht."

Das war alles, was Lassnig ihnen erzählen konnte. Er beschwor Baumgartner, es dabei zu belassen. „Niemand von uns kann Sie zu Sammer führen."

Baumgartner wies ihn an, sich zur Verfügung zu halten und beendete das Gespräch, ohne sich zu bedanken.

Er schüttelte den Kopf.

„Besprechung“, sagte er in den Raum. „In fünf Minuten.“

Sie trafen sich im Besprechungsraum und rekapitulierten noch einmal, was sie erfahren hatten.

„Kein mächtiger Geheimbund also?“, fragte Meier.

„Nein“, antwortete Baumgartner. „Eine Gruppe von Schülern. Das ist alles. Wobei, mächtig sind sie offenbar immer noch. Zumindest einer von ihnen.“

Alle hatten nun ein unscharfes Bild vor Augen, über die Zusammenhänge, die zu dem Mord geführt hatten. Der Club und Sammers Rauswurf schienen dabei nur ein weiteres Puzzlestück zu sein. Eine Summe von Enttäuschungen schien sich in Sammers Tat manifestiert zu haben. Der Goldene Schnitt bekam nun eine völlig neue Bedeutung. Er schien eine Referenz an den Club zu sein, aus dem man ihn ausgestoßen hatte. Sie beschlossen, am kommenden Tag noch eine Besprechung anzusetzen, an der auch Vera Königshofer wieder teilnehmen sollte.

Sie suchten ein Bild von Sammer und schickten es hinaus an die Medien. Irgendwann erinnerte sich Baumgartner an das Bild von Doris Wallner, das noch im Vernehmungsraum lag. Er holte es, faltete das Papier in der Mitte zusammen und ließ es im Papierkorb verschwinden.

Um sechzehn Uhr dreißig weckte Meier Baumgartner. Er war auf seinem Schreibtisch eingeschlafen. Sie rüttelte ihn an der Schulter, und als er aus verschwollenen Augen zu ihr aufsah, schickte sie ihn nach Hause. Er sollte nur sein Telefon eingeschaltet lassen.

17 Uhr

Als Baumgartner die Tür aufsperrte, wusste er sofort, dass Isabel wieder da war. Er wusste es, bevor er ihre Schuhe sah. Er sah Licht aus der Küche und roch das Duschbad, das sie immer benutzte.

Er hatte geglaubt, dass er erleichtert sein würde, stattdessen hatte er plötzlich Angst. Sie war zurückgekommen, aber er wusste nicht, warum oder was sie ihm zu sagen hatte. Vielleicht wollte sie sich verabschieden. Die wirre Mischung an Gefühlen in ihm war plötzlich so stark, dass er weiche Knie bekam.

Baumgartner zog die Schuhe aus und ging langsam in die Küche. Sie saß am Tisch und sah ihn mit einem sanften Lächeln an.

Er wagte nicht, zu ihr zu gehen, sondern setzte sich ihr gegenüber an den Tisch.

„Geht es dir gut?“, fragte er.

„Ja, danke“, antwortete sie. „Dir auch?“

Er dachte daran, dass er zwei Nächte lang nicht hier gewesen war. Der Geruch der Toilette fiel ihm ein.

„Der Mordfall, den wir hatten, hat mich ganz schön beschäftigt. Bist du schon lange da?“

„Nein, ich bin erst gekommen, vor zwei Stunden.“

Sie schwiegen. Zwischen ihnen stand der trockene Strauß im Wasser. Es gab viel zu sagen, aber sie wussten nicht, wie sie anfangen sollten.

„Franz, tut mir leid wegen dem Brief“, sagte sie schließlich.

Dann erklärte sie ihm alles. Dass sie manchmal zweifelte, bis sie nicht mehr wusste, was sie wollte. Dass er ganz anders war als die anderen und dass es genau das war, was sie an ihm mochte. Dass er immer ehrlich war zu ihr. Und doch wünschte sie sich manchmal eine ganz normale Beziehung, etwas Gewöhnliches, ob er das verstehen könne. Er verstand es nur zu gut und sagte ihr das. Er sagte ihr auch, dass er alles für sie tun würde, aber dass er eben war, wie er war.

Da lächelte sie und ihre Augen begannen zu glitzern.

„Nur eine Sache", sagte sie. „Ich bin jetzt fast fünfunddreißig. Irgendwann will ich Kinder haben."

Er schluckte und nickte schließlich.

„Du hast mir immer wieder erklärt, warum es dir noch nicht passt und ich habe gewartet, obwohl ich es nicht verstanden habe. Ich habe viel mit meiner Mutter geredet. Ich glaube, ich habe es jetzt verstanden. Du hast Angst, Franz. Vor der Zukunft. Nicht vor deiner eigenen. Du siehst nur bei deiner Arbeit so viel Schreckliches, dass du langsam das Vertrauen in die Menschen verlierst. Deshalb hast du Angst davor, Kinder zu haben."

Er widersprach nicht.

„Was du nur übersiehst: Du musst die Probleme deiner Generation lösen, nicht die der nächsten. Die nächste Generation wird gewappnet sein. Sie werden ihre Probleme selbst anpacken, so wie du deine anpackst."

Sie sahen sich an.

„Es ist doch so, wie ich sage?", fragte sie.

„Ja", antwortete er, „ich glaube, so ist es."

Sie nickte.

„Ich komme zu dir zurück, Franz. Du brauchst noch Zeit, dir darüber klar zu werden, und das respektiere ich. Ich will, dass du dir auch sicher bist. Aber wenn du zum Schluss kommst, dass du keine Kinder haben willst, dann werde ich dich verlassen."

Baumgartner sah sie lange an und nickte schließlich.

„Danke“, sagte er. „Ich werde darüber nachdenken. Und ich werde ehrlich zu dir sein.“

Sie blickten einander in die Augen.

„Komm her“, sagte sie.

Er ging zu ihr und nahm sie in die Arme. Sie weinte, und er war so glücklich, dass ihm schwindlig war. Es fühlte sich an, als wäre er plötzlich zehn Kilo leichter. Als hätte man ihm etwas weggenommen, als hätte er einen treuen Begleiter verloren.

Nach einer Weile standen sie auf und gingen ins Schlafzimmer. Dort liebten sie sich, wie immer, stumm und zärtlich.

18 Uhr 10

Muss es einen Grund geben, dass man so wird? Er hatte darüber nachgedacht, aber es war ihm nichts eingefallen. Vieles an seiner Kindheit war nicht schön. Eigentlich fand er fast alles mühsam. An normalen Maßstäben gemessen war es jedenfalls nicht schlimm. Manche Worte hatten mehr wehgetan als das eine Mal, als man ihn ins Pissoir getaucht hatte. Wenn er dann zurückschlug, schickte man ihn zum Direktor. Den anderen Kindern gefiel das. Ein willkommener Nervenkitzel – wie viel ist nötig, dass er explodiert? Irgendwann entschied er, sich nur noch in seiner Fantasie zu verteidigen.

Es war also eine normale Kindheit, keine Rechtfertigung oder Erklärung. Manche Dinge passierten wohl einfach, dachte er, ohne sich um diejenigen zu kümmern, die für alles einen Grund wissen wollten.

Er hatte immer gewusst, dass die anderen nicht verstanden, wie es ihm ging. Dass er anders war, dass sie es nicht verstehen konnten und keine Schuld hatten.

Der Alkohol hatte mit dem, was passiert war, nichts zu tun. Als er zu trinken begonnen hatte, war es schon lange zu spät gewesen.

Nun war er wieder nüchtern und obwohl er verstand, dass er nicht allein die Schuld hatte – ja, vielleicht nur einen kleinen Teil der Schuld –, überfiel ihn eine heftige Beklemmung, wenn er daran dachte, was passiert war. Ein Grauen, wenn er Sara Krasniqis Gesicht vor sich sah. Er konnte kaum glauben, dass es wirklich geschehen war.

Er verspürte den Drang, das Gefühl zu lindern, mit etwas Hochprozentigem, doch er widerstand. Das gleiche Gefühl, das ihn veranlasst hatte, die Flasche Schnaps zu kaufen, als er vom Telekom-Hochhaus heruntergekommen war, einem der höchsten Gebäude in Graz mit rotem Licht für die Flugzeuge auf dem Dach. Ganz nah an der Brüstung war er gestanden. Doch er hatte es nicht getan. Er war nicht gesprungen. Warum? Das war ein Fehler gewesen. Nicht nach den Kategorien der anderen, sondern nach seinen eigenen Kategorien. Statt konsequent zu sein, hatte er sich eingebildet, dass es noch andere Möglichkeiten gab. Dabei war er ins Irrationale abgedriftet wie so viele andere. Jetzt stand er wieder genau da, wo er schon damals gewesen war. Er musste einsehen, dass er sich selbst etwas vorgemacht hatte.

Er musste seine Konsequenz wiederfinden. Das war vielleicht sein einziger wirklicher Fehler gewesen: dass er aufgehört hatte, konsequent zu sein, nur einen kurzen Moment lang. Dabei war es genau das, was er an den Menschen am meisten verachtete. Nun war es ihm selbst passiert.

Deshalb war er wieder hier. Um seine Konsequenz wiederzufinden.

Er stand an der Kante, vor ihm nur Weite, tief unten zog sich die Stadt hin bis zum Plabutsch. Der Wind war hier oben so stark, dass es ihn fast von den Füßen fegte. Er rekapitulierte, was in den letzten Monaten alles geschehen war. Bereute er, was er getan hatte?

Es tat ihm leid für Sara, das war ihm jetzt klar. Sie war nur dumm gewesen, hatte es nicht böse gemeint. Aber er bezweifelte, dass es ihm leid genug tat, nach den Maßstäben der anderen. Menschen starben, viele davon unter völlig sinnlosen Umständen. Das war eben so. So viele hatten Angst vor dem Tod, niemand hatte Angst vor dem Leben. Dass es vielleicht nicht lebenswert war. Das kam niemandem in den Sinn.

Ihr Gesicht drängte sich wieder in sein Bewusstsein. Und mit ihm kam wieder dieses diffuse Grauen, das ihm die Luft zu nehmen drohte.

Nein! Es war richtig gewesen. Notwendig. Es hatte getan werden müssen. Zu tun, was er als richtig erkannt hatte, war konsequent gewesen. Der Fehler war vorher passiert.

Jetzt war es jedenfalls Zeit für ihn. Diesmal würde er keinen Rückzieher machen.

Er sah auf die Stadt hinab und die Luft schmeckte gut. Der Schmerz verstärkte jede Wahrnehmung wie ein Gewürz.

Unten sah er zwei Polizeiautos und ein Rettungsauto anhalten. Jetzt würden sie bald kommen. Einen Moment hatte er noch Zeit.

18 Uhr 15

Als das Telefon läutete, reagierte Baumgartner nicht. Er war hellwach und seine Hand lag auf Isabels Bauch. Sie schlief.

Womit habe ich das verdient?, dachte er.

Er merkte, dass er immer noch Angst hatte. Angst, dass irgendein Fehler passiert war. Franz, du weißt schon, es war eigentlich für dich gedacht. Du verstehst das sicher, das ist das Glück von jemand anderem. Für dich ist so viel Glück nicht vorgesehen.

Das Telefon hörte nicht auf zu klingeln.

„Gehst du nicht ran?“, fragte Isabel.

„Doch. Es ist sicher die Arbeit“, antwortete er.

Er kramte das Handy aus der Hose, die neben dem Bett lag, und hob ab. Sukitsch war dran.

„Franz, gut dass ich dich erreiche. Kennst du das Telekom-Hochhaus? In der Rösselmühlgasse?“

Baumgartner musste kurz nachdenken.

„Mit der Spiegelfassade? Das große?“, fragte Baumgartner.

„Genau das.“

Noch bevor Sukitsch weitersprach, wusste Baumgartner, worum es sich handelte.

„Auf dem Dach steht jemand. Wir sind nicht sicher, aber es könnte sein –“

„Ich komme“, sagte Baumgartner.

„Ich schicke dir jemanden. Bist zu Hause?“

„Ja.“

18 Uhr 25

Baumgartner stieg aus dem Polizeiauto, das ihn abgeholt und mit Blaulicht und Sirene durch die Stadt gefahren hatte. Er warf einen kurzen Blick nach oben, doch er konnte dort niemanden sehen. Vor ihm stand plötzlich Blaschek, der ihn ernst begrüßte und ihm die Lage erklärte.

„Sonst gibt es niemanden, der das machen kann?“, fragte Baumgartner.

„Oberst Sukitsch wollte es so. Ich nehme an, es ist, weil Sie ihn am besten kennen.“

Weil ich ihm am ähnlichsten bin, dachte Baumgartner. Sag es doch.

Blaschek brachte ihn zum Lift. Die Türen schlossen sich und der Lift fuhr nach oben. Oben angekommen, bogen sie um die Ecke und kamen zu einer Tür, die von einem uniformierten Beamten bewacht wurde. Er ließ Baumgartner und Blaschek durch.

Auf dem Dach waren mehrere überdimensionale, weiße Parabolantennen, die drohend über ihren Köpfen schwebten. Sie sahen zum östlichen Ende des Gebäudes, wo keine Antennen mehr waren. Dort stand ein Mann direkt an der Kante.

„Hier“, sagte Blaschek. „Viel Glück.“

Als Baumgartner nur noch gute zehn Meter entfernt war, drehte Sammer sich um.

„Bleiben Sie dort“, sagte er.

Baumgartner blieb stehen.

Sammer stand auf einem Absatz auf der Außenseite des Geländers.

Er ist ganz ruhig, dachte Baumgartner. Das ist keine Hilfeschrei-Aktion oder so etwas. Der meint es ernst.

Baumgartner ahnte, dass er keine Chance hatte.

„Herr Sammer, tun Sie das nicht“, begann Baumgartner. Verdammt, dachte er, dafür bin ich nicht ausgebildet.

„Bleiben Sie einfach stehen“, sagte Sammer in den Wind hinaus. Baumgartner verstand ihn nur mit Mühe.

„Ich habe gelesen, was Sie geschrieben haben“, erklärte Baumgartner.

„Dann wissen Sie ja Bescheid“, antwortete Sammer.

„Ich glaube, dass Sie unrecht haben.“

Sammer lachte.

„Ich habe ein halbes Jahr hart gearbeitet, um wissenschaftlich fundiert zu erklären, dass ich recht habe. Man hat sich nicht einmal die Mühe gemacht, es widerlegen zu wollen. Kommen Sie mir nicht so. Wenn Sie es nicht verstehen, ist das nicht mein Problem.“

„Ich meine nicht Ihre wissenschaftliche Arbeit“, entgegnete Baumgartner, „sondern die politischen Forderungen.“

Sammer schüttelte den Kopf.

„Sie haben ein völlig falsches Bild von mir“, sagte er. „Wegen dem, was ich getan habe. Das war im Grunde ein Fehler. So bin ich nicht.“

„Warum haben Sie es getan?“, wollte Baumgartner wissen. „Warum haben Sie Sara Krasniqi ermordet? Erzählen Sie mir nichts von Fehlern. Sie hatten das ausführlich geplant.“

„Ich habe die Kontrolle verloren. Ich habe mich in etwas hineingesteigert. Es hat genau gar nichts bewirkt. Ich hätte es wissen müssen.“

Baumgartner war verwirrt über die Klarheit, mit der Sammer sprach.

„Sie können allein nichts ausrichten“, sagte er, „so oder so.“

Da lachte Sammer wieder.

„Da haben Sie wahrscheinlich recht. Es wird so kommen, wie es kommen muss. Aber sagen Sie mir etwas anderes: Wenn Sie meine wissenschaftliche Arbeit verstehen, warum fragen Sie mich nach Sara Krasniqi? Sehr viel mehr Menschen werden sterben, wenn meine Arbeit nicht verbreitet wird und man die darin vorgeschlagenen Maßnahmen nicht umsetzt."

„Was, wenn Sie sich täuschen?", fragte Baumgartner. „Sie können doch nicht ganz allein die Verantwortung übernehmen und aufgrund einer Idee einen Menschen umbringen, egal wie wissenschaftlich diese Idee ist."

„Ich täusche mich nicht", antwortete Sammer.

„Das können Sie allein nicht beurteilen."

„Wer soll es denn beurteilen? Die breite Masse? Das Volksempfinden? Kaum jemand hat die Intelligenz, geschweige denn die Bildung, zu verstehen, was los ist."

Sammer war laut geworden. Baumgartner registrierte erleichtert, dass Sammer sich auf das Gespräch einließ.

„Geht es wirklich um die Fakten?", fragte Baumgartner. „Wir haben mit Ihrem Kollegen bei Green-Point gesprochen, der versteht es sehr gut, scheint mir."

„Er ist ein Idiot", sagte Sammer.

„Aber er versteht es."

Sammer schien nachzudenken.

„Worum glauben Sie denn, dass es mir geht? Wenn nicht um die Sache?", fragte er.

„Wir wissen, dass Sie einsam sind", antwortete Baumgartner. „Dabei gibt es viele, die ähnlich denken wie Sie. Die schreiben Bücher darüber oder halten Vorträge."

„Das ist doch armselig", sagte Sammer.

„Es bringt vielleicht wenig, aber ich verstehe nicht, warum es armselig sein soll."

„Die Menschen sind wie platonische Körper aus Holz“, erklärte Sammer. „Man muss sie zur Ordnung zwingen.“

Baumgartner verstand kein Wort.

„Aber was hat das alles mit Sara Krasniqi zu tun?“, fragte er.

Sammer sah hinaus auf die Stadt.

„Wissen Sie, was das Eigenartige ist? Ich verstehe jetzt endlich, warum es so kommen musste. Es sind nicht meine schlechten Eigenschaften, die für mein Scheitern verantwortlich sind, sondern meine guten. Meine Intelligenz und meine Konsequenz. Die Gesellschaft hat meine guten Eigenschaften gegen mich gewendet.“

Wenn Gefühlskälte eine gute Eigenschaft ist, dachte Baumgartner.

„Ich habe getan, was ich konnte, aber die Menschen sind dumm“, sagte Sammer. „Das ist der eigentliche Grund, warum alles in einer Katastrophe enden wird. Und das ist auch der Grund, warum ich einsam bin.“

Baumgartner merkte, dass er mit seinen taktischen Möglichkeiten am Ende war. Er hatte bei jedem Wort Angst davor, dass Sammer springen würde.

„Man muss sie trotzdem lieben“, antwortete er schließlich. „Und ich glaube nicht, dass Sie nur deshalb einsam sind, weil die Menschen dumm sind.“

Sammer sah auf die Stadt hinaus und sagte nichts mehr. Baumgartner versuchte, seine Gedanken zu erahnen, doch es gelang ihm nicht. Sammer machte einen Schritt ins Leere und verschwand aus Baumgartners Blickfeld, als hätte jemand einen Vorhang zugezogen.

Epilog

Dienstag, 8 Uhr 15

„Mario!"

Etwas an Walter Sonnleitners Lächeln war seltsam, dachte Sukitsch. Dieses Grinsen ist vielleicht für Pressefotos geeignet, dachte er, aber in meinem Büro kann er sich das sparen.

Sonnleitner gab ihm die Hand und drückte fest und kurz.

„Komm rein", sagte Sukitsch. „Setz dich. Kaffee?"

„Nein, danke", antwortete Sonnleitner. „Ich bleibe nicht lange."

Der Staatsanwalt ließ sich auf dem Sessel vor Sukitschs Schreibtisch nieder. Er rückte vorsichtig auf der Sitzfläche hin und her, als hätte er Angst, dass sein Anzug zerknittern könnte und schlug die Beine übereinander.

„Gratuliere, Mario. Das war wirklich gute Arbeit. Es ist gerade eine Woche her, nicht wahr? Mir kommt es viel länger vor. Dieser Baumgartner, ich muss sagen, das ist ein komischer Kauz. Aber genial, absolut genial. Wo du den aufgetrieben hast!"

Sukitsch sah ihm in die Augen und sagte nichts. Er verschränkte die Arme.

Sonnleitner wandte den Blick ab und ließ ihn durch den Raum schweifen.

„Ich muss mich wegen meines scharfen Tons unlängst entschuldigen", begann Sonnleitner.

Er schien nach Worten zu suchen.

„Bauer könnte noch leben", sagte Sukitsch. „Sammer auch. Das weißt du, oder?"

Nun verschwand das Lächeln. Sonnleitner rutschte auf seinem Sessel hin und her.

„Das kann man so nicht sagen“, meinte Sonnleitner. „Das ist nicht seriös.“

„Du bist nicht gekommen, um dich zu entschuldigen“, sagte Sukitsch. „Was willst du?“

„Es ist wegen dieser ... Theorien, die Bauer geäußert hat. Seid ihr der Sache noch weiter nachgegangen?“

Sukitsch bekam eine Idee, worum es ging.

„Nein, eigentlich nicht“, antwortete er. „Es erschien nicht vielversprechend. Und schließlich konnten wir den Täter ja identifizieren. Das war alles, was wir brauchten.“

Sonnleitner entspannte sich sichtlich.

„Ich glaube auch“, fuhr Sukitsch gelassen fort, „dass der *Club Sectio Aurea* kein zentraler Punkt in unserer Medienarbeit sein wird. Schließlich gibt es kaum sichtbare Verbindungspunkte zur Tat. Auch seine Mitglieder haben mit dem Ganzen nichts zu tun. Was sagst du?“

Sonnleitners Gesicht erstarrte zur Maske.

„Es sei denn, du willst es in den Medien haben? Das müsstest du natürlich sagen.“

Sonnleitner richtete sich auf seinem Sessel auf. Sie sahen sich kurz in die Augen. Eine hintergründige, nie ausgesprochene Feindschaft blitzte auf. Wir werden immer Feinde bleiben, dachte Sukitsch. Und wir werden trotzdem zusammenarbeiten.

Ich wünsche mir Plank zurück, dachte er. Aber in Österreich ist es manchmal ein Hindernis, wenn man zu gut ist. Dann stört man den Frieden.

„Nein, ich denke du hast recht“, antwortete Sonnleitner. „Es lohnt nicht, das zu erwähnen. Es wäre auch gut, wenn du alle Beweismittel, die damit im Zusammenhang stehen, mir überlässt. Man sollte sie in Sicherheit bringen. Die Medien könnten das falsch verstehen.“

Sukitsch antwortete nicht.

„Sag es Baumgartner“, bat Sonnleitner.

„Sag es ihm selbst“, entgegnete Sukitsch.

Sonnleitner stand auf.

„Ich verlasse mich auf dich“, sagte er und ging hinaus.

9 Uhr

Als Baumgartner das Gebäude des Landeskriminalamts betrat, erntete er betroffene Blicke vom Portier und von einigen Beamten, denen er auf dem Gang begegnete. Es ging ihm besser, als sie vielleicht vermuteten. Es lag an dem Gespräch und an der Aussichtslosigkeit, die er gespürt hatte. In Wirklichkeit hatte er keine Chance gehabt. Er hatte sich auch beim Hinausgehen demonstrativ von dem Kreis an Sanitätern abgewandt, der sich um den Platz gebildet hatte, wo Sammer lag. Das Rot, das er im Augenwinkel sah, genügte ihm.

Seine Kollegen erwarteten ihn, und bei ihnen machte er etwas anderes aus: Erleichterung und ein wenig Stolz.

„Gehen wir gleich rüber in den Besprechungsraum“, sagte er.

Sie holten dort die Flipchart aus der Ecke und versuchten, alles zu ordnen, was sie über Sammer wussten. Sie fanden, dass ihr Verständnis immer noch lückenhaft war. Die Zeit vor der ersten Mail an Wallner konnten sie gut rekonstruieren. Danach war irgendetwas mit ihm passiert. Baumgartner wollte Königshofer anrufen, doch sie war bereits abgereist. In Innsbruck hatte es einen Mord gegeben.

„Das mit den Graffitis verstehe ich immer noch nicht“, meinte Meier. „Wie bist du darauf gekommen?“

„Ich hatte wohl Glück“, antwortete Baumgartner. „Es war nur eine Ahnung.“

Sie beschlossen, die Sprayerin noch einmal vorzuladen. Meier fand sie beim Billa-Eck auf dem Hauptplatz, doch sie weigerte sich erwartungsgemäß mitzukommen. Meier rief Baumgartner an, der meinte, sie solle alles versuchen, aber im schlimmsten Fall müsse sie sie festnehmen.

Sie waren überrascht, als Meier wenig später tatsächlich mit der kleinen Frau im Schlepptau beim Landeskriminalamt auftauchte. „Sie will nur mit dir reden“, sagte Meier. Baumgartner nickte und führte die Sprayerin in den Besprechungsraum. Vielleicht fühlt sie sich dort weniger beengt, dachte er. Nur ein elektronisches Diktiergerät nahm er mit. Er bedankte sich bei ihr und erzählte, wie sie Doris Wallner das Leben gerettet hatten.

„Sie sollten wissen, dass das auch Ihr Verdienst war.“

Baumgartner beobachtete ihre Reaktion, doch er war nicht sicher, ob er wirklich zu ihr durchdrang.

„Ihn konnten wir leider nicht retten“, fuhr er fort. „Doch wir würden gern verstehen, was ihn angetrieben hat. Ich hatte den Eindruck, dass Sie uns mehr darüber sagen können.“

Sie schwieg, starrte an Baumgartner vorbei. Ihr Blick wanderte zu dem Diktiergerät und plötzlich begann sie zu reden. „Sie werden das nicht kapieren, aber er hat mich fasziniert.“ Sie erklärte Baumgartner ausführlich, dass Sammer sich im Volksgarten immer wieder unter die Obdachlosen gemischt hatte. Sie hatte sich für ihn interessiert und er hatte viel geredet, ohne sie wirklich wahrzunehmen, wie sie sagte. Er hatte ihr erklärt, wie er zur Wissenschaft gekommen war. Die Schönheit der mathematischen Muster hatte ihn fasziniert.

„Eine reine Ästhetik", hatte er es genannt. „Vollkommen, nicht wie die Menschen."

Er hatte weiter erklärt, dass alles von Menschen Gemachte und auch die Menschen selbst nicht wirklich schön wären und nie sein könnten. Sie hatte es nicht verstanden und nach einem Beispiel gefragt. Da hatte er ihr vom Goldenen Schnitt erzählt. Von seinem Auftreten in der Natur. So war sie auf das Zeichen des Nautilus gekommen.

Baumgartner fragte, ob sie sich erklären könne, warum er Sara Krasniqi umgebracht hatte. Da erzählte sie von dem Ultimatum, das er sich gestellt hatte. Damals hatte er noch zwei Wochen Zeit gehabt. Sie wäre gern für ihn da gewesen und hätte mit ihm das Glück gesucht. Das hatte sie ihm auch gesagt, doch er hatte nicht reagiert. Danach war er nie wieder aufgetaucht und sie war sich sicher gewesen, dass er es getan hatte. Dass er noch lebte, hatte sie erst begriffen, als sie die Sache mit dem Mord in den Nachrichten gesehen hatte.

Warum sie nicht zur Polizei gegangen sei, fragte Baumgartner. Sie sah ihn nur an und er glaubte kurz, dass sie einfach gehen würde. Schließlich ignorierte sie seine Frage und erklärte ihm, dass Sammer seine absolute Freiheit gefunden hatte mit seinem Entschluss, sich umzubringen. Sie stand tatsächlich auf und fragte ihn, ob sie gehen könne.

„In Wirklichkeit", sagte sie im Hinausgehen, „war er nur ein verklemmtes armes Schwein."

Während er Meier bat, die Aufzeichnung des Gesprächs abtippen zu lassen, ging er allein zurück in den Besprechungsraum und vervollständigte die Lücken in den Notizen auf der Flipchart. Manche der Fragezeichen konnte er durchstreichen, andere nicht. Manche werden bleiben, dachte er. Wir werden wahrscheinlich nie ganz verstehen, was ihn angetrieben hat. Aus irgendeinem Grund beruhigte ihn diese Einsicht. Eine Weile hatte er geglaubt, dass er diesem Mann ähnlich war, und das war ein erschreckender Gedanke gewesen.

Mario Sukitsch kam herein und riss ihn aus seinen Überlegungen.

„Franz, kann ich kurz mit dir reden? Gehen wir in meine Kanzlei."

Sukitsch schloss die Tür und erzählte Baumgartner vom Gespräch mit Sonnleitner. Er entschuldigte sich, dass er nicht mehr Möglichkeiten hatte, sich solchen Einflussnahmen zu widersetzen.

„Ich tue, was ich kann", beteuerte er. „Aber das ist eben Österreich. Wir müssen uns fragen, ob es die Sache wert ist, dafür einen Krieg anzufangen. Jetzt haben wir jedenfalls wieder ganz gute Karten. Wir sitzen fest im Sattel, fester als er wahrscheinlich."

Baumgartner nickte.

„Etwas wollte ich dich fragen", sagte er. „Ich will mich bei Doris Wallner revanchieren. Sie bekommt alle Unterlagen, aber ich werde verlangen, dass der Artikel nicht erscheint, bevor ich ihn freigebe. Ich wollte nur, dass du das weißt."

Sukitsch schien nachzudenken.

„Ich habe das überhört, in Ordnung? Tu, was du nicht lassen kannst."

Als Baumgartner zurückkam, erklärte er den anderen, dass er gerne früher heimgehen würde, womit alle einverstanden waren. Als er seine Sacken packte, entdeckte er drei langstielige Blumen, die in einem Wasserglas auf Meiers Schreibtisch standen.

„Wo sind denn die her?“

„Von Gregor“, sagte sie belustigt. „Er hat mir keinen Grund gesagt, aber ich hab sie auch so genommen.“

Baumgartner nickte und verließ das Gebäude des Landeskriminalamts. Als er auf der Fahrt ins Landeskrankenhaus, wo Doris Wallner lag, wieder einmal im Stau stand, beschloss er, dass er endlich seinen Urlaub nehmen sollte.

Tatjana Kruse
Grabt Opa aus!
Ein rabenschwarzer Alpenkrimi
Originalausgabe
224 Seiten, € 9.95
HAYMON taschenbuch 156
ISBN 978-3-85218-956-7

Tollpatsch Alfie erbt eine Pension in Tirol – und wähnt sich in der schönen, aber verschlafenen Touristengegend im Glück. Schön? Ja. Verschlafen? Mitnichten! Schon bald überschlagen sich die Ereignisse im Grenzgebiet zwischen Seefeld und Mittenwald, wo sich Österreicher und Deutsche gute Nacht sagen, und Alfie muss feststellen, dass seine Hausgäste alles andere als harmlos sind ...
Tatjana Kruse, wie man sie kennt: schräg, schwungvoll, spannend und rabenschwarz.

www.haymonverlag.at

Edith Kneifl | Stefan M. Gergely
Satansbraut
Ein Waldviertel-Krimi
Originalausgabe
208 Seiten, € 9.95
HAYMON taschenbuch 163
ISBN 978-3-85218-963-5

Schauerlicher Mord im schönen Waldviertel: Ein junger Popstar wird unter einem Granitblock aufgefunden, splitternackt und tot. Drogenexzess? Selbstmord? Oder ist der Jüngling gar Opfer eines Triebtäters geworden? Eine Gräfin, ein Donaukapitän, ein Pfarrer und ein Arzt, das Quartett genannt, ermitteln in diesem mysteriösen Todesfall auf die ihnen eigene Weise: bei Essen, Wein und Kartenspiel ... *Satansbraut* ist mit authentischem Lokalkolorit und viel Humor gewürzt, dazu mit einer Prise Mystik verfeinert. Angesiedelt im rauen Hochland zwischen Donau und tschechischer Grenze, sind tiefe Einblicke in die Abgründe der österreichischen Seele garantiert!

Georg Haderer
Es wird Tote geben
Kriminalroman
328 Seiten, fest gebunden mit Schutzumschlag
€ 19.90
ISBN 978-3-7099-7049-2

Kann Major Schäfer endlich seinen Frieden finden? Die Voraussetzungen sind gut: Aufs Land versetzt macht er Dienst nach Vorschrift und genießt laue Sommerabende am Lagerfeuer. Gestört wird die Ruhe nur durch ein deutsches Filmteam, das in Schäfers idyllischem Revier eine Krimiserie drehen will. Kurz darauf kommt eine Schülerin unter rätselhaften Umständen zu Tode. Und schon spielt Schäfer die Hauptrolle in einem bösen Fall, zu dessen Aufklärung ihm ausgerechnet ein Drehbuchautor mit ausufernder Fantasie verhelfen will.
In seinem neuesten Roman treibt Georg Haderer ein so spannendes wie satirisches Spiel mit Fakten und Fiktion. Kuriose Provinzdelikte, eiskalte Verbrecher und jede Menge Verdächtige treffen sich zwischen Wald und Wirtshaus und jagen gemeinsam einem filmreifen Showdown entgegen.

„Ein Krimi, wie man ihn gern hat: Der Plot fern der politischen Korrektheit, witzige Sprache, abgründiger Schmäh und eine Hauptfigur voll galligem Humor.“
format.at, Michaela Knapp